沖喜是門大絕活

4 完

風 文創 1249

茶榆 著

目錄

第三十一章

年關如期而至，府城的百姓已經從年中那場大旱的陰影中走了出來，街頭掛上了喜慶的紅燈籠，街上路人碰面，無論相識與否，也總願說上一、兩句吉祥話。

陸家的祖孫三人也走上了街頭，從春聯、窗花，到大年夜的一應吃食，全是一起挑選著買的。

姜婉寧又給陸奶奶買了一對金鐲子，搭配前年買給她的耳飾，正可互相映襯。

陸奶奶已不像第一次收禮物時那般惶恐，且她這幾年賣花也賺了一點錢，雖不像姜婉寧這般動輒幾十兩，但挑些小禮物回送也是不難的。

陸尚只做個幫忙提東西的工具人，偶爾兩人挑件衣裳，他也會跟著發表一二看法。

總歸這一天幾人都在街上，東買買、西看看，光是採買的吃食就準備了兩籮筐，各式新鮮的小玩意也買上一點，不管用不用得到，就是圖個歡喜高興了。

年初一那天，私塾裡的學生們結伴來到家裡拜年。

這日的郡守府也是賓客滿堂，姜婉寧不欲惹人耳目，便只修書一封，又添了兩個小長命鎖，算是給曲恆夫妻拜了年，又給他家的兩個姑娘送了壓歲錢。

年頭這幾天過了，府城的年味也不見減少，姜婉寧每回出去都能碰上陌生人說吉祥話，倒也沒什麼所求，仍是單純為了圖一個吉祥。

等到過了十五，這場熱熱鬧鬧的新年才算落下帷幕。

與之相應的，便是書院和私塾都開了學。

陸尚早早準備好了退學的帖，哪知鹿臨書院的退學流程也是繁瑣，在正式批下來前，學生還要日日來上課，甚至由於書院不會隱瞞其退學的意向，在課上尤為招人注意，不光夫子鼻子不是鼻子、眼睛不是眼睛，便是一些同窗都會暗地裡指指點點。

也就是陸尚不是那等在意他人看法的，不然換成心理脆弱的，還不定會遭受多大的打擊。

尤其他既已決定離開這裡，更不會將時間浪費在無關緊要的人身上，課上他多是在自行翻看書本，偶爾才會聽夫子講上兩句，到了課間休息時，他又會溜去丁班走走看看。

陸尚打早就知道，丁班招了一批商籍子弟，這批孩子雖未有功名在身，但好歹也是小小年紀就啟蒙過的，單說唸書一途的天賦，就算不是頂尖，那也絕不在差生一列。

如今他趁著退學前總往這邊走，便是尋思著能不能把這些孩子挖去姜婉寧的私塾。

反正他們在書院也是備受排擠，在書院待了兩、三年，去年年初的縣試都沒通過幾個，與其白白在這裡蹉跎時間，甚至還要忍受他人的惡意，還不如早些尋其他出路。

陸尚念他們同是商籍，這才生了兩分同情。

他連續往丁班走了兩天，終於等來第一個好奇的少年。

要說陸尚在鹿臨書院也算名人，無論是他作為唯一一個商籍秀才，還是他頻繁逃課的壯舉，在丙班和丁班都被廣為流傳。

正規出身的學子們鄙夷他不求上進，而與他背景相同的孩子們則是羨慕他天資聰穎，這般疏懶學業，也能當上秀才老爺。

因此，在他朝少年露出善意笑容時，少年毫不意外地上了勾。

「你說還有比鹿臨書院更好的書院？能保證叫我們考過院試？」

陸尚露出兩分神秘莫測的表情，勾了勾手指，示意他附耳上前。

等少年靠近了，他才道：「等你下次休假回家，不如去跟你爹娘打聽打聽，府城是不是有個很神秘的私塾？我觀你的資質，要是能進到那家私塾裡，最多三……不，最多兩年，肯定可以考上秀才的！」

有了馮賀的先例在，陸尚這話說得斬釘截鐵，沒有一點心虛的。

且他早就注意到了在旁邊徘徊的兩個人，故意抬高了一點聲音，又留心著不會擾動其他人，點到為止，並不說得太仔細。

卻不知等他離開後，那兩個始終徘徊的少年也跑了過來。

「辛懷洲！陸師兄跟你說了什麼？」

辛懷洲尚有些回不過神，下意識將陸尚的話複述了一遍。

就在他話音剛落，對面的張向民猛一拍掌。

「我知道那間私塾！」他喊完才意識到自己的聲音太大了些，忙捂住嘴巴。

張向民把頭湊到另外兩人面前，用氣音道：「我知道陸師兄說的那間私塾，我有個遠方表哥就在那間私塾裡上學，聽我娘說，我那表哥連考三次院試不過，進私塾學了沒兩年，卻是一次就考過了秀才，前年秋闈時還差一點就當上舉人老爺了！」

「當真有你說的那般厲害？」辛懷洲頗有些不敢置信。

張向民重重點頭。「可不是？科舉改制後，我爹娘最開始就是想送我去那間私塾唸書的，可尋了好久也沒尋到門路，後來一打聽，才知那私塾已經好久不招學生了。要是能進到那裡面唸書，我才不會來鹿臨書院呢！學不到多少東西，還天天被人一口一個賤籍……」

他們也不過十來歲的孩子，入學前哪個不是家裡千嬌百寵的小少爺？平日忍著被人排擠也就罷了，如今瞧見了新出路，可不就立刻心生嚮往起來？

「我聽說那私塾去年春闈後倒是招了新學生，但那時我都在鹿臨書院了，沒能趕上好時候。」

辛懷洲有些擔心。「你都說了，那私塾已經好久不招學生，那我們還能進去嗎？」

「我倒是有個主意……」一直沒說話的康釗緩緩道：「張兄也說了，那是他家沒找著門路，要是咱們丁班這二十多人聯合起來，一同尋入學的管道呢？」

辛懷洲和張向民對視一眼，眼底迸現出亮光。

後面兩天，陸尚還是有事沒事就往丁班來，碰上好奇的小少年就鼓動幾句，等他順利從鹿臨書院退學那天，整個丁班的商籍學生都知道了一件事——

有個無名私塾，能叫他們考上秀才！

陸尚因不確定鼓吹孩子們換學堂的事成不成功，就沒有跟姜婉寧說。

他回家後只休整了半天，就收到來自姜婉寧為他貼心設計的考卷。

要是換作一年前，他瞧見考卷定是要想盡辦法推辭的，如今為了早日登上朝堂，他也只能咬著筆尖，硬是抓了一下午的頭髮。

待晚上姜婉寧給他批閱完試卷，對他的程度也有了大概的認知。

姜婉寧瞧著大篇幅的策論，無論是觀點還是條理，又或者只是單純的書法，皆是不堪入目。下一部分的詩詞歌賦，不能說不好，只能說還不如策論呢！

這整篇的試卷看下來，也只有最後的幾道算學題還算過得去，只是這幾道題只有答案是對的，一看草紙上的演算過程，也就是她這些年多受陸尚的影響才能看懂，真拿去科舉場上，又是不成的。

殊不知，陸尚雖然是個文盲，但也是個會算數的文盲，且他站在巨人的肩膀上，算數能力遠超當代人，若是不講究演算過程，隨便什麼難題，在他眼裡也不過爾爾。

既然了解了陸尚的程度，姜婉寧也就知道要把他放去哪邊學習了。

私塾如今還是分上午及下午兩堂，按理說陸尚要跟著上午的秀才、舉人們一起上課，但姜婉寧卻說：「夫君下午的課是不能缺的，上午若是有時間，也不妨一起聽聽看，若有跟不上的地方，等晚上回來我再講給你聽。」

能叫妻子「開小灶」，陸尚心裡美滋滋的，想也不想就答應了。

私塾裡的學生大多是認得陸尚的，偶有面生的，一聽說他是夫子的相公，可不敢再繼續打聽。

就這樣，陸尚白日跟兩場私塾的課，夜裡又有姜婉寧替他課後輔導，他自己又是上了心的，一時間也是進步神速。

三月初，府城開了院試，私塾去年新招的十名男學生上場，無一例外全過了。

陸尚始終記著姜家二老的事，眼看天暖和起來，按照約定，開始準備起北上迎接的事。

沒想到不等他準備完，這日傍晚下了學，兩人才到家門口，就見門口停了一架馬車並幾匹高頭大馬。

新雇的門房迎他們進屋，第一時間匯報道：「老爺、夫人，家裡來了客人！是位姓詹的大哥，說是老爺物流隊的長工，還帶了一男一女兩位長輩，如今已被老夫人請到堂廳去了。」

陸尚下意識扭頭，果不其然對上姜婉寧震驚的目光。

下一刻，只見姜婉寧提起裙襬，頭也不回地跑了進去。

陸尚來不及細想，趕緊追上。

不過片刻，兩人就到了堂廳，尚在門口的時候，就聽裡面傳來談話聲，除了陸奶奶的聲音外，還有一道陌生的女音。

「您說婉婉快回來了……」

姜婉寧渾身一震，抬腳走進去，瞧見右邊坐在一起的一對夫妻，淚水瞬間潸然而下。

「娘親——」

那對夫妻一同往門口看去，在瞧見姜婉寧的模樣後，眼中先是閃過一絲陌生。

還是婦人先站了起來，伸手顫了顫，頗有些懷疑地喚了一句。「婉婉？」

姜婉寧想走進去，可抬了腳才發現她已經腿軟得走不動路，而不過瞬息間，她眼前就是一片朦朧，微微捂住嘴巴，抑制不住地哭了出來。

她的哭聲叫在場之人皆一震，陸尚下意識撐住了她的後背。

而堂廳內的夫婦也終於反應過來，三步併作兩步，不約而同地往門口走去。

陸尚遲疑片刻，終於還是放開了姜婉寧，又默默退後半步，將空間全留給久別重逢的姜家人。

姜母踉踉蹌蹌地走到姜婉寧兩步之外，抬手想摸摸她的臉，然手臂抬到半空又生生頓住，目光由怔然變作震驚，到最後只餘痛惜，她又喚了一聲。「婉婉……」下一刻，她猛地上前將姜婉寧抱住。「我的婉婉啊，娘親的好婉婉……都是娘親拖累了妳，我的婉婉啊——」

姜婉寧用力咬著下唇，使勁搖頭，她想說自己過得很好，可就像大喜之下動作難以自抑一般，如今的她也很難說出一句完整的話來。

不知何時，姜父也走到母女倆身邊，便是竭力克制著情緒，還是不可避免地眼中濕潤，要努力向上仰頭，才能避免在眾人面前失態。

過了不知多久，姜母終於從又喜又痛的情緒中緩和過來，劇烈的哭聲漸止，只剩下一、兩聲不連續的抽噎。她輕輕放開姜婉寧，抬頭想將女兒看個清楚。

姜婉寧的眼眶已是全紅了，在和母親視線交接的那一刻，又是止不住落了淚。

姜母細細描摹著她的眉眼，試圖在這已變得陌生的面孔上尋到幾分熟悉感，好久才說了一句。「婉婉長大了……」

當初只到她胸口的小姑娘，一眨眼已比她還高，記憶中披落頸後的烏髮亦盤在一起。在她看不見的地方，他們疼寵的小女兒已褪去青澀，嫁做人婦數載。

從北地到松溪郡府城這一路，姜父、姜母跟詹順安打探了許多，從他們口中隱約拼湊出小女兒這幾年的經歷，或算不上受委屈，只到底不是長在眼前，總有許多擔憂和驚怕。

便是到了現在，他們親眼見到了姜婉寧的模樣，姜母還是心有不安的。可她後知後覺地想到姑爺還在這兒，到了嘴邊的詢問也只能嚥下。

姜婉寧雙眸微斂，嘴角還含著委屈和難過，往日的端莊可靠盡然散去，如今只是一個與爹娘重逢的可憐孩子。

姜母牽住她的手，愛憐地捧在掌心中。

姜父雖沒與她有過多互動，但自從相見，他的視線也始終落在她身上，又在姜婉寧轉目看來，叫一聲「爹」後，徹底失了態。「好、好……爹在。」他聲音喑啞，只能闔目止住眼淚。

眼見幾人在門口站了良久，又過了初相見的那會兒激動，陸尚這才站出來，低聲提醒了一句。「大家不如先進去，待坐下再說吧。」

說著，他又朝廳裡伺候的兩個婆子擺擺手，示意她們且退下。

沒過一會兒，屋裡只剩姜家三口和陸家兩人。

姜婉寧緩緩吐出一口氣，勾了勾嘴角，悄聲介紹。「爹、娘，這是陸尚。」

姜家二老循著她的目光看去，尚未反應過來，就先被陸尚行了禮。

陸尚可是丁點兒不見外，反手就倒了兩杯茶，先遞給了姜父，又遞給姜母，在兩人還不明情況的時候，他就一撩衣袍，屈膝跪在二老身前，磕頭喊道：「爹、娘。」

這一連串的舉動著實出乎所有人的意料，就連姜婉寧都沒想到他會有此行為。

姜母傻了，只憑著本能說：「好、好孩子……你、你先起來？」

陸尚又衝著二老磕了頭，樂呵呵地道：「多謝爹娘！」

姜父無言。

陸尚俐落地站起來後，親自將二老引去座位上坐下，轉身又扶陸奶奶坐到旁邊，最後才看向姜婉寧，雖沒開口，可眼中意味明顯。

姜婉寧默然，猶猶豫豫地，終究還是從姜家二老身邊離開，走到陸尚身側，跟他並肩站著。

屋裡全是長輩，他們兩個又是通俗意義上的第一次見雙方家長，自然也不好坐下。

這也就導致姜父、姜母的視線始終在他們兩人之間流連。

姜父幾次欲言又止，到底不知該說什麼，又或者在他心裡，姜婉寧還是那個趴在他膝頭唸書的小女兒，怎麼也跟眼前這個與另一人並肩的形象聯繫不到一起。

若是換成七、八年前，姜家正是如日中天時，陸尚定不在姜家的擇婿範圍中的。

可今時不同往日，夫妻倆對陸尚了解雖不多，卻也知道小女兒這些年的安順多是倚仗了他，便是他們能從北地離開，與小女兒相逢，其中也全是陸尚在出力。

丈母娘看女婿，怎麼也是帶點挑剔和嫌棄的，偏偏這點在天大的恩情面前，全然不值一提。再說句大實話，姜婉寧與陸尚成婚數年，難不成還能和離了？

旁的不說，光看兩人之間的氛圍，也不似那等感情不和的。

姜母壓下心頭的酸澀，柔聲說道：「我與老爺在北地就聽過陸公子的大名，這一路也聽了許多公子的事跡，我們二人得以與小女團聚，皆是託了公子的福，只可惜我們如今也是身無長物，只能用最微薄的言語，來表達我們心中的感謝了。」

陸尚莞爾道：「您這話可是言重了，我與阿寧既是夫妻，您二老是阿寧的爹娘，自然也就是我的爹娘。我只怕拖了這麼多年才能尋到您二位，叫您二位和阿寧久受相思之苦，哪裡還敢居功呢！您二老若是不嫌棄，不如直接喊我名姓。」

「我——」姜母才張口，餘光不小心瞥到他與姜婉寧碰在一起的肩膀，到了嘴邊的拒絕生生嚥了回去，露出一抹牽強的笑。「陸、陸尚。」

陸尚面上還是含笑，念及雙方剛重逢，對對方還處於陌生和生分之中，有什麼話肯定也不好問出口，他便禮貌道：「爹娘一路奔波，想必也都累了，我現在去叫人收拾客房出來，您二老先休息一晚，有什麼事等歇好了再談，可好？」

恰巧姜父、姜母也不知如何面對這般場景，聞言頓時同意了。

「那我這就去叫人打掃客房。」陸尚說著，轉身欲走，誰知牽動了袖口，一低頭才發現是姜婉寧拉住了他。

姜婉寧的情緒已平和了許多，只她眼睛、鼻頭都還紅著，落在陸尚眼裡越發可憐起來。姜婉寧說：「夫君且去吧，我想陪陪爹娘。」

「理應如此、理應如此。」陸尚哪有不答應的，還周全道：「那我索性收拾兩間房出來，這樣妳夜裡想在娘那邊留宿，也方便一些，可好？」

他等姜婉寧點了頭，又去問姜父、姜母的意思。

若姜婉寧留宿，那也就意味著姜父和姜母要分開，姜母只顧著和女兒待在一起，自是一口應下，至於姜父的意見，顯然就不在他們考慮的範圍內了。

也只有陸尚顧及著老丈人的臉面，追問了一句。「爹您看呢？」

「……我都可以。」姜父沈聲應道。

隨著陸尚離開，陸奶奶也很有眼力地提出告辭，從姜婉寧身邊經過時還拍了拍她的後背，囑託道：「親家這一路不容易，婉寧也多陪陪他們。」

無論是陸尚還是陸奶奶，他們的作為都被姜父、姜母看在眼裡。

夫妻倆對視一眼，心裡也算有了幾分定數。

待屋裡再沒了旁人，姜母沒了之前的拘束，再次起身走到姜婉寧身邊，重新握住她的手，一直把她帶到椅子旁才停下。

她還想跟小時候一樣，叫小女兒靠在腿邊，然真要這麼做的時候她才發現，女兒已經長大了，再不是那個會依偎在她身側抱怨的小姑娘了。

這份認知叫她心頭又是一澀，眼尾重新染了水色。

姜婉寧受其影響，也是鼻尖酸澀，但她很快按了按眼尾，屈膝半蹲在姜母腿邊，仰起頭看著母親，笑著說：「娘親別難過，我們這不已經見面了？您看，我現在過得很好，夫君和奶奶對我都很好。也不知詹大哥有沒有跟您和爹說，我如今開了家私塾，招了幾十個學生，這些年也算教出點名堂了。

「夫君也很厲害，他好多年前就考上了秀才，但後來家中貧寒，迫不得已改了商籍。這幾年夫君的生意越做越大，這回去北地找您們和大哥的隊伍就是陸氏物流裡的長工，這不前兩年改了科舉，夫君年前剛決定重新唸書，想考個舉人回來呢！

「您二位不用擔心我，我一切都好……倒是您和爹，這些年又是如何過來的呢？還有大哥，我怎沒見著大哥？大哥可跟著回來了？」

姜婉寧知道爹娘想聽什麼，不等對方來問，先將情況大致講了一遍。

姜母聽著雖覺不可思議，可看她的面色和穿著打扮，怎麼也不像受了苛待的，或許不如當年在京中那般富貴，但放在普通百姓家，絕對算得上佼佼者。

只是她聽了姜婉寧的話後，仍舊不肯滿足，只想將女兒這些年的每一天都細細問過才好。

毫無疑問，當天夜裡，姜婉寧是和姜母睡在一起的。

陸尚打點得很周到，不光給姜家二老準備了新被褥，還親自去外面醫館請了帖去疲解乏的泡腳方子來，給二老一人煮了一大桶，後來索性又添了三桶，一家五口全沒落下。

他怕姜父獨自一人入睡不習慣，還特意過去陪著說了說話，大多數都是他在說，話題也始終圍繞在姜婉寧身上。

姜父聽得很認真，捨不得打斷一句。

到最後還是姜父精力實在不濟，陸尚方提出告辭。

姜父拽著他的手，頗是不捨。「那等明日你再來，你再跟我講講，婉寧是怎麼教出這麼多秀才來的？」

陸尚爽快應下。「沒問題！爹您快休息，等歇好了我直接帶您去阿寧的私塾，我說得再好，總不如您親眼見一見的。」

「欸，好好好！謝謝你，真是太謝謝你了……」

這前後不過一個時辰，姜父對陸尚的印象就大為改觀，此時此刻他全沒了挑剔，只剩下對這個第一次見面的女婿的感激。

在他缺席女兒成長的這些年裡，正是有了陸尚的轉述，才能叫他彌補一二遺憾。

而在相鄰的另一間屋裡，姜婉寧久違地享受到了母親的抓頭，溫柔的指尖在她頭皮上細細滑過，稍稍用上的一點力道叫她舒服得閉上了眼睛。

兩人皆沒有說話，只維持著這份安寧。

當年姜家獲罪流放，真正難過的其實只有流放路上，和初到北地的那兩年。後來他們在北地尋了一小族，全族只十二、三人，並不排斥外族人，便在那處定居下。

姜母絮絮說著。「……那處小族的名字很長，便是住了這麼多年，我也沒能記住。好在我與妳爹並不外出，也不用擔心找不回去。族人們都是一同勞作，一同分享勞動成果的，便是我與妳爹不如族裡的青壯年，於吃用上也沒有短缺過。北地許是不比中原繁華，可也並不是叫人避之不及的。」

知道爹娘這些年沒受苦，姜婉寧的一顆心也就定下來了。

她沈默片刻，又一次問道：「那大哥呢？我怎沒見大哥跟你們回來？其實兩年前詹大哥他們去過北地一趟，那次沒能尋到你們的下落，卻意外打聽到，西北大營有一新將，雙腿有些不便，卻使得一手好弓，那可是大哥？」

姜母沈默半天才說：「妳想得沒錯，那西北大營的新將，就是知聿。」

姜知聿，姜家大公子。

「當初我們抵達北地，最開始是沒有部族願意收留我們的，輾轉兩年才尋到地方，我們怕被趕走，只能賣力幹活。而知聿腿傷拖得太久，已傷到根骨，族裡的巫醫替他正了骨，要養上半年才能下地。到底是寄人籬下，我那時就想著，我和妳爹把知聿的活兒一起做了，也省得落人口舌……」卻不想，她的一番好心，反險些害得兒子喪命。

姜父、姜母年紀不小了，流放路上又飽受許多磨難，身子骨不比從前，他們要是只做自己的活兒，興許還能堅持，可又要兼顧著姜知聿的，不出意外就累壞了身子。

姜母再次病倒，她雖對染病原因諱莫如深，但聰慧如姜家大公子，怎會猜不出緣由？他不動聲色地照顧著臥床的母親，卻在姜母大病初癒的那天夜裡，悄無聲息地離開了。

姜婉寧靜靜地聽著，難過不已。

姜母的聲音裡帶了哭腔。「我們找了他好久，好久好久……我不知道要去哪裡找他，我們也不識路，好不容易託了族人幫忙，卻也沒有消息。就這樣過了半年多，我們接到知聿的來信，才知他被西北大營的將軍給救了，陰差陽錯做了將軍的副官，打算就留在西北大營裡。

「後面兩、三年裡，我們再沒見過知聿，只每隔半年能收到他的來信，知道他在西北大營尚好。我和妳爹在來松溪郡之前，有給知聿去過信，可他說戍邊將領不得輕易離營，他亦是，只託我們給妳帶個好。」

姜婉寧對大哥的下落有過諸多猜測，雖遺憾未能與其見面，但知曉他的生活已重新步入正軌，也算了卻一樁心事。

她自責道：「是我連累了大哥，不然以大哥的本事，定是早就建功立業了。」

姜母搖了搖頭，拉著她的手放到胸前。「這是我們姜家的劫難，沒有誰拖累誰。所幸如今我們都好起來了，往後的日子也會越來越好的。」

是夜，母女兩人一裡一外躺在床上，仍是聊到深夜才隱有歇下的跡象。

隔天清早，兩家人和借住在陸家的幾個孩子一起上了餐桌。

許是有了昨夜的交心，如今姜父、姜母和陸尚之間總算沒有昨日那般彆扭了，見面互相問個好，雖不至於親暱，但好歹也算熟悉了。

姜婉寧給姜家二老介紹了一番幾個孩子，又叫了龐亮出來。「這是我收的小弟子，自小便跟著我唸書，已跟我學有七、八年了，前些年過了院試，只因他年紀尚小，我怕招惹是非，便壓了他兩年，待今年秋闈再行上場。」隨後她又給孩子們介紹道：「這是我的父親和母親。」

昨日幾個孩子回來得晚，眾人久別重逢正是意濃的時候，自己說話尚嫌時間過得快，自然也就沒有跟孩子們見面。

陸奶奶只跟他們說了一句，叫他們心裡有個底。

眾人互相打了招呼後，姜父又特地把龐亮叫到身邊，習慣性地考校了兩句功課，又見他眼底清亮，儀態也是端莊，滿意地拍了拍他的肩膀。

因是姜父、姜母正式過來的第一天，姜婉寧並不願與他們分開，就叫龐亮去私塾傳了話，休息兩日後再上課。

她和陸尚商量後，本想帶二老出去置辦些家用的，誰知才用過早膳，就聽門口的下人來報——

「老爺、夫人，有一位姓曲的客人，說想拜會二老。」客人這番話說得含糊，下人並不知道到底是什麼意思。

反是堂廳裡坐著的幾人先是一怔，旋即回過神來。

姜婉寧猜道：「可是曲叔來了？」

「曲叔？」姜父有些疑惑。

門外有客，不論是不是曲恆，陸尚都先去接引，留下姜婉寧長話短說。

姜婉寧將曲恆自松溪郡任郡守，至前段日子天災時幫忙的事簡單說了一遍。

姜父、姜母聞言皆是怔然。

姜父恍惚道：「曲恆那孩子……竟是也在松溪郡啊！」

當日姜家二老得以入城，便是走了郡守的路子，不然他二人尚是罪籍，又離了流放之地，按理說是要即刻關押入獄的。

正說著呢，卻聽廳外傳來一陣急促的腳步聲，伴著一聲「老師」，曲恆的身影自門口顯露。

曲恆不小心被門檻絆到，當即一個踉蹌。可就在穩住身型的下一刻，他又是撲通一聲跪了下去。「不孝徒……給老師、師娘問安了！」話落，他深深叩首。

再看他身前的二老，姜父雙手顫抖，姜母直接紅了眼眶。

姜婉寧猶疑片刻後，還是選擇退出去，將堂廳留給他們三人。

陸尚緊隨其後，在她剛出堂廳時，就拽住了她的小臂，將人帶回了主院裡。

尋回爹娘，又得知了大哥的下落，可以說，這麼些年裡，姜婉寧的心情從未有過像這一刻一般輕快的，任何言語也表達不了她的歡喜。

隨著兩人回到臥房，陸尚才關了門，就覺懷裡一沈，垂首一看，竟是姜婉寧主動撲了過來，而這等投懷送抱更是叫他驚喜。

不等陸尚說話，姜婉寧先喊了一句。「夫君……」緊跟著，她稍稍踮起腳尖，笨拙又真摯地親在陸尚的下巴上。她雙目微合，再三重複道：「我好開心……夫君，我真的很高興，我……謝謝你。」

陸尚輕笑一聲，握住她的下頷，反客為主。

曲恆在陸家待了整整一日，直到天黑才不得不離開，便是將走時還一直說：「老師跟師娘來我府上住吧，我那裡有地方！」

這回不等姜父、姜母拒絕，姜婉寧先站了出來。

姜婉寧笑咪咪的，說出的話卻不容拒絕。「曲叔快些回去吧，阿嬸肯定要等急了！爹娘好久沒見我了，還是與我同住吧！」

曲恆張了張口，只好退而求其次。「那等過些日子我再來。」

「好。」姜婉寧嘴上應了，至於過些日子答不答應，那也是以後的事了。

隔天兩家五口人一起出了門，還帶了兩個長工幫忙提東西。四處轉了一上午，大包小包買了許多，總算將姜父及姜母的東西都置辦全了。

姜婉寧雖想陪在爹娘身邊，可她那私塾總不能日日缺課，無奈只能上課去。

她也是去了私塾才知道，原來這幾日私塾裡來了一大批商戶，皆是帶著家中子弟過來的，一問才知，他們家裡的孩子受了陸尚的提點，又聞無名私塾的夫子才學深厚，這才從鹿臨書院退學過來。

姜婉寧粗略數了數，過來的學生共有二十四人，與陸尚偶爾提過一嘴的數量正匹配。

要是換作幾日前，她或許還會猶疑，但如今她心裡沒了記掛，唯手下的私塾需要多多上心，總歸就是兩個班，多少學生都一樣。

她將私塾的規矩給諸位家長們講了一遍，若是接受的，明日起就可以叫孩子過來了。至於她性別上的差異，在他們找來前早該打聽清楚，既已來了，定然也是不在意的。

隨著私塾的再一次擴大，叫姜婉寧喜出望外的還有一件事，便是姜父隔三差五也會過來旁聽，偶爾興致來了，還能頂替了姜婉寧的位置，替她給學生們講講課。

姜婉寧並沒有提及與姜父的關係，學生們開始時對其並不信任，還是聽了一門課後，才意識到，他們雖辨不出這位老先生和夫子誰的學問更高，但無論是誰，總比他們要厲害。

如此，面對姜父的偶爾授課，他們完全沒了異議。

八月底，秋闈開。

又是一年科考，府城的大街小巷上全是給書生送考的百姓。

鹿臨書院的學生結伴來到考場，正準備做最後的心態調整，忽聽耳邊傳來嬉笑聲——

「師兄此番定能高中！」

「中解元！」

他們剛想喝斥誰在考場外妄言，偏生一轉頭，卻發現旁邊的人有些眼熟。

「我認得中間那人，他之前是丙班的一個學生，後來退了學……」

「剩下那幾個也都是咱們書院出來的啊！你們莫不是忘了，今年年初丁班的商籍學生集體退學，當時鬧出好大的風波呢！」

再看陸尚手中拿著的考牌，可不是跟他們手裡的一模一樣，全是上場參加秋闈才有的。

正當鹿臨書院的眾人心中驚疑不定之時，卻見正前方的考場開了門。

官府的士兵自考場後列隊而出，不一會兒就將門口的位置清理出來。

學政大人親至，先是感謝皇上恩科，又朗聲說了一些鼓勵學子的話。

卯時一到，考生正式入場。

鹿臨書院的學生就瞧見被他們盯了許久的人相繼散去，最後只留了原來在丙班的那個。

在他們的目送下，陸尚拿好考牌，拎上考籃，不緊不慢地走進考場。在將入檢查間時，他腳步一停，驀然轉過身，朝著遠處擁擠的人群用力揮了揮手，面上又綻開一個大大的笑。

旁人不知他此舉為何，而被擁在人群裡的姜婉寧等人卻是欣慰一笑。

此番秋闈，陸尚也有送考的家人了。

他這次在無名私塾裡認真學了半年，不光有姜婉寧的課後小學堂，便是姜父都會隔三差五地給他補課，父女倆看待問題的切入點還是有所不同的，一個更新穎些，一個更老道點，陸尚照單全收，只管都記下來，日後真碰上這種問題了，再依著主考官的喜好作答。

就像這回松溪郡鄉試的主考官乃是朝廷派來的大人，為人最是講禮重道，要是想叫他滿意，答卷便要中規中矩著來，或許不能最出彩，但絕不會落了下乘。

半年來，陸尚也算刻苦，於今年恩科自有一番成算。

也正是因此，在陸奶奶和姜母提出給他送考後，他沒有猶豫太久就答應了。

陸奶奶和姜母都來了，餘下的姜婉寧和姜父自然也不甘落後，到最後索性全家出動，一齊來到考場外。

陸尚已經歷過一次鄉試，又有私塾裡對鄉試過程的講解，他對考試流程嫻熟於心，在旁人還戰戰兢兢接受檢查時，他已和互保的學子通過檢查，去尋找自己的號房了。

好在連他在內，無名私塾來的十幾號學生位置都尚可，不在邊角處，也沒有臨近茅房的。

隨著最後一名考生進入考場，考場大門重重合上，為期三日的鄉試正式開始了。

考場外的百姓也三三兩兩散去，姜婉寧等人隨著人流走，行走間不免聽見其餘人的擔憂，又或者是對自家兒郎的殷切希望。

陸奶奶還是頭一回親自送陸尚入場，難免會受影響，她默默拽住了姜婉寧的衣袖，好不容易走到了人流疏散的地方，再也忍不住地問：「婉寧，妳說尚兒這回考得上嗎？」

姜婉寧轉頭看她，淺淺笑道：「奶奶擔心了？」

陸奶奶老實地點了頭。「這不尚兒前年才考過一回，上回沒能考過，如今他又從書院退了學，跟妳和親家公唸書的時日也不長，我的心裡啊，實在是沒底。」

不等姜婉寧回答，姜父先道：「陸家奶奶莫擔憂，陸尚專心唸書時間雖不長，卻有我和婉寧傾囊相授。再說，這回鄉試名額變多，想必上榜是不成問題的。何況學問一途，本就急不來，就算這回沒中，明年又有正科，明年再考也是無礙的。」

姜父雖以才學立身，可對功名等並不是看得非常重，總歸陸尚上進的態度是好的，結果如何也就不重要了。

在陸奶奶心中，姜家二老還是很具權威的，這以往的大學士都發了話，她也不似之前那般惶惶不安了，認同地點了點頭。「親家公說得是，尚兒盡力便好。」

姜婉寧微微扶著陸奶奶的手，聞言不禁莞爾。

鄉試這幾天，私塾等地都是不開課的，姜婉寧也算忙裡偷閒，記掛陸尚之餘，得以在家好好歇息幾日。

姜父被曲恆請去了府上，也不知藉著什麼理由，竟把人留在府裡，說要住上十天半個月再回。

姜母得知消息後也沒多言，轉身便去找了姜婉寧，兩人稍一商量就結伴出了家門，先是去了府城有名的商街裡，找了幾家裁縫鋪，給家裡每人裁了兩身衣裳。

這些年在陸尚的影響下，姜婉寧已習慣了買成衣。

但姜母來了之後，因為針線活極佳，布料的價格又比成衣便宜一倍不止，自是勸姜婉寧改買布料。

一開始姜婉寧和陸尚怕她做多了針線會傷眼睛，可姜母也有她自己的安排，她從不會在夜裡動針線，便是白日做活兒，也都是挑日頭最足的時候，上午做一個時辰，下午再做一個時辰，絕不過度，這才叫女兒、女婿不再多言，漸漸也習慣了陪她採買各色布料。

且姜母的眼光也是極好的，在一眾顏色繁雜的貨架上，她一眼就能挑出最漂亮的花色，甚至用不到姜婉寧說話，她便自行跟店夥計談好價格，痛快俐落地將布料包好了。

她知女兒女紅一般，對此也不強求，偶爾姜婉寧碰上了，便隨口指導兩句，至於日後會不會去做，那便不在她跟進的範圍裡了，與其說是教學，倒不如說只是隨口的兩句閒話。

姜婉寧陪姜母買完布料後，兩人又轉進一家首飾鋪子，挑了兩件小巧的耳飾，又選了兩只做工精妙的鐲子。耳飾是姜婉寧留著自用，鐲子則分給姜母和陸奶奶，一人一只。

隨著私塾規模的一步步擴大，姜婉寧的收入雖還是比不上陸尚，但想買什麼貴重物件還是很容易拿錢出來的，再說只是一點小首飾，左右也花不了多少錢。

唯姜母收了鐲子後，再一次感慨。「想當年，我只求妳在夫家不受苛待，何曾想過能有這般家境。陸尚雖是商籍，卻也是個好孩子，他對妳上心，妳也莫要辜負了他才是。」

姜婉寧笑了笑，輕聲應了一句。

三天時間一晃而過，一轉眼，鄉試結束了。

這次去接陸尚的只有姜婉寧一人，她也沒有到前面跟百姓擠擠挨挨，只跟著家裡的馬車等在外圍，又在馬車的車廂上掛了車牌，很顯眼的一個「陸」字，好讓陸尚一出來就能看見。

她在馬車旁等了約莫半個時辰，終於等到了陸尚同幾個私塾的學生一齊出來。

陸尚在看見家中馬車後，下意識往車旁看去，立即就瞧見了等在一邊的姜婉寧，本就輕快的心情更加舒爽了，當下加緊步子，很快趕了過去。

其餘學生見了夫子在，也跟過去打了招呼，又見夫子和陸兄有話要說，很快提了告辭。

只剩姜婉寧和陸尚一前一後上了馬車，伴著一聲馬鞭的輕響，馬車緩緩駛動，而車廂裡的兩人，早已肩並肩、腿貼腿地坐在一起。

不等姜婉寧詢問，陸尚第一時間交代道：「阿寧，我覺得這回我上榜是有希望的！」他的眸子裡一片精亮，念及妻子最近兩個月給他講的無數功課，更是心生感激。

「這麼厲害——唔！」姜婉寧一句話未能說完，只覺眼前一暗，下一刻，陸尚已傾身湊上來。

姜婉寧震驚地瞪大眼睛，感受著身下的車馬顛簸，心中實在羞赧，只過兩息就將陸尚推了開。

陸尚悶笑不已，卻也沒有再堅持。

回家後，陸奶奶和姜母已做了一大桌的好菜，便是姜父不在家，也不妨礙他們高高興興地吃上一頓。

飯桌上，姜母問及鄉試情況，陸尚就將題目原原本本說了出來。

這些題目姜母只能聽懂，卻並不懂作答之法。

姜婉寧聞言說道：「這些不都是我和爹給你講過的？」

「要不我怎麼會說這回上榜有望呢？」陸尚笑道。

聽聞此言，姜母和陸奶奶也懂了。

管他考試題目難易，既然之前都學過的，考生本人又有信心，那她們這些作為旁觀者的，當然也沒什麼好說了，只管提前道一句喜，靜候佳音。

鄉試後，私塾會有約莫一個月的假期，直至放榜後才會恢復上課。

陸尚在家待了兩天後，同眾人提議道：「不如去南星村的山上住幾日？山頂新建了竹屋，便是在夏日也很涼快，出了竹屋走上百來步就有山溪了，正是度假的好去處。」

姜婉寧側目瞧了他一眼，當眾拆臺道：「夫君這是想去度假了，還是想去看山間農場的情況了？」

陸尚也不反駁，抬手捏了捏她的手指。「這不好些時間沒去山上瞧瞧了，我這怎麼都不放心，正巧這段時間有閒，就想去看看……阿寧是不是也有好長時間沒見樊三娘了？我叫陸啟把他家人也都接去，妳正好能跟樊三娘說說話。陸啟又添了個姑娘，妳還沒見過呢！」

說完這事，陸尚又對姜母和陸奶奶講，說他那山上的景致有多美、山上的吃食有多新鮮。

眼見二老都動了心，姜婉寧也只好答應了。

姜父尚在郡守府上，他們也沒過去打擾，只叫人送了信。

待姜父知曉他們的去處時，一家四口已踏上去往山間農場的道路。

到了山上後，一切正如陸尚所說。

山上新建的小竹屋極合姜母和陸奶奶的心意，才住進去就喜歡得不行。

而姜婉寧先是見了樊三娘和她家剛足歲的小姑娘，緊跟著又有許多無名巷子的鄰居過來拜訪，細問才知，原來是陸尚去了塘鎮走動，叫他們聽到了風聲。

這幾年無名巷的舊鄰們，家中孩子都去了物流隊做工，皆是因幼時受到她啟蒙，好不容易等她回來一次，當然不肯錯過機會，或是包了銀子、或是帶上禮物，總之三三兩兩全找來了。

如此，姜母和陸奶奶在山間各處行走，姜婉寧就留在山頂見客。

而陸尚沒了人管束，直接在塘鎮各處亂竄，凡是物流隊所在的地方，他都要親自去看上一眼。

九月底，鄉試放榜。

彼時陸家幾口還在山上，報喜的衙吏找了兩天才問到他們的下落，趕了一路，終是將喜報送至陸尚手上。

「恭喜陸秀才……不，往後就是陸舉人了！」

許是有了陸尚之前的提醒，對於他這回榜上有名，姜婉寧等人全不意外。

但不意外並不代表不高興，哪怕他只是將將綴在百名之內，但多日的付出有了回報，全家人都是興奮的。

報喜的衙吏都有專門的標誌，他又是從塘鎮一路問過來的，中途經過了四、五個村子，以至於陸尚中舉的消息傳了一路，陸家人才知道沒多久，就發現有相熟的人找了過來。

彼時姜婉寧才剛送走衙吏，她沒想到會在山間農場住這麼久，就沒準備紅封，只能用顏色相仿的錢袋包了銀子，沈甸甸一只，叫衙吏樂得合不攏嘴。

而不等他們重返山頂，就見陸啟拉了一大車人過來，離得老遠就喊——

「陸哥！陸哥別走！」

陸尚轉身望去，還以為是物流隊又出了什麼事，他旁邊的人也跟著斂了神色。

直到那一車的人到了跟前，陸啟第一個跳下車。「恭喜陸哥高中！陸哥往後就是舉人老爺啦！陸哥可是咱陸家村出的第一個舉人呢，陸哥威武！」

在他之後，其餘人也連連道了喜。

詹順安他們護送姜家二老回來後，只歇了幾天就跟了長途物流，這回來沒兩天，今天才準備給陸尚彙報呢，誰知就聽見這麼大一個好消息。

隨後他們又見陸啟要第一時間過來道喜，索性也跟了過來。

一輛板車上坐了二、三十人，便是一人兩句話，全都說一遍也費了不少時間。

陸尚被他們恭維得臉紅，本想打斷的，可餘光不經意瞧見了姜婉寧等人的表情，三人每人面上都帶著笑，陸奶奶和姜母更是一副與有榮焉的樣子。

便是姜婉寧注意到他的視線後，也回了他笑容，眼底的笑意是難得深刻的。

算了，媳婦兒愛聽，那就叫他們說吧！

等這麼一圈人全說完後，陸尚大手一揮。「走！全都來山上，我叫人宰兩隻羊，晌午就給烤了，家離得近的就回家把家人都接來，大家一起高興！」

「好欸！」周圍一片起鬨聲，眾人也不扭捏，估摸著趕得及的，就又跳回了車上，趕著回家把婆娘、孩子都接來。

有些離家遠的，又或者像詹順安這般至今沒成親的，就跟著陸尚他們一起上了山，又去山陰那面幫著捉羊、宰羊，半人高的烤架被支起來，底下的火燒得極旺。

陸尚跟他們打了一聲招呼，就陪姜婉寧她們到山頂去了。

姜婉寧說：「報喜的衙吏走了一路，想必知曉夫君高中的人不少，後面還不定有多少人會前來拜訪，夫君畢竟常在塘鎮走動，不如一齊辦場宴吧？」

陸尚點頭。「阿寧看怎麼安排好？」

「擺流水席吧，塘鎮和周邊幾個村子都擺一場，收禮就算了，只當跟百姓們熱鬧熱鬧。」

姜母和陸奶奶也表示贊同，陸尚便不多言了。

「那成，晚點我就準備，流水席的物品也好準備，光這山間農場的菜、肉就夠了，我再叫陸啟他們去葛家村買些魚，幾場宴應是足夠的。」

姜婉寧沒忘了更重要的事。「那流水宴後，夫君是如何打算的呢？」

「什麼？」陸尚一時沒反應過來。

姜婉寧笑問：「可是還要在塘鎮為生意操勞？我記得春闈就在明年四月呢！」

陸尚一拍腦袋，討好地勾了勾她的手指。「沒忘沒忘，阿寧便是不提我也知道輕重！等流水席擺完了咱就回家，我這兩天把雜七雜八的事都安排好，保證後面專心唸書！」

「也就最後半年多了，夫君你努力努力，春闈過了也就差不多結束了，後面無論是繼續向上考，還是回來松溪郡忙生意都好。與其一直記掛著兩件事，還不如一次把事做完，也好專心下一項嘛，畢竟你都辛苦半年多了，一鼓作氣，往後不就輕鬆了？」

陸尚忙不迭地點頭。「對對對，我也是這麼想的！」

姜婉寧抬頭打量著他的神色，見他確實出自真心，而非顧及他們的想法，這才鬆了口氣。

幾人在竹屋裡坐了一會兒，想著陸尚才是主人，光叫前來道喜的人操持不好，就一起過去。陸尚和姜婉寧去前山摘了些新鮮蔬菜，姜母和陸奶奶則幫忙給烤羊撒香料。

除了從其他地方來的這些人，陸尚把山上招呼禽畜、莊稼的長工也全喊來，再加上一部分人接來的家眷，林林總總百十來人，兩頭烤羊也只是將將夠。

好在姜婉寧和陸尚還準備了其他菜，又有那麼多婦人幫忙，總不會餓了誰。

其中由姜婉寧和陸尚做的那鍋大燴菜最受歡迎，先不論其中肉多肉少，就說味道也是極美味，才一上桌就被眾人搶食一空，最後連盆底的湯汁都沒剩下。

姜母和陸奶奶躲在一邊吃羊肉，姜母奇道：「我只知婉婉廚藝不錯，卻不想陸尚也甚好，他竟還有這般本事呢！」

陸奶奶笑呵呵地答道：「親家母是不知道，早些年家裡還沒這麼多人伺候的時候，餐桌上的飯經常都是尚兒煮的呢！我聽婉寧跟我講，當初他起家的第一筆生意，就是靠送滷方得到的。親家母可知觀鶴樓？那酒樓裡的全魚宴，就是尚兒想出來的，等回去了我帶妳和親家公去嚐嚐，滋味可美呢！」

聽聞此言，姜母對陸尚的印象又是大大地改觀了一回。

第三十二章

山上的眾人有說有笑，直至半下午才結束，找陸尚有事相商的就去山頂小屋，沒什麼事的就可以帶著家眷回去了，順便跟鄉親們說一聲，三日後陸老闆要辦流水宴！

山頂上，詹順安將上趟走貨的帳目給了陸尚一份。

他這些年在各地奔波，並沒有機會學認字，但他們長途物流隊裡也配了一個小管事，正是巷子學堂出來的，走貨途中也教了他們一些，這般識得幾個大字，也省得跟人做生意時被矇騙了。

陸氏物流中，要說能叫陸尚絕對放心的，一個是陸啟，另一個就是詹順安。

詹順安已被提拔做了三管事，與陸啟一人主短途、一人主長途，說不上誰的地位更高一點。

等兩人核對完帳目後，詹順安撓了撓腦袋，慢吞吞地說道：「老闆，還有一件事……」

「怎麼？詹大哥你有話直說。」

詹順安道：「我看了後面的單子，最近的一單也在兩個月後，所以我就想著歇一個月假，不知老闆這邊方不方便。」

「休假？當然沒問題啊！」陸尚說。「長途物流後本就有三到五日假期的，詹大哥你這麼多年少有休假的時候，便是把之前的假期給補上，也不止一個月了。再說，之前你帶隊去北地，說好回來要好好歇一陣子的，這不也沒能叫你歇成。」

陸尚雖好奇他怎改了主意要休息了，卻也沒有多問。

哪知詹順安主動說：「還有就是，下月初八，我要成親了，老闆要是有時間，不妨帶姜夫子一起來喝杯喜酒。」

「詹大哥要成親了？」陸尚驚訝道：「我竟沒聽你提過，是哪家的姑娘啊？所以這次休假就是為了成婚嗎？」

「是跟我同個村子的，不是誰家的姑娘，就是一個寡居的婦人，我這把年歲，也不想娶姑娘了。阿金她性子好，這些年對我又多有照顧，去年她的婆婆過世了，她膝下又沒個孩子，家裡獨她一人，我怕她被人欺負了，一時沒忍住，就跟她提了成親。」

說這話時，詹順安是有些忐忑的，他雖不在意阿金的出身，卻也怕陸尚不看好。

陸尚點點頭。「只要是心意合得來的，跟誰成親都一樣。不過詹大哥既然要成親了，總不好剛成婚就遠走，這樣吧，我作主，詹大哥先休兩個月，跟嫂子感情穩一點了再出遠門。還有啊，詹大哥以後也是有家室的人了，可不能跟以前一樣，一年到頭都不著家，就算你不介意，我怕嫂子要找我訴苦來了！」

聽了陸尚的揶揄，詹順安不禁老臉一紅，趕緊提了告辭。

等把後面兩人也招待完了，陸尚轉去尋姜婉寧，又跟她把詹順安將成婚的事說了一遍，夫妻倆一致同意，必要準備一份厚禮才行。

這麼多年來，對方可不光對物流隊做出巨大的貢獻，便是姜家能得以團聚，也少不了他的出力，於情於理，他們也該送上真摯的祝福。

姜婉寧說：「下月初八，到時候我們千萬要回來。」

「好。」

因陸尚和姜婉寧趕著回府城，準備流水席的時間就緊迫了些，好在他們也沒想邀請太多人，就各村的百姓和鎮上的鄰里，誰趕上也就算誰了。

雖說是流水席，但席上的菜色一點也不差，大盆的雞、鴨、魚肉備著，每桌還放了半隻烤羊，就連素菜也都是用最新鮮的，哪怕都是大鍋菜，味道上也不差多少。

雖然準備的時間只有三天，但該通知的人都通知到了，便是陸家村也沒落下。

陸尚到村裡匆匆露了一面敬酒，在已長高、長壯的光宗和耀祖兄弟倆肩上捶了兩下，難得指點幾句。

「陸顯不也在鎮上？你們以後要是得了閒，不如也去鎮上多走走。無名巷的學堂還留著，隔三差五會有人過去講課，都是你們嫂嫂親手帶出來的，或許教不了你們多少知識，但簡單識個字、算個數還是沒問題的。你們要是能學得差不多了，再過兩年你們也能去物流隊做工，要是誰有更大的本事，就說想要考科舉，那就等認全了字再來府城找我，我給你們找夫子。」

陸尚在陸家村待的時間還是太短，對陸家眾人實在難有歸屬感。

便是陸光宗、陸耀祖兩兄弟，在他心裡也沒多少好印象，最多就是教訓了還能改，不至於太差勁，這才叫他願意多說兩句。

但點到為止，剩餘的他就不管了。

閒話間又說到了陸家的兩姊妹，姊妹兩個相繼都說了人家，因陸尚的名聲在，又有她們親大哥在鎮上做活，相看的都是老實人家，一個就在陸家村，一個在相隔不遠的鄰村村裡，姊妹倆嫁過去幾年也沒受什麼委屈，婆家還算敬重。

知道陸曉曉和陸秋過得也還算不錯，陸尚的最後一點心事也算了結。

他作為辦宴的主家，所有擺了流水席的地方都去了一趟，給鄉親們敬一盞酒，再說上兩句感謝的話，緊跟著就要趕下一家，而塘鎮則放到了最後。

這麼一圈轉下來，等陸尚回塘鎮時，已是下午時候了。

還好流水席上的菜餚隨缺隨補，來多少人吃都成，只是不許往家裡帶，這都是約定俗成的規矩，很少會有厚臉皮的人去破壞。

如此，等陸尚回來的時候，無名巷裡還是人頭挨挨擠擠的。

姜婉寧就在巷子口待客，遠遠看他回來，跟客人招呼一聲，轉而迎了上去。

陸尚聽她簡略講了一遍才知道，原來今日參加流水席的不光當地百姓，還有許多府城裡聽到消息趕來的人。

這些人不光人來了，還帶了許多賀禮，包括鎮上的一些百姓也是，多多少少都提了東西來，無奈姜婉寧堅持不受，聽話的那就自己帶回去，不聽話的就叫她差人給送回家。

他們本是好心，哪裡還有叫主人家再費心思送東西回去的道理？

姜婉寧連著說了好幾遍「這些年我與夫君也受了大家許多照顧，如今夫君中舉，只是想與諸位分享喜悅，一早就說了不收任何禮的，夫君不在，我亦不敢違了他的意思，還請大家行行好，將東西都帶回去吧，人來了就是最好的賀禮了」。

經她再三勸說，鄰里才算作罷，府城來的那些人也把東西搬回馬車。

姜婉寧又跟陸尚說：「再有一事，便是今秋恩科，私塾參試的十八人裡足足有十四人上榜，亮亮更是拔得頭籌。爹怕他一人在府城不便，便請曲叔出面，把他接去郡守府了。」至於剩下未能上榜的四人，他們都是第一次上場，在無名私塾唸書的時間也不長，落榜也在意料之中，只言下次繼續努力便是。「不過經過這次恩科，私塾的事是瞞不住了。這幾年無名私塾的風頭太盛，一次、兩次上榜的人多還好，可單這兩次鄉試，中舉的人都不在少數，難免出了名。爹送了信過來，只說曲叔也有些壓不住了，等回去了怕要有許多人來打探，叫我提早做好準備，我還要再想想對策。」

陸尚不曾想過還有這事，聞言也是心頭一跳。

他下意識握住了姜婉寧的手，沈默片刻後道：「沒事，我會陪著妳的。」

無名巷子不大，來參加流水席的人卻不少，兩人並沒能說太久，就分開去招待客人了。

陸尚瞧見了幾個跟物流隊多有合作的老闆，轉身過去打招呼，離近了卻聽到郭老爺說——

「……快別提了，我就是想修兩座新房子，誰能想到會變成這樣呢！」

「郭老爺可是遇上事了？」陸尚走近後，開口問道。

郭老爺便是當初在書肆裡花了大錢買下姜婉寧許多字帖的人，早些年已經從書肆老闆那兒討回屬於姜婉寧的大部分報酬，還給她了。

郭老爺家的孩子在無名私塾待了有兩、三年了，與陸尚同時參加了鄉試，也是榜上有名的一位，雖名次比陸尚還靠後，若非今秋恩科，多半還是會落榜，但郭老爺要求不高，管他什麼機緣，能中就行！

這不，他家兒子才中了舉人，他就操持著給蓋兩座新宅子，好給兒子說親呢！

誰知他找的蓋房隊出了大紕漏，兩間宅子蓋得本就一般，品質方面還出了問題，才蓋不到三分之一，最底下的那層就有坍塌的趨勢，氣得郭老爺直接將他們告上衙門。

塘鎮如今的縣令乃是今春剛調來的，三十多歲，初入官場，正是看不得一點黑的時候。

那包攬了宅子的蓋房隊受到處罰，可郭老爺的新宅還是壞了，他心裡有氣，今日參加陸尚的流水宴，見了相熟的生意夥伴，便忍不住抱怨了兩句。

郭老爺聽到陸尚的詢問，並沒說什麼喪氣話，只是把來龍去脈粗略講了一遍，又說：

「這等歡喜日子，不小心髒了陸老闆的耳朵，還請陸老闆勿怪！」

陸尚擺擺手表示並不在意，忽地心念一動。「那郭老爺可找到新的蓋房隊了？」

「還沒呢，這不才處理完上一批，我還沒騰出手來。」

陸尚也不想亂攬活兒的，可這樣送上門的生意，他實在很難不動心。他輕咳兩聲，下意識去找了找姜婉寧的身影，見她離這邊尚遠，到底還是忍不住說：「我倒是知道一點蓋房的樣子，一直想組織建築隊來著，不知郭老爺可有意一試？」

不光郭老爺，旁邊幾人也是驚訝地瞪大眼睛。「陸老闆這不光忙著唸書考科舉，手下有物流隊不夠，這還想發展發展給人蓋房搭屋的事啊？」

陸尚哂笑兩聲，又瞧了一眼姜婉寧的位置，壓低聲音說：「不瞞諸位，我在南星村有一山頭，山頂新蓋了一間竹屋，其樣式便是出自我手。我這不是見慣了鎮上和府城的房屋樣式，總想尋摸出點新花樣來嘛！我那建築隊除了給我搭過一次竹屋，至今沒接過別的活兒，要真想宣傳也不是不行，看我這兩年答應了夫人要專心唸書，總不好再尋些多餘的生意，所以就一直耽擱了下去。」

陸尚原本是打算，等春闈過了，再跟姜婉寧說建築隊的事。

沒想到郭老爺家的新宅出了問題，還直生生地埋怨到了他眼前，叫他心裡癢癢的，實在想把才搭過一次屋的建築隊給推出來。

他那建築隊其實也沒多少人，都是在各個村子裡找的莊稼漢，只練了三、五個月，粗略學了點蓋房搭屋的技巧，真正的核心還是在陸尚畫出的房屋圖紙上。

當然，這些圖紙也並非他憑空想像，而是仿照了他原來那個時代的樣式，兩、三層高的小別墅，或許不比大宅院寬敞，但勝在精緻。

這種房子想推銷給村裡的百姓自是不可能的，也就只能給有錢的老爺們介紹介紹。

若是日後建築隊真能辦起來，他還可以往磚瓦房改進。就像現在村裡的房屋遇到雨雪天多有不便，他還可以改善屋簷等形狀，以達到避水、落雪的目的。

這些還只是他的一個粗略設想，並未與任何人提及。

郭老爺尚且猶豫著。

誰料陸尚又說：「不如這樣，我叫我那建築隊來，這次免費給郭老爺做工，要是蓋得好了，您就幫我宣傳宣傳！要是覺得不成，我再叫他們給您拆了，損失多少我賠給您，如何？」

「哎呀，哪有叫陸老闆出錢的道理？」郭老爺一咬牙，只當是與他結個善緣了。「咱就按正常的工錢來算吧，材料等也都由我出，我相信陸老闆的為人，定是不會出岔子的！」

「好好好！」陸尚高興道：「那我手裡有幾張新式房屋的圖紙，等過兩天我回了府城，差人給您送過來，您挑挑看有沒有喜歡的。還有南星村的山頂竹屋，您也可以去參觀參觀，要是都不喜歡的話也無妨，咱就按照常規宅院給您蓋。」

郭老爺應下，又跟陸尚道了謝。

其餘人對陸尚口中的新式房屋感到好奇，可他們家裡並沒有蓋新房的打算，不好直接問，便想著等郭老爺家中蓋好了，他們再去參觀一二。

郭老爺其實還想細問兩句，可陸尚轉頭瞥見姜婉寧正往這邊走來，他忙比了個噤聲的手勢，又暗中指了指姜婉寧。

「那就先這樣，諸位吃好喝好，我先去了！」

「好好好，再次恭喜陸老闆高中啊！」

幾人家中都有子弟在無名私塾唸書，對於陸尚怕媳婦兒的表現也不怎麼在意，只發出善意的哄笑，目送他三兩步跑去姜夫子身邊，不知說了什麼，惹得姜夫人輕笑不已。

這場流水席是要持續一整日的，陸尚雇了人幫忙收拾，但等客人們都散去，天色也不早了，他和姜婉寧商量後決定，直接留在無名巷住一晚。

陸尚本想與陸奶奶同住，叫姜婉寧陪著姜母，但剛一提出，就遭了姜母的反對。

姜母說：「我與陸家奶奶一起睡就是了，哪有打擾你們小倆口的道理？去吧去吧，這邊沒你們的事了。大家都忙了一天，明日又要回府城，還是早早歇下為好。」

隨後，她也不等陸尚和姜婉寧反對，攙著陸奶奶的手，隨陸奶奶一起回了房。

倒是陸顯夫妻還站在院裡，見狀頗有些手足無措。

陸顯猶猶豫豫地說：「要不……我們出去住一晚吧？也好把房間空出來……」

陸尚瞥了他一眼，有點看不上他遇事躊躇不決的樣子，可一想到今晚才下的決定，只能強迫自己別多想，只說：「不用，你屋裡也有妻女，來回換也太麻煩了。現在都安排好了，就這樣吧。陸顯你先等等，我一會兒有點事要跟你說。」

「啊……好好，好的。」陸顯忙應道。

陸尚先是陪姜婉寧回了房，給她打來熱水泡了腳，又伺候她梳洗完畢，見她收拾得差不多了，才出去找陸顯說話。

陸顯不知他來意，被招呼了兩聲才肯坐下。「大哥找我什麼事？」

陸尚開門見山道：「兩件事，一個是物流隊，雖說你也升了小管事，但說實話，這兩年你做的也只算中規中矩，保持在這個位置都算勉強，要再往上升是很難了。」

此話一出，陸顯頓時寒白了臉。「大、大哥，我……」

「你先別急，聽我跟你說第二件事。」陸尚道。「你可能不知道，我手下新組了一支建築隊，因之前沒有接工，就一直沒找管事，今天我跟郭老爺說了這事，準備叫建築隊去他家蓋兩間新房，這建築隊也該管起來了。

「你性子靦覥，本就不適合物流隊這種與人多打交道的事，所以我就想著，不如叫你去建築隊做工。建築隊的工人都是村裡的莊稼漢，有一把子力氣，也都是好相與的，你與他們相處起來想必也會簡單許多。

「你是以管事的身分去的，工錢是跟現在相當，但除了這份工錢以外，你也可以跟工人們一起蓋房搭屋，拿第二份錢，這份工錢跟你所熟知的磚瓦匠差不多，也算額外收入了，就是可能會累一些，你覺得呢？」

陸顯張了張口，好像是想說什麼。

陸尚沒有催促，給了他足夠的時間思考。「你好好想想，因為我明日就要回府城了，今晚要得到你的答覆，不願意也沒關係，你就繼續在物流隊做著，我再去找旁人。其實建築隊的活兒是最簡單，要求不高，找管事也好找，我就是念著你家裡還有明暇在，反正能多賺一點算一點吧。」

陸顯擺弄著他的衣角，半天才說：「好……大哥，我幹。」

陸尚觀察著他的神色。「並非強求你，還是要看你的意願的。」

陸顯扯出一個笑容。「不強求的，我知道大哥是為了我家好，我會抓住機會多賺錢的，謝謝大哥念著我。這時間也不早了，大哥還是早些去休息，等什麼時候用著我了，只管知會我一聲，我馬上就過來。」

「那行。」陸尚站了起來。「這事就先這麼定下了，趕明兒你去物流隊做一下交接，建築隊的事應不會拖太久，最晚下月月中就會定下來，到時我抽空來一趟跟你細說。」

「好，我曉得了。」

陸尚回到屋裡，在門口擦了擦手和臉，又換了一身新寢衣，熄滅蠟燭後摸到床上。

姜婉寧累了一天，已經昏昏欲睡，但她在感受到身邊熟悉的氣息後，還是往陸尚身邊拱了拱，直至把自己半個身子都塞進他懷裡才停。

陸尚忍俊不禁，輕輕親了親她的耳尖，空著的那隻手也不老實，從她肩膀摸到腰腹，力道不輕不重，但對於將睡的人來講，仍是惱人的。

姜婉寧沒力氣打他，就低聲嘟囔了一句。

陸尚聽得不真切，又去摸她的肚子，嘴上「咦」了一聲。「阿寧最近是不是胖了呀？」他不信邪地往旁邊摸了摸，果然摸到了她腰腹上的一小圈軟肉。

姜婉寧迷迷糊糊的，也沒聽懂他在問什麼，輕哼了一聲，復將腦袋埋進他胸前。

見狀，陸尚總算良心發現，不再繼續打擾，他悶聲笑了兩下，一把攬住小妻子，也隨之合上了眼睛。

在相隔不遠的另一間臥房裡，陸顯夫妻倆則是久久未能入睡。

陸顯仰面躺著，情緒很低落，他從進門把建築隊的事說完後，就始終一言不發。

馬氏一開始還在錯愕，到後面就變得難受了。

「大哥怎能這樣？你就算做得不好，這麼多年沒有功勞也有苦勞吧？憑什麼一下子就把你辭退了？那建築隊他說得好聽，可說白了不就是泥瓦匠，專門給人蓋屋子的，如何比得上物流隊的管事體面？還說什麼為了咱家好、為了能多攢些錢，你瞧瞧他說的這話！

「他陸尚多有錢啊，不光有物流隊的收入，如今考上了舉人，更有官府的月俸，他要是真有心幫咱們一把，早該給明暇把病治好，何至於拖了這麼多年，全靠你一人操累！他也就是嘴上說得冠冕堂皇，說白了還不是騙你給他賣力？

「還有你！你也是傻，他都說了願不願意都聽你，那你就直接推了唄！他都不為你著想，你何必還要顧全他的面子？這下可好，丟了物流隊的管事，以後咱家又成了泥腿子了……」

馬氏的碎唸聽得陸顯腦瓜子嗡嗡的，可從始至終，他未有一言反駁。

轉日大早，陸尚早早起來，去巷子口買了早點，待姜婉寧等人起來後，抓緊時間吃了早膳，準備吃完就回府城了。

他在巷口只買了包子和白粥，因家裡人多，他便足足買了十屜，有肉有素，足夠他們這七、八口人吃了。

陸明暇的眼睛還是老樣子，早上起時還鬧過一次，後來被姜婉寧抱去了身邊，這才算安靜下來。她話極少，往往姜婉寧說十句，她才會應上一聲，瞧著並不像親人的樣子，偏生就是要趴在姜婉寧膝頭，稚嫩的小臉緊緊貼著姜婉寧的小腹。

姜婉寧也不嫌麻煩，自己吃著素包，還時不時給她餵上兩口，順便哄她多說兩句話，省得整日悶在家裡，連與人說話都不習慣了。

只是姜婉寧來無名巷的次數實在太少，一年到頭也來不了一回，便是現在哄陸明暇說話了，等她一走，輪到馬氏帶孩子，多半還是恢復原狀。

姜婉寧原想勸馬氏兩句，偏對方一直躲在廚房裡，直至他們離開也沒露面，她準備好的勸慰也只好作罷，只臨走前憐惜地撫了撫孩子的頭，掩去眼底的一抹疼惜。

馬車照例停在巷子口，無名巷的鄰居們都知道他們今日要走，好幾家都等在家門前，一定要與他們打聲招呼才行。

姜婉寧還看見了好幾個之前在學堂裡唸書的孩子，其中有兩個已說了親事，把媳婦兒也叫出來了，她手裡沒準備東西，索性一家塞了一兩銀子。「沒能喝上你們的喜酒，那便祝你們白頭偕老，恩愛不移吧。」

「夫子，這……」兩家人抓著銀子，頗是窘迫，見姜婉寧不肯收回去，只好接下，又說：「謝謝夫子，也祝夫子和老闆越來越好！」

「謝謝你們。」姜婉寧笑道。

從陸家到巷子口，這一路光是打招呼就用了小半個時辰。

等好不容易上了馬車，姜母不禁捂著嘴感嘆。「婉婉好生受歡迎欸……」

姜婉寧被打趣了也不害羞，點了點頭。「那可不！」

又是引起一車的哄笑。

馬車將出塘鎮時，陸尚多問了一句。「可還要下車走走？我瞧妳今早吃得比平常都多，後面還要趕半天路，小心積食。」

姜婉寧想了想，卻是搖頭。「我沒覺得吃撐，胃裡也還好，應是不用的。」

「那好，路上若是哪裡不舒服了，千萬記得說。」陸尚不放心地又叮囑一句。

好在一路順遂，到了半下午的時候，馬車順利進入府城，又一路奔著陸府而去。

姜婉寧睡了半路，下車時精神奕奕。

反是陸尚被她枕了許久，半個身子都麻了，在車上緩了好一會兒才能動。

幾人進了家門後，一問看家的下人才曉得，原來姜父還沒回來！

郡守大人倒是中途遣了人來，一問家裡人都不在，很快也離去了。

姜母美目一橫。「我看妳爹他是想長住在郡守府上了！」

姜婉寧忍笑，還要勸慰。「娘親別生氣，爹他肯定是有正事要忙。正好亮亮他們也在郡守府上，趕明兒我過去接他們，也問問爹什麼時候回來？」

哪料姜母並不領情。「不許問！我倒要看看他想住到什麼時候！」

「好好好，不問不問！我跟您一起看爹他什麼時候回來……」姜婉寧全哄著姜母說，一轉頭，果然瞧見陸尚掩嘴偷笑，肩頭上下聳動不已。

從塘鎮到府城這一路辛苦，幾人到廳裡稍微吃了點東西，也就各自回房休息了。

陸尚的生意多半都在塘鎮，府城雖也有，但底下管事就能打理清楚，他既是回來了，當務之急還是養好精神，等稍微歇上兩日，就該為日後的春闈做準備了。

他陪姜婉寧回房後，約定好等明日下午再去郡守府拜會，眼下則是先褪衣稍憩，也不拘什麼時候醒來，總歸也是不趕時間的。

就是姜婉寧睡了半路，現在沒什麼睡意。

她靠在陸尚肩頭，細細說道：「這兩日我想了下私塾的事，也稍微琢磨出點苗頭來了。」

陸尚強打起精神，問：「阿寧打算如何？」

「夫君可記得，私塾裡是有一些女學生的？」姜婉寧說：「其實我最開始辦學堂，只是為了給無名巷的孩子們啟蒙，意外教到了項敏，才動了給女子傳授的念頭。

「先說項敏，她跟了我好多年，學問如何暫且不提，光是她手裡的裁縫鋪和書信攤子，就已遠超許多男子了。我看著她便覺得，我收女學生的目的是達到了。

「後來開了私塾，私塾裡的學生也越來越多了起來，雖也招了許多女學生，但我總覺得，上課的內容有些偏頗了，只因這幾年給學生們上課，都是緊著《四書五經》來講的，便是為了男子的科考，反忽略了其他女學生的想法。

「或許她們並不介意，但說到底她們不能參加科考，學了這些東西有多少用處，也很難有個定論。我甚至沒有問過她們，來私塾到底是為了什麼？是想通些情理，日後好與夫君琴瑟和鳴，還是欲習得一身本事，將來能憑自己立足？」

陸尚細細撫著她的手指，問道：「那阿寧是想？」

「我想將私塾裡的男學和女學給分開來。」姜婉寧道：「能教書育人的夫子從不在少數，可願意教女子立足的卻寥寥無幾。我知私塾裡的學生和其家人都是信任我，才肯來一無名私塾唸書，他們既是為科舉而來，我也當全了他們的心願。

「所以我想著，私塾裡可以招些新的先生了，以後便讓這些由我和爹考核過的先生給他們授課，我則主管女學那邊，但也不是全然不管男學，就是逐步減少我去男學的次數。夫君覺得，這般可行？」

陸尚問：「阿寧可是決定了？」

「……嗯。」

「那我也覺得成。阿寧想得很周全，已是在為大部分人考慮了。私塾這些年教出這麼多學生來，本就容易招人嫉恨，妳的一番新安排，也算是保全了大家。妳知道的，無論妳想怎麼做，我都站在妳這邊。」

姜婉寧胸口一陣滾熱，良久未能言語。

就在陸尚準備說些什麼緩解氣氛時，卻聽姜婉寧忽然道——

「夫君，我忽然覺得又有些餓了。」

「啊？」陸尚一呆。「可我們不是才吃過東西嗎？阿寧，妳才吃了兩碗素麵啊！」

「我、我也不知道……就是仍想吃些東西……」姜婉寧臉上一紅，受不住陸尚震驚的目光，索性雙眼一閉，掩耳盜鈴起來。

陸尚雖不介意姜婉寧吃東西，但她突然改變胃口，他少不得擔心她是否染了病？

他先是麻利地去準備了好消化的粥米，在粥裡放了雞絲和豬油，又多煮了兩個雞蛋，一齊端來臥室中。

雞絲粥的分量不少，他是想等姜婉寧吃夠後，剩餘的由他來吃掉的。

哪承想姜婉寧用餐的速度慢是慢了點，到最後卻一點都沒剩，連兩個雞蛋都吃了，盆光碗淨，看得陸尚半天回不了神。

他終於忍不住說：「要不……咱明天去醫館看看吧？」

「啊？」姜婉寧愣住了。「夫君是有哪裡不舒服嗎？」

陸尚苦笑。「妳今天吃得也太多了點，不光今天，細想最近這段日子，妳吃得都不算少，從前我沒注意，這兩天才覺出不對勁來。阿寧，妳真沒覺得難受嗎？」

他想了想，這連吃兩頓，便是換做他一個大男人都稍覺勉強，也不知姜婉寧是怎麼吃下去了？但瞧她現在的模樣，分明是一點異樣都沒有的。

姜婉寧被他說得也懵了。「我、我感覺沒事啊……」

「明天去醫館看看吧。」陸尚一錘定音。「前些年每月都要請大夫來問脈的，自從去年大旱後，這個慣例就停了，距離上次問脈也有段日子了，正好大家都看看。算了，還是明日我早早起來去醫館一趟，把大夫請到家裡，不光妳，家裡人全都看看，也算是求個心安了。」

姜婉寧點了點頭。「好。」

她覺得累了睏了，一沾床就睡下。

而陸尚就怕她吃多了不舒坦，仍是守了一個多時辰，見她確實沒有事，這才緊挨著她躺下，前後不過半刻，也跟著沈入夢鄉。

隔日清早，陸尚醒得極早，他看姜婉寧還睡著也沒打擾，只輕手輕腳地出了門，又跟早起的姜母打了個招呼，便溜溜達達地去了醫館。

醫館開門的時間向來很早，他趕到時門口已有百姓在排隊。

好在陸家跟這家醫館本就有合作，他跟門口的學童說了一聲，就被破例放進去，找到相熟的何大夫。

等何大夫看完手底下的病人，便拎著藥箱跟陸尚回了家。

回家的路上，陸尚將姜婉寧的癥狀簡單地說了一下。

何大夫想了想，問：「只是食慾大增嗎？可有嗜睡、噁心等癥狀？」

「在我印象裡只有食慾大增，並無其他癥狀。」

何大夫皺了皺眉。「那且叫我去看看。」

到家裡的時候，家中幾口人全醒了，姜婉寧陪著陸奶奶在院裡擺弄花草，姜母在旁邊喝茶，而廚房那邊已有下人在準備早膳了。

姜婉寧已經將找大夫請脈的事跟家裡人說過，除了陸奶奶和姜母外，其餘下人也一併帶著，也算是在陸家做工的額外福利了。

何大夫先被請去了堂廳，沒過多久，姜婉寧就帶著其他人過來了。

下人們的請脈要靠後些，尚在門口等著，而廳裡的人則相繼坐下。

陸尚說：「先給夫人看看吧。」這回請大夫本就是為了姜婉寧，給她先看也是應該的。

何大夫將脈枕放到桌上，道一聲「得罪」，便將雙指放在姜婉寧腕上。他習慣性地閉上眼睛，可前後不過兩息，就重新睜了開，張口便是：「指下圓滑，如珠走盤，此乃——」

「喜脈？」陸尚聽得耳熟，便下意識接了一句，不偏不倚，正與何大夫的聲音重疊上。

猛一下子，整個堂廳都安靜了下來。

姜婉寧整個人都是傻的，過了好半天才問：「何大夫……您是說？」

何大夫後退半步，拱手笑道：「恭喜陸夫人，您這是有孕了啊！」

……還真是啊？

一時間，陸尚滿腦子都是這幾個字，卻反應不過來這意味著什麼。

直到陸奶奶一拍大腿，張口笑道：「婉寧這是懷孕了呀！好好好，這麼多年，可總算是有了！」

姜婉寧和陸尚皆是一個激靈，下意識看向對方，可在視線相碰的瞬間，又不約而同避開，只覺耳尖發燙，也不知是在害羞什麼。

姜母沒時間關心他們的反應，只催促何大夫。「那大夫可能看出婉婉是有幾月身孕了？脈象可穩？姑爺說婉婉近來食慾大增，這是不是也屬正常現象啊？」

她一連問了許多，何大夫都一一解答。「夫人已有兩月身孕了，脈象很穩，您若是不放心，稍後老夫再開兩帖安胎藥便足矣。孕期食慾大增也屬正常現象，日後月分大了，或許還有其他癥狀。」

「哎，好好好，那辛苦大夫您再給開兩帖藥，我一會兒跟您去醫館拿？」姜母追問。

何大夫說：「不用您多跑這一趟了，我回去會叫手下的學徒給您家送來。只是陸夫人月分還小，平日還需多注意些，切忌操勞，切忌劇烈運動，飲食也宜清淡，等到四、五月分胎象坐實了，便可放鬆些了。」

「好好好！」姜母是生育過兒女的人，可這時彷彿忘了自己的經驗。她趕緊尋來紙筆，將何大夫的囑託一一記下，轉頭想交代給陸尚，哪承想就這麼一會兒工夫，人家早跑去女兒身邊了。

陸尚俯身挨著姜婉寧，小夫妻倆也不知在說什麼悄悄話，聲音小小的，只在他們之間傳遞，外人是休想聽見丁點兒。

也不知陸尚說了什麼，惹得姜婉寧眉眼一橫，抬手給了他一巴掌，不輕不重地落在他的小臂上，又被他反手抓在手心裡。

行吧。姜母默默閉了嘴，只把剛記好的注意事項摺起來，塞進自己的荷包中。

後面何大夫又給其餘人診了脈，只有陸奶奶這幾日多有奔波，脈象有些許不穩，隨後開兩帖安神藥也就無礙了。

因夫人有孕，陸尚作主給家裡的下人都發了賞銀。

做完這些他仍覺不夠，摸著下巴琢磨道：「阿寧妳說，我要不要也給物流隊的工人發些賞錢啊？這可是大喜事，我提早給妳積些福分，日後也好更安穩些。」

姜婉寧斜眼看他。「夫君不是不信神佛嗎？」

陸尚彷彿聽不出她的揶揄，正色道：「胡說，我最敬重神佛了！那就說好了，一會兒我就給陸啟送消息，叫他給陸氏物流的工人全發一貫錢，就說夫人有喜，只當是給夫人和未出生的孩子積福了。」

姜婉寧忍俊不禁，輕輕推了他一把。「陸老闆好生豪橫。」

「嗯哼！」陸尚不以為恥，反以為榮，又說：「我記得府城外有一座佛寺，過幾天我還要過去給妳點一盞長明燈，保佑妳和孩子平安。」

姜婉寧勸了兩句，見他鐵了心要去，連姜母和陸奶奶都說應該，她索性也不管了。

家人念她尚在孕初期，唯恐她累到了，才把何大夫送走，就叫陸尚陪她回房休息。

姜婉寧錯愕道：「可我才睡醒一個時辰啊……」

姜母一副過來人的語氣勸她。「一個時辰已經不短了，婉婉聽話，妳只有休息好了，身體才會康健，這樣妳和孩子都好。去吧去吧，我和陸家奶奶會照顧好家裡的。」

姜婉寧想說，便是她之前沒懷孕的時候，家裡也不用她操心。可當她對上兩位長輩眼中的擔憂和歡喜，她也忍不住笑出來，乖巧道：「都聽娘親的。」

如此，姜婉寧起床才一個時辰，又被陸尚帶回了屋子，到床邊坐下。

陸尚去關了房門，又在門口站定良久，才從方才的衝擊中徹底回過神來。他晃了晃腦袋，卻是根本控制不住嘴邊的笑意。

陸尚與姜婉寧成婚好幾年了，前些年顧忌著姜婉寧年紀小，便是心裡壓抑得難受，也控制著自己不要越線，硬是等姜婉寧過了十八歲生辰，才做了真正的夫妻。

在這個時代，女子十六、七歲懷孕是很正常的事，但陸尚接受了先進的教育，知道女子在這個年紀尚未發育完全，便是懷了孩子，實際也會傷身。

於是在最初那兩年，他有意避孕，無論誰提該要個孩子了，都被他笑著含糊過去。後來兩人又都忙著各自的事業，陸尚雖不再避孕，但兩人接觸的時間減少，他就想著順其自然，沒有刻意追求什麼。

陸尚覺得，如今這個時間，姜家人團聚，他中了舉人，不論陸氏物流也好、無名私塾也好，皆已步入正軌，離了誰都能穩定運轉下去，這個孩子可不正是來得剛剛好？

孩子。

陸尚將這個詞在嘴邊唸了好幾遍，嘴角的弧度也越來越大。

他深吸一口氣，快步走到內間，屈膝下去，一把抱住了姜婉寧的腰肢，不等她問，便將頭貼在她的腰腹上，輕聲說：「阿寧，我好高興啊……比我中舉時還高興。」

姜婉寧垂首看著他，眉眼間全是溫柔。「我也很高興。」

因這個孩子的到來，原定下午去郡守府的事也被推遲了。

陸尚沒有隱瞞，將原因分毫不差地送去了郡守府上，他原本只是想將姜父釣回來，哪想到了傍晚，連同郡守夫妻也一起來了。

姜父一進門就問：「婉寧可是有孕了？」

姜母正和陸奶奶坐在院裡剪花，驀然被他嚇了一跳。

姜母不悅地掃了他一眼，沒好氣道：「我還以為你要等外孫出生了才肯回來呢！」

姜父訕笑兩聲，張口欲要辯解。

跟他同來的曲恆卻是先一步開口。「師娘莫怪，並非是老師不肯回來，全是我的錯，是我求著老師別走，這才耽擱了許久。師娘要是生氣，就罰我吧！」

姜母的臉色這才好看了些。「你別替他說話，我跟姜之源這麼多年夫妻，豈有不了解他的道理？行了，辛苦你們跑這一趟，晚上便留在這裡一起吃頓飯吧。」

「哎！那就謝謝師娘了！」曲恆賠笑，又用手比劃了兩下，示意妻子於氏過去陪姜母。

於氏了然，分別給姜母和陸奶奶問了好，很快便跟她們湊到一起，沒過一會兒就聊了起來，妳一言、我一語地談論起花草，然後話音一轉，又說起當初有了身孕後的事。

姜父和曲恆對視一眼，悄無聲息地繞過她們，轉去後面的書房裡。

兩人在書房沒等多久，陸尚和姜婉寧就來了。

說起曲恆這次過來，一是為了姜婉寧有孕，二來便是為了她那私塾了。

曲恆先是恭喜了他們兩人，隨後不得不提道：「原本我還想著，妳那私塾現下風聲太盛，不如找個名頭關停一陣子，如今可好，妳有了身孕，倒是有正當理由了啊！」

早在鄉試放榜時，他就和姜父討論過無名私塾的事了。

要說姜婉寧只是一女子也就罷了，可畢竟姜家獲罪，姜家二老又是被偷摸地送來了松溪郡，要是有心人抓住這一把柄，往縣衙裡告上一狀，那就真要出大事了。

窩藏罪臣，這可不是什麼小罪過！

兩人一致覺得，這私塾最好還是關一段時日，等日後沒多少人關注了，再開業不遲。

正好陸尚年後要入京參加會試，姜婉寧閒賦在家，更能一心陪他備考，倘若陸尚爭氣能高中，日後在官途上再出一番作為，為整個姜家脫罪也並非不可能。

曲恆和姜父將其中利弊全擺在明面上，認真分析給姜婉寧和陸尚兩人聽。

卻不想，他們考慮的這些問題，都是兩人早前想過的，姜婉寧若沒有成算也就罷了，可她既已決定將私塾分作男學、女學，便不想白白浪費這將近一年的時間。

待曲恆和姜父話落，她搖搖頭道：「爹、曲叔，你們不妨聽聽我的想法……」她將先前與陸尚討論過的事又講了一遍，最後道：「如今已在私塾裡的學生，我親自教他們到離開私塾，至於以後再有人入學，除非是女學生，其餘人我便不親自帶了。

「我知曲叔和爹的意思，但無名私塾現在名聲大盛，無非是因為在科舉中占了太多位子，若以後我以女學為主，她們不參加科考，便不會觸犯了旁人的利益，眼紅者自然也就少了。

「爹和曲叔說得是，如今我有了身孕，定是不能像之前那般操勞，正好等我月分大了，私塾裡的學生也該進京趕考了，我便也能跟著閒下來。

「至於女學這邊，因我也只是有個初步想法，具體如何做還需細細考量，不過大致就是這個意思。您二位覺得呢？」

曲恆和姜父都是知道女學的，但像這般規模龐大的女學，卻是第一次見。

他們曾見過的所謂女學，那只是有錢人家或富貴人家給家裡子弟請的西席，因為全是自家人，便沒那麼多男女大防的規矩，趁著孩子們年紀小，才好叫女孩們跟著識識字的。

當初他們第一次知道，無名私塾裡女學生的數量不在少數時，也都吃了一驚。

可人家女學生的家人都不在意，商籍都能參加科考了，女子唸書又算什麼？

卻不想，有朝一日，姜婉寧竟想將重心全放到女學上。

兩人從未想過還有這般方法，一時俱皆沈默了。

片刻後，陸尚說：「我覺得阿寧的想法沒有問題，至於爹娘的身分問題，其實我倒是覺得，過了這麼多年，皇帝興許早忘了這事，且我也有聽阿寧說過姜家獲罪緣由，雖說是有站錯隊之嫌，可姜家本就不曾參與過奪位，說是無妄之災也不為過。

「相反地，爹在朝時編撰的許多著作，至今還被視作科考必讀書目，便是真被人舉報到了衙門裡，誰又知道是福或是禍呢？爹名下弟子無數，不算那些掛名弟子，便是像曲叔這般的也不在少數。當年皇帝剛登基，急需肅清朝堂，下手許是狠戾了些，但這麼多年過去，世道穩定，皇帝便是真想做什麼，也要顧及爹的聲望吧？」

他的一番話引起姜父和曲恆的深思，兩人沈默良久，皆表示了認同。

姜婉寧說：「那這事就這麼定了，辛苦曲叔幫我，日後要是再有人打聽我那私塾，曲叔便幫我說兩句話。還有之後要招的教書先生，也請曲叔幫我關注一二了！」

「好好，沒問題。」曲恆自沒有不答應的，還主動提道：「我和學政本就有到大小書院裡講學的習慣，等之後我們也可去私塾裡多看看，或者有什麼旁的需要我做的，妳也儘管說。」

就是可惜了姜父，為了安全起見，往後還是要儘量少在人前露面，就是真想教人了，這不還有陸尚在呢？

陸尚被三人注視著，不禁苦笑。「我能有爹和阿寧一同教導，這就算是贏在了起跑線嗎？」

眾人哄笑。

曲恆笑道：「可不是？你要是考不了個狀元回來，可就是辜負了老師和婉寧的一腔希望啊！」

這天大的壓力叫陸尚不禁汗顏，忙道「求放過」。

第三十三章

兩日後，無名私塾開學。

龐亮和大寶等人前段日子回了家，當初陸尚舉辦流水席時，還曾見他們露過面。

大寶和林中旺這些年已學了足夠多的東西，他們又不打算科考，其實早能從私塾離開了。

但在姜婉寧眼下長大的情誼到底是不一樣的，陸尚又想將他們培養成如陸啟一般的管事，便想叫他們在私塾裡多待兩年，培養一二眼界和胸襟也是好的。

如今龐亮高中解元，前途一片光明，其餘幾人便想著，也該擔起養家的責任，尋找他們自己的出路來了。

四個孩子站在陸家書房裡，將他們的想法一一說給姜婉寧聽。

姜婉寧聽了後有點意外，但也表示能理解。

她沈吟片刻後，開口道：「大寶和中旺學得也很多了，之前我便跟你們家裡說過，日後從我這兒離開，就可以直接進物流隊。但還有一事我沒有跟你們說過，你們進物流隊不假，卻並非是從最底下的長工做起，而是會直接升管事，也就是跟著陸啟辦事，在他手下做兩年，就跟學徒一般，繼而接任四管事和五管事。這兩個管事的意義，你們應是清楚的吧？」

此話一出，兩個孩子皆是滿臉錯愕。「真、真的嗎？」

姜婉寧笑說：「自然是真的，不然我為何要將你們留這麼久？不是白白耽擱了時間。」

「那、那我們……」大寶偶爾會跟著他爹陸啟上工，自然明白管事的地位，因此激動得說不出話來。

姜婉寧說：「你們既然已經決定好，那這兩日就可以準備回家了。先回去歇個三、五天，我叫夫君給你們安排好，等都定下來後，就可以去物流隊報到了。往後有了工，可不比唸書時輕鬆，我能教你們的，也就到這裡了。」

大寶和林中旺眼眶一澀，忙低頭掩去神色。

他們端端正正地站好，復筆直跪了下去，給姜婉寧磕了三個頭才罷，又說：「多謝夫子多年教導之恩。」

姜婉寧扯了扯嘴角，走過去將兩人扶起來。

「沒關係，你們以後仍在陸氏物流呢，我們往後見面的機會還多著，無非是換個場所罷了。這也是早晚的事，無須傷懷。」

「嗯！」大寶和林中旺抹了一把臉，重重應下。

解決了大寶和林中旺的事，項敏的去處也是一個問題。

項敏家裡早就想催她找婆家，她知以一己之力抵抗不了家裡，就一直借姜婉寧的名頭，多數時間躲在陸家，這才躲避掉成親。

她今日既是也提了離開，姜婉寧還以為她是打算回家說親了。

誰知不等姜婉寧說話，項敏先跪了下來。

項敏說：「夫子，我還想留在您身邊。夫子，我跟您學了好多年，認識了好多字，也唸了好多書，我還會算數，我也可以給小孩啟蒙了。」

姜婉寧一怔，一時沒明白她的意思。

項敏又說：「夫子，您還願意收小孩子嗎？如果您願意收年紀小的學生，那我可以幫您上課。我不要工錢，只要您能叫我留在府城就行。我不想回家，我也不想成親。」

「這……」姜婉寧明白了，卻不曾想過她還有這般主意。「抱歉阿敏，我暫時還沒有這個想法，沒辦法給妳準確的答覆，不過既然妳提了，我也會仔細思考的。但妳若想留在私塾幫我，眼下確實有妳可以做的。」

項敏驚喜地看過去。「夫子您說！」

姜婉寧只好再將她欲分男學、女學的事說了一遍，又道：「我知妳算學學得極好，若是女學中有人想學這門功課，就可以由妳來教，妳覺得呢？」

「當然可以！」項敏一點都不害怕，甚是自信。「夫子您放心，我肯定能教好！」

姜婉寧就喜歡她這股橫衝直撞的勁兒，比起一些男子也分毫不差，若有她在私塾，想必日後私塾的管理上，也能添一大助力。

有了這個想法後，她對於把項敏留下更是確定了。

三人皆解決了去處，還要留在私塾的也只剩龐亮一個。龐亮是個性子穩重的，他早就決定在科舉路上闖出一番名堂來，便是被姜婉寧壓了好幾年也不怨，聽到好友們一一離去，雖也是傷感，卻並不會改變他的志向。

再說了，不還有師公陪他一起準備來年會試？

大概是因為有了熟悉信任之人的陪伴，他心裡的最後一點忐忑和遲疑也散了。

私塾開學沒兩日，姜婉寧就將她的打算跟所有人都說了。她叫女學生們將這事也跟家裡商量一番，若是願意留在私塾學些本事的，她最是歡迎；若不願繼續的，她也不強迫。

至於剩下的男學生，他們雖不願被新夫子教導，卻也知改變不了女夫子的主意，只能越發珍惜起現在的課程來，省得日後後悔，課上沒多認真些。

一個月後，私塾正式分作男學和女學。

原本的女學生大多數都選擇了留下，但還有七、八人，不知是自己不願，還是受制於家裡，提出了退學。

男學暫不招新生，而女學則開始了第一批面向全城百姓的招生，入學女子不拘年紀，也不拘家境，學費按照每月兩錢來算，包兩餐和筆墨紙硯。

這個學費比之前少了許多，但因是招女子的，一個月下來也沒多少人報名，其中多數還是家境不錯的，送家中姑娘來，無非是想提前熟悉一下夫子，萬一日後再招男學生，也好近水樓臺先得月，提早給家中子弟謀個位置。

姜婉寧知道他們的想法，但也沒有生氣，畢竟來學堂到底所為為何，實際還是要看學生本人，家人只算一個參考，總不能真為她們規劃了一生。

可惜這些女子多數沒有目標，便是姜婉寧問她們想學什麼，她們也說不出個一二三來，最後只能叫姜婉寧作主，各方各面都涉獵些，主要還是以教她們一門立世的手藝為主。或是農耕之法，或是紡織之術，又或者只是單純的經商之道……無名私塾一改之前作風，好像一下子變得世俗市儈起來，偏姜婉寧並不覺得這有什麼不好。

隨著無名私塾主女學後，那些對姜婉寧一介婦人開辦私塾頗有意見的人也逐漸偃旗息鼓。

還有那鹿臨書院的院長，得知今年解元乃是姜婉寧親傳弟子，而曾被他們書院百般不看好的陸尚都中了舉人後，竟是登門拜訪，欲叫姜婉寧傳授授課經驗。

陸尚在旁旁聽，將他打的主意看得一點不差，開口諷刺道：「院長要是真敬仰夫人的學識，求什麼經驗啊？就跟郡守大人一般，直接請夫人去鹿臨書院授課便是。」

院長被懟得臉上一陣青白，最後道一聲「荒唐」，拂袖而去。

暫且不論旁人是何想法，私塾的事算是告一段落。

姜婉寧連續著忙了兩個月，中途一度忘了自己懷有身孕，常常要被陸尚提醒，才想起該休息了。

既然私塾分流結束，她也該調一調重心，多關注關注自己的身體。

這兩個月何大夫隔段時間就會來家裡請一次脈，姜婉寧的胎象始終正常，也沒有旁人那般的孕期反應，要不是確定為脈象，何大夫甚至懷疑她到底是不是懷了孩子。

涼秋過去，寒冬撲面而來。

姜婉寧稍微顯了懷，有了微微隆起的小腹提醒，她終於知道多注意些了。

再有便是姜母和陸奶奶輪番送來的營養湯，有沒有營養不談，味道甚是奇怪。

她最開始還給兩位長輩面子，捏著鼻子喝下，到後面則是能躲則躲，還拉了陸尚來幫忙。

陸尚跟她和姜父學了兩、三個月，已滿腦子的天下大義，他本就不是多愛學習的人，如今只想要盡快參加完會試，也好早日結束這痛苦的日子。

好在馮賀也過了鄉試，得知陸尚在家裡「開小灶」後，厚著臉皮跟了過來，有他幫忙分擔姜父和姜婉寧的注意力，這才叫陸尚稍有喘息的空檔。

日子平淡而順利地過著，直至這日傍晚，郡守遣來家中小廝，請陸尚過去一趟。

陸尚不知緣由，但也沒有拒絕，只跟家裡說了一聲，便匆匆趕去了郡守府。

哪知等他跟曲恆碰了面，對方一句話卻叫他愣住了。

曲恆表情嚴肅地說：「你可知有人狀告你一邊科舉、一邊鑽營，欲違背皇上聖旨，為官且行商嗎？」
「什麼？我這不是還沒做官嗎？干行商什麼事？」
曲恆說：「你說得沒錯，但問題不是出在這裡。你就沒想，是誰將你告上衙門的嗎？」
陸尚晃了晃腦袋，這才注意到關鍵點，他的表情也漸漸冷了下來。「還請曲叔告知於我。眼下我雖並未入朝，又有皇上所賜恩典，便是真一邊為官、一邊行商也無妨，但這事並未公諸於眾，在外人看來，二者兼顧乃是死罪，這般狀告於我的，怕是要置我於不義。」
曲恆這才點了頭。「正是如此。原本這事耽擱不到你，我也不該與你說的，只是這狀告之人與你牽扯頗多，我怕日後真陷你於不義，這才要先跟你提個醒。你可知陸顯其人？正是他到塘鎮縣衙，將你告上衙門的。」
陸尚想過許多人，或是他不經意得罪的人，或是與他生意有摩擦的老闆，甚至連鹿臨書院的院長和夫子都想到了，卻唯獨沒有想過會是陸顯。
他懷疑自己是不是聽錯了什麼，又或者是曲恆說錯了。「曲叔，你是不是記錯了名字？」
曲恆道：「這是今日我在衙門面見各地縣令後，塘鎮縣令親口對我說的。他還說那陸顯乃是你異母兄弟，這些年一直在你手下做工。那陸顯跟塘鎮縣令說，他雖謝你提攜之恩，卻也不忍家國律令受到違背，這才大義滅親，將你之事告知縣令。
「總歸就是這麼一回事，沒什麼大影響，我也就是告訴你一聲，至於你那異母兄弟該如何處置，我便不多問了。看時間也不早了，大晚上叫你過來，只怕婉寧擔心，我這就叫人送你回去。」

陸尚看了一眼天色，只好跟曲恆道了謝，復返回家裡去。

回到家後，姜婉寧問他出了什麼事，陸尚怕說多了惹她擔心，便找了個藉口敷衍過去。

只是陸顯做出這種事來，著實出乎他的預料。

在陸尚看來，自己待陸顯一家也算仁至義盡了，就說陸家這麼多口人，自己唯喊了陸顯來做工，哪怕陸顯本事不夠，還是叫他做了管事，後面又把新起頭的建築隊交給他。

陸尚實在是想不明白，他有哪裡對不起陸顯，才叫陸顯做出這般事來。

把他告上公堂？

也幸虧他還沒入朝為官，又有旱災時得的恩典，萬一沒有這些事，只怕他真要狠狠栽一個跟頭了。而他不好過，對陸顯又會有什麼好處？

陸尚百思不得其解，連如何處置陸顯都下不了決定。

就在陸尚還為陸顯的作為百思不解之際，哪承想還未等他作出決斷，塘鎮那邊的生意又出了事。

這日找上門的乃是一個生面孔，陸尚端詳了好久才認出，這個中年男人不是物流隊的長工、短工，而是招來蓋房搭屋的工人，叫楊初，先前山間農場蓋的竹屋就有他參與。

後來郭老爺家蓋新宅，他手下的建築隊也是第一回出工，陸尚過去巡視時，發現這人辦事麻利，人也算誠懇，就提拔他做了個小工頭，於陸顯不在時多盯些工。

月前郭老爺家的新房竣工，三層小洋房可是吸引了一批人來看，他們還從沒見過這樣漂亮的房子，聽說屋裡還安了一種叫做「地暖」的東西，跟地龍用處相同，但又不太一樣。

這棟三層小洋房占地面積小，偏偏內部空間極大，才一蓋好就叫許多人動了心。

這不，郭老爺甚是滿意，主動付了工錢，還給做工的工人們添了賞銀。

郭老爺家的房子剛完工不久，就有好幾家找上門來，全是要蓋新房的。

按理說建築隊揚名，也是好事。

誰知楊初卻說：「老闆，大事不好了！兄弟們都收拾好工具準備去幹下一家了，誰知到了他家家門口，卻被告知不打算用咱們了！

「咱們還以為是哪裡做得不好，叫主家生了厭，可不管我怎麼問，人家都不肯說出緣由。後來還是我在他家周圍蹲守了半個月才發現，原來他家又找了新的泥瓦匠，那支蓋房的隊伍工錢要得低，偏生可以蓋出跟咱們一模一樣的房子，就連打地基的方法，也跟您教我們的一模一樣！」

「不可能！」陸尚根本不相信。「那些房屋的圖紙都是獨一無二的，我只給了你們一份，蓋房的技巧也全在圖紙上，怎麼可能被別人學去？莫不是建築隊有人離工，把蓋房的方法也帶走了？」

楊初否認。「並不是，建築隊一直都是最開始的那二、三十號人，我記得清清楚楚，從沒有變動。且大家負責的是不同工作，就是真透露給旁人，旁人也蓋不出一樣的房子，除非是把咱們建築隊的工人都挖走了，但那怎麼可能。」

陸尚完全無法否認他的說辭，正要提出什麼其餘猜測，卻是忽然心頭一震。「不對，等等……那圖紙，你們可能拿到？」

楊初搖頭。「沒有，圖紙一直是陸工把持著的，便是平日遇到問題，也都是陸工看過圖紙再教給我們。我們見到圖紙的次數都不多，更別說拿到了……」他說著，漸漸意識到什麼，眼中浮現出震驚之色。

而陸尚也在他的言語中逐漸確定了自己的猜測。既然建築隊的人沒有知曉整個工程方法的，便不存在告密之人，而排除了所有可能後，只剩下最後一個——

是陸顯背叛了他。

陸顯先是去了衙門，欲以律法將他制裁，又將建築隊的圖紙洩漏予人，可謂是雙管齊下，恨不得毀掉他的全部。

陸尚閉上眼，遍體生寒，徹底不再為陸顯尋找辯解緣由。

片刻後，他睜開眼睛，眼中盡是寒意。「我知道了，你且到門口等一等，我跟家裡人說一聲，這就跟你回塘鎮。」

不管陸顯背叛自己的原因為何，陸尚只知道，他是不能留了。
此時此刻，他甚至忍不住遷怒——不愧是王翠蓮的孩子，果真與其母、其舅一個德行！
陸尚到書房找到姜婉寧後，仍是怕惹她徒增傷憂，只說是物流隊新招了一批人，他想過去考察一番，順便看看大寶和林中旺，若是兩人適應得好，也好提早提拔起來。
姜婉寧不作他想。「好，那你幫我給大寶和中旺帶聲好。」
「好，沒問題。」陸尚答應，垂首在她額心親了親，又輕輕碰了碰她微隆的小腹。轉身欲走之際，忽然想起陸顯家的孩子。
他並沒有忘記姜婉寧對那小姑娘的關心，此時也少不得多問一句。「阿寧還記得陸顯家的姑娘嗎？」
「記得，怎麼了？」
陸尚斟酌道：「沒什麼，就是突然想起她來。妳要是想她了，我要不把她接來府城住一陣子？」
孰料姜婉寧笑著拒絕了。「想倒是有一點，但接來就不必了，她又不是沒有爹娘。再說，我看陸顯和他的妻子對明暇也很上心，我哪有奪人所愛的道理？
「另外則是……這話其實不該說，但我始終覺得，陸顯夫妻對明暇的教育是有問題的，可我又說不出到底是哪裡不對。我既改變不了她家情況，索性就別插手了，也省得孩子夾在中間備受為難。至於她日後如何，就看她自己的造化吧。」

有了姜婉寧這話，陸尚再沒了任何顧慮。

對於陸尚的到來，陸顯夫妻倆皆是感到錯愕的，但等他們看清陸尚的面色，他們又恍然明白了什麼，一時臉上煞白。

陸尚看都沒看他們一眼，便自顧自地在院裡的石桌旁坐下，四下環顧了一圈。

無名巷的這座宅子雖算不得大，卻也是麻雀雖小，五臟俱全。這是他和姜婉寧離開陸家村後的第一個家，哪怕當時手中拮据，也在能力範圍內挑選了最好、最方便的新家。

這個小宅子裡有當初姜婉寧很喜歡的葡萄架，有陸奶奶精心飼餵的禽畜圈，還有他夏日裡納涼算帳的小桌。他們一家三口在塘鎮住了四、五年，全部回憶都留在了這座小宅子中。

後來他們搬去府城，卻從未想過將這裡轉手賣出去，而他念著陸顯一家初來塘鎮，只怕沒有落腳的地方，這才一時心軟，許他們住了進來。

當初姜婉寧還落寞了好幾日，說「那往後這還算咱們家嗎」，陸尚無法回答她這個問題，只能保證道「等過兩年他們手頭富裕些了，我就叫他們搬出去，咱們家就不再叫外人來住了」。

哪承想，一連三、四年過去，他始終沒有提出叫陸顯一家搬離，而小宅裡那些熟悉的物件，也一點點消失在記憶中，被一些陌生的東西所替代。

陸尚並非那等極念舊情的，可望著滿院的陌生，也不免生出兩分物是人非之感。若陸顯一家是那等知恩圖報的也就罷了，還算不枉費他一片好心，哪想得到他又是給工作、又是給房子的，到頭來卻沒能落得一點好。

他坐在桌邊不說話，對面的夫妻倆卻有些按捺不住了。

陸顯躊躇著，終是推了馬氏一把。「妳帶明暇回屋去。」

「我……」

「快去！」陸顯輕喝一聲，這回直接推搡了母女倆，不容半分拒絕。

馬氏頗為不情願，但對丈夫的順從叫她做不出當著外人的面反抗的行為，嘴裡不知嘀咕了一聲什麼，終究還是帶著孩子回了屋。

等院裡只剩陸尚和陸顯了，陸尚方才開口。「我為何來，你是知道的吧？說說吧，我是做了什麼人怨天憎的事，叫你既不念兄弟之情，又不念提攜之恩，寧願去挨板子，也要將我告上公堂？」

「大哥，我……」陸顯一下子慌了。

陸尚嗤笑一聲。「別喊我，我可當不起你的大哥。」

陸顯目光游離，他怎麼也沒想到，到衙門告狀的事會傳到陸尚耳朵裡，且看陸尚的模樣，根本沒有因此受到刑罰，這與他和馬氏私底下商量的可不一樣啊！

陸尚以前尚能容忍陸顯怯懦的模樣，現在再看，只覺格外膈應。

陸顯這一天天裝得老實巴交的，誰能想到，他實際是個背後捅人刀子的。

陸尚不耐煩地道：「快點說，我哪裡做得不好了，叫你做出狀告親眷的事，簡直是恨不得我死在這上頭！我沒時間聽你廢話，趕快交代！」

此話說得實在嚴重，陸顯一個激靈。「我沒想叫你死！我就是、我就是……」不知他是真的膽小，還是畏懼陸尚的身分、能力，他在許久的結巴後，終於說了實話。「我就是想接管你手裡的生意。你都考上舉人了，以後肯定能做大官，這麼一點小生意，你定是不會看在眼裡的。我知道我不討你喜歡，以後你當了大官，這些生意肯定也輪不到我，我要是再不為自己、不為明暇想一想，我就真沒機會了……」

陸尚聽得匪夷所思，眉頭死死地擰在一起。

陸顯接著說：「大哥，我給你幹了這麼多年，自認對每件事都很上心，不說有功勞，至少也有苦勞吧？可便是這樣，你還是不由分說地把我調去了建築隊，那種地方……」

「那種地方怎麼了？你說清楚，什麼叫那種地方？」陸尚怒極反笑地站起來，卻根本不知該用什麼動作來表達他心頭的怒意。「我當初是不是問過你？問過你願不願意去？你說跟著我是想賺錢，我就問你，你在建築隊這幾個月，賺得不比之前多嗎？」

大概是被逼急了，陸顯大吼一聲。「那種地方怎比得上物流隊體面！是！建築隊是能賺更多的錢，可那錢全是我的血汗錢！大哥你只管坐在家裡，手下有的是人給你幹活，可我呢？我要跟一群莊稼漢給人家搬磚、蓋房，一天到晚站不住腳，全在幹苦力活！好不容易下工回家了，碰上街坊鄰居全問我，怎灰頭土臉的，是不是不在物流隊幹了？你叫我怎麼回答？」

陸尚是徹底聽呆了。

過了好半天，陸尚才問一句。「你一直都是這樣想的？」

覺得他只需舒舒服服地在家躺著，就有大把的銀子送到他手裡。

覺得建築隊都是泥腿子幹的活兒，哪怕賺得多，也比不上物流隊的那二兩銀子。

覺得他不懷好心，故意搓磨自家兄弟……

陸尚失望地搖了搖頭，再多的質問也盡散在心灰意冷中。

到了這裡，其實什麼也不用問了，陸顯的埋怨也好、動機也罷，皆已一清二楚。

陸尚維持了最後一分體面。「既然你一直這樣想，那我也沒什麼好說的了。你不願在建築隊就算了，我這地方廟小，容不下你這尊大佛，趕明兒你看是找人幫忙還是怎樣，盡快從我家搬走吧。念在你我兄弟一場的分上，往後你我就不必聯繫了。

「但兄弟情分並非免死金牌，你將我繪製的新房圖紙洩漏給外人，這無論是在為人還是經商上，都犯了大忌，其間所造成的損失，我會叫人核算後給你送來，你看你是賠錢，還是等我將此事上報官府。我給你一個月的時間考慮，算是全了與你的最後一點情分。」

「等等！什麼洩漏圖紙？大哥你在說什麼……」

陸尚對他已是徹底失望，根本不想再聽他的任何一句辯解。他丟下一句「好自為之」後，轉身就往院外走去，便是背後響起斷續的否認，也沒能叫他回頭。

「大哥你等等！我沒洩漏圖紙，這跟我沒關係……不對！我知道了，是馬氏！是馬氏背著我把建築隊的圖紙賣掉的！她一直說那些圖紙很值錢，但我沒同意！大哥，我真的不知道啊——」

圖紙洩漏已經發生，無論是陸顯做的，還是馬氏的私自行為，陸尚全都不關心了。

在他看來，夫妻一體，陸顯夫妻倆便是真有什麼互相隱瞞的，也不過半斤八兩罷了。

就在陸尚踏出院門的那一刻，身後傳來房門的開合聲，女童的尖叫劃破長空，而後便是一陣厲聲咒罵——

「妳個賤婦！妳背著我做了什麼？我的圖紙呢？都是因為妳的蠱惑，才叫我背叛了大哥！要不是妳一直在我耳邊說他看不起我，我怎會做出背叛大哥的事情？都是因為妳！

「大哥你等等！大哥我錯了！你等等我——」

背後的呼喚聲越來越大，夾雜著兩道聲調不同的女聲，可無論是什麼，都未能叫陸尚有半分動容。

管他們在後面打得有多激烈，不都改變不了一個事實嗎？那對夫妻對他早已滿心怨念。升米恩、斗米仇，果然如是。

陸尚沒有在塘鎮多留，趕著夜路回到府城。

待他摸黑進入屋裡，卻意外發現門口留了兩盞燈，燭光映射到床頭，叫姜婉寧不舒服地擋著眼睛。

他第一個反應就是熄了門口的蠟燭，又脫去外衫，在門口抖落寒氣後才靠過去。

哪知就在他剛碰上姜婉寧指尖的時候，就聽見她迷迷糊糊地呢喃道——

「夫君回來了……」

不知怎的，陸尚滿心的疲倦一下子就散了。他悶笑兩聲，輕聲問道：「阿寧還沒睡？」

「嗯……」姜婉寧也不算沒睡，就是睡得不太踏實，半個晚上都過去了，始終半夢半醒的，這才在陸尚靠近的時候感知到。她聲音含糊地說：「等你呢，快上來，好睏啊……」

陸尚被她唸得心都軟了，哪裡還有什麼多餘的想法。

他趕緊褪了鞋襪，想了想又到櫃子裡翻出一身新裡衣，換上乾淨的裡衣後才爬上床，長臂一撈，把姜婉寧完完全全地抱在懷裡。

他想跟姜婉寧說說小話，可看她睏得眼皮不住打架，又實在不忍叨擾，最後只能在她嘴角親了又親，哄她入了夢鄉。

一夜好夢。

翌日大早，姜婉寧睡醒瞧見身邊的人後，愣了好一會兒，下意識推了陸尚一把。「夫君昨晚回來的？」她這是完全沒有昨晚的記憶了。

陸尚掙開一隻眼睛瞧了她一眼，很快又把她拽過來，輕哼兩聲，哄她再多躺一會兒。

姜婉寧見他眼底還殘留著青黑，抿了抿唇，只好順從地躺在他懷裡，一直等到再不起就要遲到時，才狠心將他喊起來。

這段日子兩人都是結伴去私塾的，私塾現在還沒招進來新夫子，仍是姜婉寧兼顧兩邊。在去私塾的路上，陸尚挑挑揀揀，將陸顯夫妻的作為說了說。他隱去了到衙門告狀的事，只說他們倆利慾薰心，將建築隊的圖紙給洩漏了出去，被他發現，這才有了昨日的奔波。

姜婉寧這才意識到他昨日突然問起陸明暇，隨後心裡很快被憤懣填滿。「他們怎這般作為？夫君待他們已足夠好了，便是這樣都不滿足嗎？我算是見識到什麼叫恩將仇報了，要我說，夫君還是太大度了些，就該直接把他們押去官府，何時彌補了損失，何時再從牢裡放出來！」她義憤填膺，越說越替陸尚覺得不平。

陸尚見她生了氣，唯恐叫她動了胎氣，只能好聲勸慰，半天才叫她情緒平復下來。

等罵完了陸顯夫妻，姜婉寧忽然意識到有點不對勁，她狐疑地看過去。「夫君，你剛剛說的建築隊，我怎麼沒什麼印象啊？」

陸尚沈默良久，一拍腦袋，復將額頭抵在姜婉寧的肩上，閉眼裝傻。「什麼？我剛剛說什麼了嗎？阿寧是不是聽錯了？哎，今天的路怎這麼長？我都等不及去私塾做早課了！」

姜婉寧忍俊不禁，屈指在他手背上點了點，最後卻什麼也沒責怪。

兩日後，陸顯一家從無名巷子裡搬了出去。

能搬離得這麼快，並非是他們懷有愧疚，而是陸尚從府城找了人，過去「幫」他們快些搬家。

至於建築隊的損失也核算出來了，足足十八張圖紙，若是真要以此交易，少說也可以賺上幾百兩銀子，靠著陸顯他們的積蓄，絕對是還不起了。

陸尚心裡門兒清，按著早先說過的，給了他們一個月的期限，待一月之期一到，他便馬不停蹄地將他們告上了縣衙。有建築隊的一應工人作證，陸顯夫妻倆再無辯解機會。

縣令將夫妻二人收押，以侵占他人財產的罪名，判三年牢獄。餘下的陸明暇則是被送回了陸家村，只能丟給爺爺陸老二照顧。

陸尚在知道陸顯夫妻的下場後，就沒再跟進後續。

反是陸光宗和陸耀祖兄弟倆，因受了陸顯的影響，也叫陸尚生了幾分厭棄，之前說過的可帶他們來府城唸書也不作數了，便是日後能不能進物流隊都要兩說。

待將陸顯的事處置清楚後，已經一、兩個月過去了，年關也在一片匆忙中悄然度過。

這是姜家團聚的第一個年頭，只可惜了姜家大哥不在，但曲恆帶了妻女過來，陪著一起過了這個年，也算另有一番溫馨了。

過了年，外頭的天還冷著，會試也將如期而至。

如今正是三月初，會試定在四月底，從松溪郡府城到京城路途遙遠，陸尚其實早該出發，只是不忍留姜婉寧一人過年，這才硬拖到現在。

若是姜婉寧沒懷身孕，陸尚倒也想過帶她一起上京，可是她有了孩子，此去不知情況，他萬不可能將其陷入被動境地的。

這剩下的兩個月時間拿來趕路，實則還是緊促了些，但在陸尚心裡，便是會試也比不得陪妻子過年重要，旁人勸服不了他，只能由著他主意。

既然年關結束，他也當快馬加鞭，立刻上京趕考去了。

說起赴京趕考這件事，除去路上要耽擱的這些時間，另有叫一家人擔憂的，便是陸尚歸來的時間。

依照往年的慣例，春闈多是在四月初，月底放榜，五月底殿試，直至六月底才能萬事皆畢，放歸。

今年因外賓來朝，春闈往後拖延了半個多月，直至四月底才開考，這樣等放榜至少要五月中了，便是緊趕著開殿試，只怕沒一個月也難以結束。而不巧的是，姜婉寧將在五月底或六月初臨盆。

這是她與陸尚的頭一胎，許多事沒有經驗，全是從長輩嘴中聽來或自行摸索著的，好在肚裡的孩子是個乖順的，姜婉寧從懷孕到現在，除了第四、五個月的時候有點胃口不好，其餘難捱的孕期反應都沒有，也就是這兩個月月分大了，方才覺出身子重來。

而這些在陸尚的精心關照下也並不算太大的麻煩，總歸一日過去一日的，前七個月全都順利過來了。

陸尚在算出姜婉寧的預產期後，轉念就想放棄這場會試，反正今年開的是恩科，等明年這個時候就有正科了。

可等他說出這般想法後，姜婉寧只斜斜地瞧了他一眼。

「那夫君又怎知，明年沒有其他事給耽擱呢？」

「還會有什麼事？」陸尚湊過去貼了貼她的側頸。自從入了正月，他簡直是恨不得時時刻刻貼在姜婉寧旁邊，連物流隊的事都喊不走他了。

若是有哪半天沒能瞧見人，什麼跌了、摔了、驚擾了胎氣，那些不合時宜的意外全會湧到他腦海中，被那些無端的妄念嚇得雙眼無神。

偏他又嫌這些事晦氣，無論怎麼被姜婉寧追問，他也不肯透露分毫，只能越發緊黏她。

姜婉寧推了推他，沒能推開，只好作罷，掰著手指頭數。「萬一孩子生病了，你是不是又想留下照顧？萬一我也生病了，你是不是更不願走了？還有爹、娘、奶奶他們，萬一——」

「好了好了，別說了。」陸尚被她唸得頭疼，只能屈指按在她的唇瓣上，試圖止住接下來的言語。

姜婉寧也不知怎麼想的，竟張口在他指肚上咬了一下，繼而道：「那今年春闈還參不參加？」

參不參加春闈，陸尚暫且不知道，但他死死盯著才被輕咬過的指尖，一時眸色發暗。「阿寧，妳記不記得大夫說過，過了最初那幾個月，等胎象穩定了，就可以行房了？」

姜婉寧瞬間瞪大了眼睛。「什、什麼？」

陸尚半蹲下來，箍住她的手腕不許她往後躲，啞聲說道：「我不想當禽獸，阿寧妳也老實點，別總招惹我。」

「什麼叫——」姜婉寧被他這話說懵了，張口欲要問個清楚，偏再一抬頭，陸尚已大步走向門外，細看他的背影還帶了點慌張。姜婉寧實在沒忍住，抄起手邊的枕頭，用力朝他離開的方向丟去，大罵一聲。「你混帳！」

不知混帳本人有沒有聽見這句罵，反正陸尚出門就直奔書房而去，還不忘叫底下人準備一盆冷水。

下人滿頭霧水。「這寒冬臘月的，老爺要冷水做什麼啊？」

事關前途大事，光是陸尚不想上京沒用，他在外頭說一不二，可回到家裡，還是有許多能左右他的人。

哪怕光是為了不叫姜婉寧操心，他也要慎重考慮。

這樣一家人好說歹說，總算叫陸尚消去了缺考的念頭。

一轉眼又是三天過去了，陸尚便是嘴上應了會入京，可行動上還是能拖則拖。他熟悉大昭的輿圖，也曉得若是日夜不停地趕路，從松溪郡到京城僅需一個月。

叫他萬萬想不到的是，他雖沒有行動，屋裡人卻早替他把一切都準備齊全了，整整兩個月的飲食和換洗衣物，丁點兒都不落。

姜婉寧接連兩、三天都在外奔波，第一天是聯繫上了物流隊的人，叫府城的管事幫忙準備了兩輛馬車和幾匹好馬，又約定好五日後到陸家門口接上陸尚。

第二天就是一些隨行物品的準備了，因陸尚自身會帶銀子，許多東西都是可以在路上買的，這提前備下的物件就宜精不宜多。

首先是吃食，吃喝之事最不能馬虎，姜婉寧怕陸尚出現水土不服，索性直接給他準備了整整兩個月的吃食，全是些耐放的饃饃和臘肉，還有幾包用油紙裹好的肉包，能在上路的前兩天吃。

其次便是換洗衣物，除了他們房裡的那些外，姜婉寧又給他多買了五套新衣，其中兩套是耐髒耐穿的，另有兩套是用來結交同窗時穿的，最後一套則稍顯正經富貴些，適宜用來會客。

最後就是一些七零八落的小玩意兒，姜婉寧參考了她幼時流放路上的經驗，又備了不顯眼的錢袋、百用的傷藥、暖手暖腳的熱水袋，以及一應筆墨紙硯等。

東西的種類不少，但她小心控制在一車之內，這樣一車坐人，一車拉東西，兩駕馬車正好都安排上了。

等陸尚得了信，裝滿行裝的馬車都到了家門口，就等著到了約定的日子，車夫一到就能出發。

姜婉寧假裝沒瞧見他面上的無奈，絮絮地說道：「我託人給詹大哥去了信，詹大哥說這段時間得閒，可以護送你入京，這樣便是遇上匪徒也不怕了，當然沒碰見是最好。反正我能想到的就這些了，夫君你自己再查點一遍，看還缺不缺東西，趁著最後兩天，也好趕緊補全。」

陸尚輕哼一聲，轉身將她拽到身邊，不高興地說道：「缺個陪我說話的小媳婦兒，阿寧能給我補上嗎？」

姜婉寧被他逗笑了，嗔怒道：「沒有小媳婦兒，再胡說連馬車都沒有了，你就徒步走去京城吧！」

「阿寧狠得下心？」陸尚笑著，趁她不注意，垂首在她耳尖上親了親，本想在另一側再親一下，無奈旁邊來了人，他只好遺憾地作罷。

又過兩日，詹順安和物流隊裡的車夫一同到了陸家門口。

陸尚早有準備，但真到了離開這一天，還是有諸多的不捨和忐忑。他守在臥房的床前，望著姜婉寧的睡顏，心頭百般糾結，一面是不願打擾她的好夢，一面又想在臨走前跟她說說話。

只可惜他守了半刻鐘時間，到底沒能等到姜婉寧睜眼，最後他只能在她手背上蹭了蹭，轉身輕手輕腳地離去。

就在房門被合上的瞬間，卻見姜婉寧忽然睜開了眼睛，她艱難地坐起來，雙唇緊緊抿在一起，沈默良久，低頭時險些落了淚。

今年私塾中了舉人的學生共有十四人，但旁人不似陸尚這般為他事所擾，早在年前就提早上京準備著了。

其中龐亮和馮賀結了伴，原本他倆是想跟陸尚一起的，奈何陸尚始終拖延，他們怕陸尚一個想不開真缺考，只能先行一步。

他們從陸氏物流借了人手，雖不似詹順安那般能打，但也都是孔武有力的漢子，常年做著遠途貨運，如今不過護送兩人入京，自然也不在話下。

等陸尚抵達京城，龐亮和馮賀已經抵達了一個多月，早早尋好了住處，甚至結識了好幾個外地來的書生，他們都是住在青名巷子裡的，之前還約好一起去參加三月底的詩會。

這些年陸氏物流往各地發展，便是在京城也有一個小小的轉運站，只是因未與京中人士有合作，那個轉運站設在京郊的一個小村子裡，護送龐亮和馮賀的長工入京後就去了轉運站暫住。

陸尚也是頭一回來到大昭京城，他雖知物流隊在京郊有一個小院子，卻也不知道具體方位，還是被詹順安帶著在城外幾番打聽，耽擱了七、八日時間，才找到長工的住處。

隨後他又在長工的帶領下，順利與龐亮和馮賀會面。

幾月時間不見，陸尚一臉的滄桑，反是馮賀和龐亮面帶紅光，才跟他見面，就給他介紹。「你瞧見左邊那戶人家沒？那戶人家乃是京城本地人，他家三個兒子全在唸書，老大、老二都中了進士，到外地做官去了，老三今年剛過了院試，正準備明年的鄉試呢！

「那戶人家姓魏，原本出了兩個官身，也算發跡了，只是他家覺得此地風水好，這才帶著老三住回來，我們在這裡住了一個月，也只見過魏家人一次，還真別說，是跟咱們不大一樣……」

陸尚收回視線。「然後呢？」

「然後……啥？」馮賀有點沒明白他的意思。「我就是想叫你知道，我們租的這間宅子旁邊住有了不得的人家，要是有機會，不妨跟他家結識一二，說不準於科考也有助力呢！」

不光是他這樣想，整個青名巷子裡，十之八九都是外地來的趕考人，難得碰上一家本地住戶，還是個接連出了官身的，有這想法的占了大多數。

偏偏陸尚離家一個多月，時間越長，對姜婉寧的思念越深，眼下他只想著趕快考完、趕快回家，哪裡還顧得上其他？

至於結交有識之士什麼的……在他看來，還不如琢磨琢磨把陸氏物流開到京城來得實在些。

待陸尚表明他的想法後，馮賀頓時無言。

「你這可真是……」他們一心想要脫離商籍，躍身士族，唯有陸尚數年前就一心做買賣，便是到了舉人這一步，竟還不改初心。

陸尚擺了擺手。「不衝突、不衝突！能不能入朝為官，說到底還是要看上頭人的意思，光我一人努力是不成的，既然是拿不準的事，還不如把心思放在有把握的事上，也不枉費我承受的數月思念之苦了！」

陸尚雖有心在京城發展一番事業，卻也知此時絕非專心行商的時候。

他在妻子臨產之際離了家，本就是不得已而為之，既是為科舉付出這麼多，總不能真白白走這一遭。

先不說他本就想在官場上做出點名堂來，哪怕只是不辜負留姜婉寧獨自待產的期望，也要竭力準備半月後的春闈。

臨來京城前，姜父交給他一份名單，名單上的人多是京中朝臣，為首的那位還是堂堂二品大員，而這些人皆師從姜父，與姜家頗有淵源。

姜父的意思是，若陸尚在京中碰見什麼不好處理的棘手事，可憑與他的關係去找這些人求助。只是當年姜家出事得太突然，從下獄到判流放，前後不過兩個月，以至姜父也沒能知道他的諸多學生裡，有誰曾為他奔波，又有誰冷眼旁觀、落井下石。

因此他雖給了陸尚這份名單，卻也不能保證名單上的所有人都能求助，只能帶著以預防不時之需。

陸尚用兩天時間將名單上的人打聽清楚，隨後卻並沒有上門拜訪的打算，他甚至為了以防萬一，將名單直接給燒毀，只在心裡記個清楚。

在其餘學子頻繁參加詩會、宴會時，陸尚卻一改往日作風，每天除了吃飯，不輕易出房間，只悶頭在屋裡復習。

他和馮賀、龐亮住在一起，在他的影響下，其餘兩人也辭了好多詩會，起早貪黑一心學習，誓要在今年考出一番成績來。

第三十四章

轉眼間到了四月底，會試如期開考。

此番會試的主監考官乃是當朝左丞，三名副監考中便有一位在姜父給的名單上，姓王，現任翰林侍講，已連續監考了兩屆會試，又是閱卷的主筆之一，倦華而不實，好務實文風。

陸尚在得知此次會試的幾位監考後，專程打聽了一番他們的喜好，至於說提前與那位王侍講結識什麼的，會試在即，為了避免徒增事端，他並沒想多此一舉。

會試的流程與鄉試差不多，只考試時間從原本的三日增為六日，在這六天裡，考生除如廁外不得離開號房，也不許攜帶除紙筆之外的任何東西。至於吃食、被褥等，自新皇登基後也不許自己攜帶了，改成到了相應時間會有官兵分發。

對於這一改變，陸尚倒是樂見其成，這樣既能減少作弊的可能，也省去許多他為瑣事操心的時間。

入考場前他與互保的其餘四人碰了個面，又互相檢查了攜帶的東西，很快便去了檢查的隊伍後面排隊，等官兵檢查後，直至入了考場才分開，各自去尋自己的號房。

鑼鼓聲響，考場門關，考試正式開始。

大昭的會試分詩賦、經義、策問三場，其中詩賦一天，經義兩天，策問三天，不得交頭接耳，亦不可提前交卷。

陸尚拿到試卷後，先是將所有題目看了一遍，待看見了占比最重的策問後，卻是不禁眉心一挑。

他很快沈下心，從頭開始作答。

他於詩賦並無什麼天賦，全靠姜婉寧給了他能應付大多數題目的範文，臨時套用，沒有一分真情實感，全是技術。

因他對詩賦沒什麼追求，只要能按照題目寫出就好，自然也不會在上面耗費太多時間，所以會試開考不過半天，他就將四道詩賦題全在草稿上寫好了。

在他要落筆時，正好趕上分發午飯的時間，陸尚索性停了筆，先等用過午膳，到了下午再做謄抄。

晌午飯是最簡單的白麵饅頭就冷水，有些家庭富裕的學子吃不慣，卻也沒有辦法，只能勉強塞下去半個饅頭，等胃裡不翻騰了，就趕緊繼續下午的答題。

大昭的會試不許考生自行攜帶蠟燭，考場也是不給分發的，以至於到了晚上，考場內一片漆黑，自然也沒有連夜作答一說。

陸尚在姜婉寧和姜父的特訓下，這兩年的字已好看了不少，不說比得上大家，至少也算端正整齊了。

他看時間尚且有餘裕，下午謄抄時就多用了幾分心，速度雖有減慢，但整張答卷上沒有一點更改的痕跡，放眼看過去，也算一份整潔漂亮的答卷了。

伴著夜幕降臨，考場內徹底安靜下來。

陸尚的號房位置在考場正中央那片，本來沒什麼不好的，誰知到了夜裡，他前後左右都傳來震耳的打呼聲，此起彼伏，每當他將要入睡時就會猛一下子被吵醒，氣得他差點罵髒話。

毫無疑問，這一晚他並沒有睡好。

第二日，陸尚頂著大大的黑眼圈，渾身散發著低氣壓，便是翻開經義題，看見熟悉的題目，也沒能叫他面上好看多少。

今年的經義總共十二道題，除了最後一道稍微有一點新花樣，其餘的題目都是中規中矩，全是姜婉寧早前講過數遍的。

陸尚早將這些內容背得滾瓜爛熟，又有姜父的點睛之語，這些題目在他眼中實在算不上難，甚至都不需要打草稿，直接就能在考卷上作答。

當第二日考試結束後，他的經義答卷已完成了大半，他粗略估算著，明日再花一上午，就能把所有題目解答完了，屆時正好能留出一下午的時間來補眠！

前三日順利過去，陸尚有了半個下午的補眠後，不知是心裡愉快的緣故，還是大腦適應了環境，到了晚上聽著四面八方傳來的打呼聲，竟也能睡個囫圇覺了。

第四日正式答題前，監考官會先將前兩場的答卷收上去，又留出一個時辰的舒展時間，叫考生在號房範圍內活動一二。

等到了策問作答時間，考場又安靜下來，只餘下紙張翻頁的嘩啦聲。

策問共十道題目，前兩道乃是算數題，一道常規、一道複雜。

常規題是絕大部分考生都能答出來的，畢竟入朝為官又不是叫人來算帳的，只要熟識簡單的算數技巧，也就滿足做官的要求了。

但是第二道複雜題就不一樣了，第二道的分值占比較小，有些不擅長算數的會直接略過去，而像陸尚這樣在詩賦上不比旁人的，當然要抓住這一點拉分的機會。

他先是用現代的算數方法把題目演算一遍，待得出正確答案後，再把大昭的算法往裡面套，東拼西湊的也算是完整回答了出來。

後面的題目又設農、工、民生等各個方面，時政題目占了大多數，有問南方水患的解決之策，也有問北方蝗災後的濟民方法，更有對當世工匠的招攬方針……其面之廣，便是陸尚也不禁咋舌，緊接著便是對姜婉寧的佩服。

無他，以上種種，皆在私塾的授課範圍之內。

他還是頭一次參加會試，先前的鄉試畢竟屬於地方考試，那時他在考場上見了熟悉的題目，倒也沒有多想，直至到了會試這一步，他才明白為何無名私塾能教出那麼多舉人、進士來。

陸尚按照姜婉寧的教誨，在草稿紙上寫下答案，除了姜婉寧講過的那些，他又依循姜父的建議，添上一點自己的看法。

不管怎麼說，他也是見過現代國家面對天災的解決措施的，哪怕只是原封不動地照搬過來，也必然不會出錯。

更別提他還依著當下的情況作了一二改善，又用上了姜婉寧的銜接之法，這麼一篇答卷送出去，任誰來看，恐也挑不出錯處，就看他和姜婉寧所想的點有沒有戳在閱卷人的點上了。

光是前面的九道題，就花費了陸尚整整兩天時間，而這時他不光剩下最後一道分值最重的，並且前面的九道題也還沒有謄抄答案。

他意識到時間之緊迫，只能將三餐給省去，天一亮就爬起來，等天黑了才匆匆吃上一口，再抓緊時間休息。

會試最後一日，他用了一整個上午的時間將前九道題謄抄到試卷上，然後將目光放在最後一問上——

士與商，可否相結合？若可，當如何？若不可，緣由為何？

士族高貴，商戶低賤，這是根植在數代人腦海中的觀念。

可陸尚卻忘不了當初他欲入官場的初心所在，不就是見到商戶遭人壓迫，地位低下，才生起的改變之心嗎？

他望著試卷上的題目，定定地看了許久。

直至巡場的官兵提醒道：「距離考試結束只餘兩個時辰！」

陸尚提筆，卻沒有往草稿紙上寫，而是直接將答案寫在答卷上，回答之始，便是一個反問——

為何不可？

這道題目是姜婉寧和姜父都沒有講過的，陸尚也從未想過考場上會有這樣的問題，然而等他真的下了筆，才發現通篇寫下來格外流暢，一氣呵成，不見半點猶豫。

就在陸尚結束作答走出考場時，遠在松溪郡府城的姜婉寧等人，也開始尋找起經驗豐富的接生婆和大夫。

掐指一算，離她臨盆只餘一個月了。

陸尚臨走前再三交代，生產那日除了接生婆，一定要多請兩個大夫，萬一真有個不妥，千萬千萬要以大人為先。

這已不是陸尚第一次離家，卻是姜婉寧有最多人陪伴的一次，從陸奶奶到姜父、姜母，皆是從早到晚圍在她身邊。

先前隨著會試將近，無名私塾年後剛開學不到一個月，又跟著放了假，無論男學、女學，所有學生全被放回家休息了。

往年並沒有逢試就放假的規矩，今年全因姜婉寧身子不爽利，方才改了個時間，尤其是陸尚不在家，臨產日期越來越近，其餘人可不敢再叫她單獨出門，何況還是去私塾那般人多事雜的地方，就怕臨時出現什麼意外。

依照姜婉寧的意思，她雖不去私塾，但女學那邊也不是非她不可，若只是學一學經書、算數，盡可以叫項敏教授，不必放假。

只是姜父和姜母都覺得不妥。

姜父說：「還是直接歇了好，倒不是說敏敏教得不好，而是私塾多半慕著妳的名聲來的，往日妳在也就罷了，如今既要長時間不去，總叫人頂替也不是個事。」

「再說敏敏去了，難道妳就不操心了嗎？還不如先歇上個三、五個月，等孩子出生了，妳便是再怎麼操心，我跟妳爹也不會多說什麼。總歸沒剩幾個月了，不如就安生養胎吧。」

爹娘皆是這個意思，後頭陸奶奶聽說了此事，也加入勸說姜婉寧安心養胎的行列中。

便是後頭曲恆的妻子來家裡串門，亦是抱持相同的看法。

於氏說：「我聽我家兩個姑娘說了，婉寧在私塾可辛苦了，男學、女學全靠妳一人撐著，一個學堂的學生都休息了，妳卻還要去另一邊，有時請教的學生多一點，妳更是連口水都喝不上。妳可別不聽我們的話，這懷孕生子的，可是最容易壞了身體，尤其是到最後一個月了，更是要萬事小心才行。私塾再重要，難不成還會重過妳肚子裡的孩子去？」

再說，他們也不是叫她把私塾直接關停了，左右也就是停課三、五個月，等後面陸尚回來了，早些開課也不無可能。

姜婉寧本就意志不堅定，這樣被左右勸說著，到底還是應下了。

隨著私塾停課，可不正給了她安心養胎的機會？

眼看只剩最後一個月，姜婉寧記掛著陸尚該是進了考場、正在作答、考試結束，而其餘人則操持著找接生婆、找大夫、找補品、找新衣等等，反正各有各的在意。

五月第三天，姜婉寧在姜母和陸奶奶的陪同下在院子裡散步，不覺提起遠在京城的人。

姜母算了算。「陸尚該是今日出考場來著，只不知今年要多久才能放榜？這趕不上孩子出生，總不能連滿月也趕不及吧？」

姜婉寧沈吟片刻。「今秋還有正科，恩科結果應該不會拖延太久，我估計這個月肯定可以放榜，要是速度快些，月底殿試也能結束了，就是不知夫君過不過得了會試？」

陸奶奶說：「有妳和親家公教他，尚兒定是沒有問題的。」

姜婉寧莞爾。「那可好，就借奶奶吉言了。」

等到了五月中旬，陸家光是接生的婆子就請了三個。

另有四個醫術高超的大夫，其中一位還是曲恆從外地請來的。

這些人全住在陸家客房裡，早晚請一次脈，定要將所有隱患都掐死在胚胎中，務求最後半個月的穩妥。

遠在京城的陸尚，也得來了春闈將放榜的消息。

正如姜婉寧推測的那般，朝廷急著準備秋天的正科，預備在六月前結束殿試，因此最晚等到五月二十號左右，就能完成全部的閱卷工作，緊跟著便是放榜了。

陸尚自認答得還挺順暢，會試剛一結束，就聯繫上了京郊的物流隊長工，跟他們問了問這兩年近京的情況，開始琢磨著將陸氏物流的生意擴展至京城裡來。

只可惜他在京中轉了十來天也沒能發現什麼商機。

這日，他和詹順安一起出門，卻在城門口碰見了一個免費代寫書信的攤子。

這個時代，凡是涉及到紙墨的，從來都跟便宜掛不上鉤，像這種書信攤子，便是放到小縣城裡，也不是貧苦人家可消費得起的。猶記得當年他們初搬去塘鎮，正是因為他們的攤子物美價廉，才在短時間內擠入市場。

因此當陸尚看見這書信攤子竟是免費後，忍不住駐足多看了兩眼，然而這一看卻是叫他發現了更意外的東西。

只見那書信攤子後頭坐了一個身強力壯的漢子，無論是體格還是面相，瞧著都不像讀書人。

「畫好了、畫好了！下一位——」漢子招呼一聲，手腳麻利地換了張新的信紙，又招呼下一位上前來。

陸尚沒有跟在隊伍後面湊熱鬧，只從側面去看，就見那漢子在紙上並沒有寫太多字，而是用一些簡單的線條，勾勒出一些很是粗糙的小人畫，若是畫得實在不像了，才會用文字解釋一二。

詹順安也瞧見了這邊的情況，不禁疑惑地說：「這不是跟夫人之前的書信攤子一樣嗎？這京中竟也有以畫代字的？」

這也是陸尚所不解的。

他倒沒覺得，在信上畫畫的主意只有他能想出，偏偏那漢子畫的簡筆畫太過奇特了，可不就是當年他去書信攤子上幫忙時，偶爾畫過的火柴人？

後來姜婉寧生意太忙，也會用火柴人簡筆代替人物，只到底還是精細畫作更多一些，火柴人的流傳並不算廣。

幾件巧合全撞在一起，也不怪他詫異了。

因這點意外，陸尚索性在旁邊待了一會兒，想等書信攤前的百姓散得差不多了，他也好上前打探一二。

只是他到底低估了免費書信攤子對平民百姓們的吸引力，他和詹順安等了小半個時辰，攤前的隊伍反而越來越長。

也是從後來的百姓口中，他們得知那位畫畫的漢子並非專職替人寫信的，他有正當營生，大多數時間都不在京中，但只要是回來了，一定會來城門替人寫信。

聽說那漢子早些年出海行商，與家中人斷了聯繫，不知家中貧苦，直至老母幾經輾轉給他送了書信，他才知原來父親時日無多，又有髮妻辛苦拉拔大了自己未曾謀面的親子。

漢子匆匆趕回家中，正好趕上了與父親的最後一面，後來又從老母口中得知，他家中本拿不出請人寫信的錢，若非碰上了好心人，只怕短時間內是聯繫不上他的。

那漢子本想親自去感謝老母口中的好心人，奈何尋了好幾日也沒尋著人，又逢他跟隨出海的商隊將要起航，萬般無奈之下，他只能先帶上家人一同趕回京中。

只是漢子也是個重情義的，他感念當年那位好心人，因此這幾年在京中的時間長了點，就學著那位好心人，在城門口支了個書信攤子，分文不取，只給貧苦百姓寫信。

漢子行商多年，略通幾個大字，但他給人寫信卻很少寫字，而是用線條畫代替，據說這也是仿照好心人的方法，欲將這一特點傳承下去。

陸尚聽了這些，莫名感到一陣熟悉，可不管他怎麼想，都想不出到底是在哪裡聽過，最後他只能暫且作罷。

瞧著不遠處有個涼茶鋪子，陸尚便招呼詹順安去涼茶攤上等。

這個時間，城門進出的人不算多，涼茶鋪子裡也沒多少人，經營這家涼茶鋪子的是兩位婦人，一個老邁些，一個尚在中年。

老婦負責在後面煮茶，中年婦人則是給客人斟茶、倒水。

這涼茶鋪子多是為了方便過路人，一人只要兩文錢，隨便喝多少。

中年婦人給陸尚和詹順安端來茶盞後，又介紹道：「小店還有自家釀的果酒，客人若是喜歡，不妨也來上一壺。另外，小店能代買花生、牛肉等下酒菜，代買不收跑腿費的。」

陸尚道了一聲謝，又拒絕道：「涼茶就好，其餘不用了。」

「好咧，您二位慢用。」婦人沒有過多糾纏，福了福身，便從他們桌邊離去。

陸尚來此全為等書信攤子後的漢子結束，剛才又聽說那人做的是海上生意，更生幾分結交之意。

如今已是午後，左右也就是等到天黑，陸尚和詹順安並無其他事，自然也能耐著性子等下去。

等待過程中，兩人不覺說起陸氏物流的事，卻是詹順安在送貨中途聽說的。

「我去嶺南時聽說，這幾年西域來的商人漸多，好些西域的玉石、皮料備受歡迎，已經有動作快的人家琢磨著到西域採買了，還雇了鏢局護衛安全，再就是押送貨物來往。老闆您看，咱們物流隊是不是也能往西邊走一走？尋不到合作的商戶也沒關係，咱們自行採買，把東西帶回來再出售就是。」

陸尚對西域了解不多，卻也是有接觸過他們的香料等物，如今聽詹順安提及，不覺考慮起其可行性來。

正當兩人商量著，卻見店裡又進了人。

原本陸尚是沒注意來人的，直到那人在堂裡喊了一聲——

「娘、媳婦兒，我回來了！今兒來找我寫信的足足有七、八十人，這一天下來也只寫了不足一半，趕明兒我還得再來一趟，趕在月底出海前把著急的都給寫完……」

陸尚抬頭一看，可不正是那位在城門口免費替人寫信的漢子。

而這時，涼茶鋪裡的兩個婦人也從後面走出來，陸尚看到最後面的老婦，就那麼剎那間，記憶深處的面孔驀地變得清晰起來，腦海中靈光一現——他想起來了！

陸尚不自覺地站起身，在這客人本就不多的小鋪裡格外明顯。

正當他尋思著如何跟那位老婦提及多年前的舊事時，卻見那位老婦在往他這邊看了一眼後，一開始還沒注意到不對，可剛轉過頭去又轉了回來，眼中逐漸浮現震驚之色。

沒過多久，就見那老婦倏地瞪大了眼睛，手指指向陸尚，臉上又是驚喜、又是不可思議。「你、你、你是……」

陸尚試探地拱了拱手，問一聲。「阿婆可還記得我？」

「記得！」老婦一下子來了精神，中氣十足地喊了一聲，緊跟著便是對著他深深鞠了一躬。

老婦的這番舉動，可是叫在場所有人都呆住了。

漢子左看看、右看看，頭一回覺得腦子不夠用。

陸尚也有些受不得禮，匆匆躲閃間也未全部躲過去，受了老婦半禮後，還要拱手還回去。

不等陸尚講明二者之間的淵源，老婦已跟她的兒子、兒媳介紹道：「阿輝快來，你快點來！這就是我跟你說過的好心人，當初就是這位公子提出能替我給你寫信的！還有他的夫人……」老婦說著，下意識在涼茶鋪裡找了一圈，沒尋著想見的人後，才去問陸尚。「敢問尊夫人？」

陸尚說：「我是獨身來京城的，夫人並未同往。」

得了這個答案，老婦難掩面上的失落，但她還是很快打起精神，將當年的事再一次給兒子、兒媳講了一遍。

多年前，陸尚和姜婉寧第一次去塘鎮時，便是給這位老婦寫了第一封書信，當時因念著她年邁可憐，只收了八文錢，而他們的小人畫則在塘鎮掀起了一陣新風潮。

陸尚在瞧見老婦的模樣後，就將所有往事都串聯起來了，包括那漢子為什麼能畫出不曾在京城中流傳的簡筆畫，又是學了什麼好心人，才有了今日在城門口的免費書信攤子。

關於多年前，老婦在鎮上得好心人相助的事，她已經跟兒孫講了很多遍，尤其是這兩年上了年紀，隔上十天半個月就會念叨一回，以至於當年的那些事情，無論是她的兒子還是兒媳，基本上都已經可以倒背如流了。

只是這是他們頭一回見到真人，有種不太現實的驚奇感，因此邊聽邊連連向陸尚投去打量的目光。

「當初要不是碰上了公子和夫人，你如何能見你爹最後一面啊？還有我和惠娘，如今還不知在哪個地方艱難討生，只怕蹉跎半輩子也等不到你回來了……這可是咱們全家的大恩人啊！」

正所謂錦上添花易，雪中送炭難。

這些年裡，自從老婦被兒子接來京中後，日子過得是一天比一天好，也碰上了許多與家中常有往來的朋友，每當逢年過節，又或者只是平常日，總會往家裡送些東西來。

老婦會記著他們的好，但這些好還是太單薄了，永遠比不上被她藏在心頭的那份掛念。或許在她心中，只有陸尚和姜婉寧才稱得上是他們老李家的恩人。

漢子姓李，單名一個輝字，老婦姓童，兒媳則是蔣氏。

李輝瞧著是個五大三粗、目凶面橫的，卻是個實打實孝敬的，便是對家中妻兒，也是極為體貼和照顧。

陸尚光是剛才在城門口看他的那一會兒，就知道這是一個有良心的人，他並不會因為前來寫信的人沒有錢就心生嫌棄，或許言語動作粗魯了一些，可從頭到尾，也沒見他趕過任何人。

與其說是不耐煩，倒更像是他生性如此，就是個急躁性子。

童老夫人來來去去將舊事唸了好幾遍，可沒有任何一人打斷她，只管默默聽著，再不時點頭表示贊同。

就是陸尚很少被人這樣誇，實在有些羞愧，最後只能匆匆擺手。「您謬讚了，舉手之勞罷了，算不得大事。」

然而，不光童老夫人不認同這話，連李輝和蔣氏都在童老夫人的要求下，先後向他行了謝禮。

看童老夫人那意思，要不是因為還在鋪子裡，她左右也是要兒子跟兒媳跪謝恩人的。

陸尚汗顏，可是不敢答應童老夫人邀他去家中一坐的邀請了。

時近傍晚，京城不比其他地方，入夜不久就會宵禁，陸尚下榻的地方離城門尚有些距離，為了能及時趕回去，他也不好在此地多留，只能跟李輝再約個時間，等日後再碰一面。

而李家幾人也是要趕回家的，只恨相見的時間太短，竟叫他們沒有多餘敘舊的時間。

最後李輝只能耐心哄著老太太。「娘您別急，等過兩天我跟陸公子見面時，一定邀公子來家中小住兩日。」

聽聞這話，童夫人向陸尚投去希冀的目光。

陸尚無法，只能暫且應下。

分別前，李輝和陸尚約了兩日後的晌午到羨仙樓中見面，最後再寒暄兩句，兩相作別。

李家眾人還要將涼茶鋪子給關了，陸尚和詹順安則先走一步。

等離涼茶鋪子遠了些，詹順安才咂巴咂巴嘴。「真是沒想到，還有這般巧合的事！聽那位童老夫人說，這都過了好多年了吧？他們家卻能將一寫信之事記掛到現在，也算重情重義了。」

「可不是？」陸尚應和一聲。「我還奇怪京城寫信怎麼也有了小人畫，原來是前有淵源。不過這也正好，能跟那位李哥結識了。」

「老闆可聽見了？李輝說要去羨仙樓見面，老闆可知那羨仙樓是什麼地方？」在陸尚一心唸書的這些日子裡，詹順安也不是全待在轉運站的，他隔三差五也會進京城走一走，一來是給家人帶些京城特有的稀罕玩意兒，二來也是見見世面。

毫不誇張地說，那羨仙樓在京中的地位，毫不亞於觀鶴樓在塘鎮的地位，皆是極為有名的酒樓。

陸尚也點頭。「略有聽說過。剛才聽城門口寫信的百姓說，那李哥是做出海生意的，這年頭出海的人還不算多，只要不碰上大風大浪，肯定可以有不少賺頭。也不知你剛剛注意到沒有？李家人的衣著看似樸素，用的卻都是極細、極軟的料子，一看也是家境富裕的。」

「那老闆是想……」

陸尚並不掩飾他的野心。「自然是對海上商路起了興趣。早在物流隊剛一組起來的時候，我就有想過水路海運，但塘鎮乃至整個松溪郡都在內陸地區，不靠海，自然也沒有海運一說，便是幾條河道，也都被當地的富紳把控著，因此水路一事也就不了了之。

「如今既有機會結識在海上行走的人，我便想著將海運重新拾撿起來，看能不能發展一下海外商貿？屆時若是可行，連著西域的商路，帶海上商路一起，可以同時並進，也算陸氏物流發展壯大的另一機遇了。」

旁人聽見這話，或許會質疑陸尚決定的可行，但詹順安跟他太久太久了，早知能從他嘴中說出的決策，多半都會落到實處，詹順安唯一擔心的是……

「可是老闆，朝廷不是有命，為官與行商二者不可兼得？您這已中了舉人，若是又進了殿試得以授官，您手下的生意又該如何呢？」

陸尚轉頭看他一眼，笑問道：「你可知今春會試的最後一道題是什麼？」

詹順安愣了一下，搖搖頭，不知這與他們所說的事有何關聯？

陸尚沒有點明，只意味不明地說了一句。「只怕上頭那位，是有意在商途做出點東西來了……」

今日時間已晚，安全起見，陸尚就沒叫詹順安去京郊的轉運處，而是自行掏錢給他訂了一間客棧房舍，離自己住的地方也不遠，快步只要一刻鐘就能到。

陸尚回到暫住的小院後，馮賀和龐亮全都在家裡了。

會試結束，京城裡學子們組織的詩會、宴會又多了起來，陸尚不喜風雅，也不願去湊這個熱鬧，所有請帖全推拒了。

倒是龐亮對同屆的考生頗感興趣，跟馮賀商量後，一同赴會參宴，他年紀又小，去了也不會受人為難，只管在一角聽著、站著，這些天倒也見識了許多來自五湖四海的讀書人。

轉過天來，陸尚仍是沒在家中久留，他趁著清早出門，跟詹順安又去了京城有名的幾條商街轉了轉，還主動跟幾家鋪子問起需不需要專門押貨的物流隊。

奈何能在京城開鋪子又雇得起物流隊的，基本上都是有些來頭的，他們已有固定的合作夥伴，哪怕物流隊的條件看起來更好，也不願與舊人結怨，冒險去嘗試新的合作夥伴。

陸尚和詹順安心態尚好，被連續拒絕了七、八次也不見喪氣，索性先不去管生意上的事了，只管在各個鋪子裡閒逛起來。

詹順安才成親不久，正是和新婚妻子蜜裡調油的時候，他家裡又沒有其他人，看見什麼好東西都想給妻子帶一份。

陸尚也是不遑多讓，但他除了給姜婉寧帶些東西外，還會顧著家裡的幾位長輩，臨結束前又想起尚未出生的小崽子，轉頭又進了一家首飾鋪，買了一枚男女皆可配搭的小長命金鎖。

夜幕降臨，又是一天過去了。

同一時間，會試主閱卷官將特地挑出的三十幾份試卷送入宮門，抱著已糊名的試卷等在御書房門口，只待聖駕到來。

沒過多久，皇帝抵達。

主閱卷官將三十幾份試卷送上御案，而後便退後半步，侍立一側，在皇帝開口詢問前，絕不隨意開口。

當今皇上面容英武，約莫是久居高位的緣故，眉眼間自帶一股不怒自威之色，一舉一動間盡顯威嚴。

久在朝中的主閱卷官自是知道他們陛下是個如何說一不二的人，就說此番恩科，朝中半數人認為去歲受災情況尚在可控範圍內，是無須開恩科的。

可這位陛下以一句「朝中無人可用」堵住了所有人的嘴，這話簡直就像給了所有朝臣一巴掌，連句反駁的話都說不出了。

後來便是這回春闈，會試試題皆是中規中矩，難易有序，唯獨到了最後一題，皇帝一意孤行，第一次將商與士落於科舉場上。

主閱卷官看了這麼多份試卷，其中絕大部分人都在言商之低賤，哪怕偶有本就是商籍出身的，竟以己之出身為恥，大肆歌頌皇帝改革科舉制度的大恩，又再三保證，日後若有幸入朝為官，定將屏棄家中生意，絕不沾染銅臭。

然而，能叫皇帝力排眾議寫到會試最後一題的，豈會如此簡單？

皇帝在朝中根本沒有隱瞞，最後一題所有言否者都注定落榜；言辭含糊中立者，再憑其他作答情況排名；唯有言之鑿鑿寫出行商與入仕並不衝突的，方有可能更進一步。

今春會試考生共計九百餘人，閱卷官挑花了眼，最後也只挑出不足五十份最後一題滿足皇帝要求的，刨去前面答得實在太慘不忍睹的，最後只餘下三十二份。

因皇帝說過他要親自閱覽最後一題的作答情況，其實間接也表明了將插手會試排名。畢竟能叫皇帝青睞的答卷，閱卷官豈敢不錄？

總之，今年會試，從出卷人到閱卷官，皆是心神俱疲，頭一次羨慕起監考官的簡單來。

主閱卷官本以為，他們精心挑選出的三十二份試卷，不說字字珠璣，好歹也是能入皇上慧眼的。

沒想到頭頂紙張翻閱的聲音越來越大，翻頁的速度也越來越快，皇帝更是時不時發出一二輕「嘖」聲，聽那動靜，實不像是滿意的。

主閱卷官的汗一下子就落下來了。

過了不知多久，卻聽頭頂的動靜忽然慢了下來，主閱卷官大著膽子抬頭看了一眼，卻見皇帝正舉著一份答卷，在燭火下看得格外仔細，那始終緊皺的眉頭慢慢舒展開，看至最後，竟是放聲大笑。

「好！另闢蹊徑，言之有理！這才是朕需要的人才！」

如此高的評價，著實讓主閱卷官驚了。

這回閱卷的官員都是在官場浸淫十幾年的，基本上都是出身士家，最不濟也是農家子，對商戶自是存有偏見。

因為這份偏見，他們實在看不出最後一題作答的好與不好，無非就是能不能將他們勉強說服了，邏輯又通順的，那基本就能做甲等。還有幾份雖答了是，但整篇文章的邏輯都不通順，論及官商同行，只怕連考生自己都說服不了，更別說要說服他們這些閱卷官了。

若不是為了給皇帝交差，這些答卷最多也就只能排在末流。

御案後，皇帝將手裡的試卷來來回回翻看了好幾遍，可是叫底下的主閱卷官抓心撓肺，實在想不出會是哪份答卷。

直到皇帝親手撕了糊名，沈聲問：「這個——陸尚，可有他前面的作答情況？」

主閱卷官趕忙收回心神，匆匆到一側的答卷中翻找，最後在中間靠下的位置找出陸尚的答卷，他只瞧見了頭一頁的一二作答情況，腦海中竟也有了幾分印象。

他想起來了，這人的答卷當時還被幾個閱卷官誇讚了一番，直稱真切務實，落於實處，便是算數也不錯，除了詩賦稍嫌平淡些，其餘皆可評至甲等，便是被詩賦拖累了，最後也出不去乙等的。

當時還有人戲言「這名考生的作答風格倒與王侍講頗為相似，若是叫王侍講看了，定會生出愛才之心」。

待想起這份答卷的情況，主閱卷官一顆起伏不定的心可算落了下去，他將試卷雙手奉上。「稟皇上，這便是陸姓考生的試卷。」

先不論最後一題的作答情況，只說前頭的，既能入了他們這些閱卷官的眼，想必也不會差到哪裡去。

然而，主閱卷官到底還是低估了皇帝欲行商事改革的決心。

時間緩緩過去，久至他站得雙腿都已發軟，才終於聽見皇帝發出聲音。

皇帝細細摩挲著答卷，眼中皆是滿意之色。他叫人拿來朱筆，親自在考卷上寫下「頭名」二字，落筆寫罷，方將主閱卷官喚至桌前。「你且看看，此卷可當得頭名？」

主閱卷官第一眼就瞧見了硃批，能叫皇帝欽點頭名的人，他們這些人既沒打算忤逆皇命，定然也不會再提出疑義了。

總歸只是恩科，他們若想選心腹，待來年正科再選也不遲。

主閱卷官裝模作樣地將試卷翻閱了一遍，實則全是在想這位陸姓考生是何來頭？最後想不出頭緒，只得作罷。

他將手中試卷放回案桌上，高聲道：「陛下慧眼識珠，臣並無異議，恭喜陛下喜得良臣！」

皇帝得了滿意的答覆，面上的笑容更加真摯了，但他好歹還是擺了擺手道：「殿試未啟，最終結果還未定呢！」

主閱卷官心中腹誹：就是殿試還沒有開始又如何？難不成皇帝欽點的會元，到最後會連三甲都入不了？

不管心中如何想，主閱卷官嘴上還是要恭維著的，直將皇帝哄得心滿意足了，方捧著試卷從宮中離開。

至於他帶來的剩餘三十一份試卷，皇帝也挑了七、八份尚可入眼的，雖沒言明名次，但總歸不會太過落後。其他未被詢問的，一來不被閱卷官喜歡，二來也未能叫皇帝青睞，等送回去也只會被放於最後，且看有沒有那個運氣綴在榜尾了。

伴隨皇帝欽點出頭名，會試閱卷也算暫告一個段落。

只待他們將剩餘試卷排出名次，最多不過五天，便能將會試名次排列好，張榜公布了。

陸尚並不知宮中發生的事情，他在一夜休息後，轉天如期去了羨仙樓，經小二指引，去了二樓雅間，與李輝碰面。

這回沒了童老夫人在場，李輝對陸尚雖還是熱切，但總歸不似上回那般熱情得叫人招架不住了。

兩人坐下後難免又提及三兩往事。

李輝說：「當年我也是被鄰居介紹，機緣巧合才入了海商行當，海上行商實在太吃運氣，又要看航線途徑，又要看海上天氣，二者缺一不可。

「我在出海的頭幾年只是在船上打雜工的，比之學徒還不如，畢竟學徒好歹還能學一門手藝，而我除了能吃飽飯，再就是學一學揚帆使舵，這些東西待下了船就全無用處了。這也是為何我出門好幾年不回家，亦不曾往家中去信的緣故。娘她說得沒錯，當年若非有陸公子好心，只怕我要錯過太多太多，這份恩情，值得我李某記一輩子！」

陸尚微微頷首。「也是我們夫妻與老夫人的緣分，當年也是因為給老夫人寫信，我們才有了擺一家書信攤子的打算，雖也賺不得幾文錢，好歹也算有點事做了。」

李輝點頭。「我這些年得了些許機緣，也算從小小船工熬出頭來了，現在有兩艘自己的船，雖比不得其他大船，但在鄰近的幾個國度航行也是無礙的。這不，這幾年我賺了點錢，便學著陸公子和尊夫人，欲與人方便，方在城門口替人免費寫信。」

陸尚讚其善心，說著說著，話頭便不覺地引到他的海商上。

與人行商最講誠懇，若是最初的態度都沒有擺好，便只會叫對方覺得這人不誠懇，再好的機會只怕也會流失了。

於是陸尚如實說：「我也不瞞李哥，當日我在城門見到你，是被李哥的小人畫所吸引了，當時只是好奇，驚訝於京中竟也有這等連字帶畫的書信，後來又聽說李哥有海上的行當，我實在是對海上的生意極感興趣，便想靦顏來問一問。」

李輝愣了一下，有些不確定地問：「陸公子也是想出海行商？」

「是有這個意思，卻也不盡然。不知李哥這些年可聽說過物流服務？」

李輝回答。「略有耳聞，聽說是從松溪郡那邊興起的。松溪郡也算我的老家，這才多關注了一點，只是那物流生意不在京中流通，我了解也不多。」

陸尚輕笑。「小弟不才，正是那物流生意的老闆。」隨後他將陸氏物流的服務範圍仔細介紹了一遍，最後再問一句。「不知李哥在海上行走，可會雇傭鏢局？」

李輝聽了那陸氏物流的情況後，正是心生震驚的時候，聞言下意識回答道：「自是不曾的，鏢局只管陸地護送，出海雖也要防海匪，但普通人禁不住長時間坐船，更別說提防海匪了。就說我之前待的那條大船，包括我自己的這兩艘船，船上的護衛人員都是從長工中選出又經訓練的，或許比不得鏢局的人身手不凡，但至少是能適應長時間的海上生活，不會出現反常。我聽陸公子的意思……」李輝漸漸琢磨過味來。「陸氏物流行的也是押送生意，可是也想在海上替人押貨？」

「正是如此！」陸尚笑道。

前些年出海的人少，所謂海商也只寥寥幾人，便是這些年出海的人多了點，但比之陸地上的商人，實在不值一提，就說李輝他常走的那條航線，不會輕易碰見其他商船。

而海外國都繁多，能達成的生意自然也不在少數，莫說只是陸尚想加進來，便是再多幾人，也不會出現利益衝突的。

因此，李輝並沒拒絕，他只是遲疑道：「可是常在陸地上行走的人，到了海上還需長時間適應……」

陸尚之前只想著開闢一條航線，確實沒有考慮得這麼周全，他點點頭道：「我知曉李哥的意思，不光是船工，便是能出海的船我也還沒有定論，只是突然有了這個念頭，實際上好多事都還沒周全呢！

「我現在是這樣構想的，我若是想送幾位長工跟李哥到海上走一趟，不知李哥這邊可是方便？當然，我並不是說白白蹭了李哥的商船，李哥這邊要是有載人的經驗，那我就按照你之前載人的經驗給錢；若是沒有，那李哥且看有什麼是我能辦的，做一次資源交換也是可以的。」

陸尚並不認識其他海商，只能將全部希望都寄託於李輝身上。

倘若李輝的船不許外人登船，那他只能再打聽其他海商，看是出錢還是什麼，總要想法子送幾個人去海上走一圈的。

甚至他都想好，等過兩年得閒了，又置辦下自家的大船，他自己去海上走一趟也未嘗不可。

好在李輝聽了他的請求後，半點沒有猶豫地就答應了。「只是跟著一起出海當然沒有問題！至於說什麼報酬交換這些，陸公子實在是見外，我那船上本就有空位，十幾人又占不了多少位置，便是再多來些也無妨的。」

陸尚厚著臉皮說：「除了叫人跟李哥你的船出海走一圈，其實我還想叫他們學一學掌舵、辨認航線這些……這些可是機密？」

李輝大笑。「曉得曉得，我明白陸公子的意思了！這也沒什麼，掌舵、辨認航線這些，隨便找一個海上熟手都是會的。到時我能帶就親自來帶，我若是忙不過來了，就把他們分給底下的管事。大家都是常年生活在海上的，說句比陸地還熟悉也不為過。」

既然敲定了大方向，陸尚喜不自禁，以茶代酒，再三謝了李輝。無奈他近日離不開京城，也無法挑選能出海的長工，只得放棄月底跟船出去，且等下一次機會了。

李輝也是這時才知道。「陸公子竟是入京趕考的?!」

他這時的驚訝可遠超過知道陸氏物流存在的時候，尤其是得知陸尚已是舉人老爺後，更是肅然起敬。

他輕「嘖」兩聲，有些不理解陸尚放著好好的舉人老爺不做，操心各種生意是為何？但兩人的關係還沒熟到這個分上，有些事他只在心裡猜測一番也就罷了，並不適合問出口。

在後面的聊天中，陸尚得知李輝從海上採買來的貨物是直接在京城售出的，他們的貨物直接銷售給等待在京城的各地走商，等這些人往大昭各地運送，也省了他們再找銷路的工夫。

陸尚說：「日後李哥要是想自己賣這些東西了，若是鋪子開到外地，倒可找我幫忙押貨，我們陸氏物流在京郊也有轉運站的。凡屬京城範圍，無論貨物多少，一日就可送達，所有因為運送不當產生的損耗，皆由陸氏物流賠償。」

李輝記下了。「那好，等過幾年我有這個打算了，一定來找陸公子！」他又主動給出自家地址，方便日後陸尚來找。

兩人又多聊了幾句生意上的事，眼看時辰不早了，方才意猶未盡地停下，各自道了別。

海商有了苗頭，但到底不是一朝一夕可解決的，陸尚便也沒著急。

陸尚只把這事跟詹順安粗略講了一遍，又叫他等回去後可以打聽打聽，看有沒有願意常年出海的，至於再進一步的安排，日後再談也不遲。

第三十五章

一眨眼間，又是三日過去。五月十八，會試放榜。

自從得到會試閱卷完畢，不日將放榜的消息後，馮賀和龐亮就日夜難安，到了放榜這日更是早早就去了衙門外，一定要在第一時間看見結果。

陸尚原本對考試名次沒那麼在意的，可受了他們兩人影響，也不禁緊張起來，又因記不清考場上的作答情況，更是開始懷疑自己會不會落榜了？

他沒有跟馮賀等人去衙門前人擠人，但留在家中也是什麼都看不進去、什麼都做不下去，最後索性出了門口，在家門的門檻旁坐下，望著往來匆匆的人們，靜靜等著消息。

辰時三刻，會試張榜。

馮賀和龐亮來得算是早的了，他們有幸待在比較靠前的位置，自然也能第一時間看清榜上名姓。

馮賀知曉他的水準，也不報什麼排名靠前的希望，只從最後一名往上數。

此番會試上榜者共計一百八十人，當他看到了第一百五十位都還沒尋到自己的名字時，心都涼了大半，實在不覺得自己能考得再往前。

而龐亮卻與他正好相反，他第一時間去看了頭三名，在發現並沒有自己的名字後，眼中閃過一抹失落之色。但是下一刻，他猛地回過神，驚呼一聲——

「是師公！」他反手拽住了馮賀的袖子。

「什麼師公？」馮賀正心涼著呢，一時間沒有反應過來。

龐亮在他耳邊喊道：「你去看榜首！你快看榜首是誰！」

馮賀下意識看過去，在瞧見榜首的「陸尚」兩個字後，心下一驚。而不等他從這份震驚中回過神，就聽龐亮又說——

「上榜了！馮哥，你和我都上榜了！你排二十四，我排二十五，咱倆挨著！」

「什麼？」馮賀只覺他短時間內受到太多衝擊，腦子都有點轉不過來了，眼前有些發白，連紅榜上的字都有點看不清。

龐亮雖失落於自己未能拔得頭籌，但他今年尚未及冠，已成貢士，也算不錯。再說頭名也不是外人，高興也是應該的。

過了好一會兒，馮賀才順著龐亮的指點去看，果然在第二十四和二十五的位置上，相繼看見了自己和龐亮的名字。

馮賀整個人都是暈乎乎的，一會兒問「那真是我」，一會兒又問「我怎麼可能排在你前頭」，總之是各種的不敢置信。

而他們兩人的接連驚呼，已吸引了不少人的注目，龐亮又趕著去給陸尚報喜，最後看了一眼紅榜，就拽著馮賀從人群裡擠出去。

便是兩人即將到家，馮賀還是一副回不過神的樣子。
陸尚瞧見他的模樣後，不禁問一句。「可是落榜了？」
龐亮大聲回答。「沒有！上榜了！我們都上榜了！我和馮哥一個二十五，一個二十四，師公你是榜首，你是會元啊！」
「什麼？」這一回，陸尚給出了與馮賀一般無二的反應。
就如馮賀不相信自己能排在龐亮之前一般，陸尚也不覺得他那半吊子水準能成為會元。
然而事實擺在眼前，放榜後不過一個時辰，就有報喜官將會試榜單送至家門口，又親口恭賀了三位新晉貢士。
一個是皇上欽點的會元，一個是未及弱冠的貢士，隨便哪個提出來，都是數年難得一見的。
報喜官樂得與其交好，本就慶幸自己能領這樣好的差事，待得了陸尚他們給的賞錢後，討喜話更是一套接一套地說。
等送走了報喜官，三人先後回了院子，又將大門合上。
陸尚終於從不真實中回過神來，聯想到馮賀和龐亮排名的先後，他隱約有了一點猜測。
陸尚問：「你們可還記得策問的最後一題？」
待得了肯定答案後，他又問了兩人的作答情況。
對於官商同為一事，龐亮以穩妥為主，沒有說不行，也沒有說行，而是從兩方面分析了優缺，將最後的選擇權歸於上位者。

馮賀就不一樣了。「我當然要寫行了！我家裡就是商戶，要是寫了不行，豈不是打自家的臉？」

陸尚萬萬想不到他的想法竟如此簡單粗暴，片刻愣怔後，便是啞然失笑。

龐亮問：「師公可是有什麼高見？」

「高見算不得，當時剛拿到試卷時，我就對最後一題起了疑心，按理說皇上科舉改制才幾年時間，定然要先將科舉新制穩下來，而朝臣對商戶偏見已是根深蒂固，必然不會問及這等問題。如此，能將這等問題放到會試試卷上的人是誰，就不言而喻了。你們且想，能允商籍子弟參加科考的人，又豈會堅定地認為官商不可同為？

「馮賀你該是知道的，去年松溪郡大旱，皇上為褒獎松溪郡商戶之義舉，除了賜匾褒獎之外，還私下給予恩典，允其子弟入朝後繼續經營家中生意，可是有這一回事？」

馮賀點頭，並不否認。

陸尚又說：「既然去年就顯現了官商同為的可能來，這最後一題的觀點，豈不是很明白了？」

陸尚本就真心實意的以為，經商和做官其實並不衝突，那等貪污腐敗之輩，便是不許其行商，也並不妨礙他們壓榨百姓。

而真正清廉之輩，便是允其行商，只怕到頭來他經營所得，還會補貼給百姓。

官商勾結本無罪，有罪的是勾結雙方，到底是出於什麼目的？

聽了他這一番分析，馮賀恍然大悟，而後便是慶幸。「還好我當時沒有寫否，不然定是與殿試無緣了。」

龐亮卻是有些懊惱。「我當時只想著快快作答了，卻未分析這麼多。果然，試卷上的每一道題都不是無的放矢的。」

「你到底年紀尚小，這些年又一直唸書，對很多事情沒那麼了解。也是今年考題不走尋常路，不然這頭名也未嘗不是你的。」陸尚寬慰道。「日後再接再厲吧。」

龐亮輕輕點頭，在心裡將陸尚的話琢磨了一遍。他終於意識到，這些年裡他始終跟著姜婉寧唸書，對所有朝政時事的了解皆來自於書本和老師講解，若是問他自己對民生諸事的認知，他並未真正參與到其中，也做不到換位思考，一切只是照本宣科罷了。

想明白這點後，龐亮便不覺得他的排名有什麼不對，若是當真論心，只怕他的心跡根本不配為官。只有確實深入到百姓生活中，方能知曉他們真正所需，也才能明白做官做的是什麼。

會試結果出來後，陸尚立刻寫了信寄回家中，只是不知道何時能到，興許等書信送到姜婉寧他們手中時，已是半月、一月後了。

而隨著會試放榜，殿試安排也緊鑼密鼓地公布了出來。

殿試安排在五月的最後兩天，頭一天是筆試，於金鑾殿上當場作答，其間或有皇上親自巡考，但也並非絕對。

第二日則是由皇帝親口問話，當場定奪殿試排名。

陸尚他們院裡三人皆過了會試，風聲一傳出去，頓時引來不少人拜訪。他們急著準備殿試，自是不堪其擾，只好趕緊聯繫了牙行，又換了個地方，最後再住上半個月。

為了半個月後的殿試，三人可謂是頭懸梁、錐刺股。

陸尚未曾想過自己會成為會試頭名，當結果超出了預期，這人就難免想些更高的目標了。他倒也沒想做什麼狀元，但探花還是可以想一想的吧？

而馮賀能考出這樣好的名次，更是有如打了雞血一樣，勢必再進一步，爭取得個小官做做。

相對他們兩人，龐亮還算沒那麼緊繃，他已認識到自己的不足，正琢磨著是不是要外出遊學兩年，等真正見了百姓生活，才知道自己到底想做什麼。

許是有了目標的緣故，之後的每一天都過得格外快。

與陸尚他們恰恰相反的，卻是尚在松溪郡府城的眾人。

尤其是姜婉寧，自到了生產的最後半個月，簡直每天都過得度日如年。

「婉婉，可醒了？大夫已等在院裡了，咱們切切脈吧？」這已經是姜母在門口輕喚的第三遍了，若非每次裡面都會出現聲音回應，她只怕早就破門闖了進去。

眼看進了五月，姜婉寧的身子卻是一日比一日重，明明昨日還能順順利利下床，到院子各處閒逛散步的，可只不過一晚上的時間，她就累得連床鋪都下不來了。

姜母和陸奶奶等了她一上午都沒見著人，這才意識到不對，趕緊帶著大夫來了她的臥房，進去一看，才知姜婉寧憑著自己的力氣根本翻不過身，自然也就做不到起床、下床了。

也是從這天起，姜母每天晚上都要照顧她睡下才離開，第二天更是早早來叫門，待得了姜婉寧應允後，再進去扶她起來。

這樣的日子過了約莫有個七、八天，到了今日，姜母照慣例過來詢問，哪知姜婉寧只說她醒了，卻不肯讓姜母進去。

姜母第一個反應就是出事了，可不管她再怎麼追問，姜婉寧就不肯答話了，問急了就說自己還睏著，不光不許姜母進，其餘人也是不許的。

偏生姜母聽她聲音還算正常，屋裡也沒有什麼不對勁的聲音，又不好擅自闖進去，只能每隔半個時辰來問一回，知道女兒始終醒著才好。

就這樣，姜母來來回回問了足足有六遍，最後一次時終於忍不住了，說什麼也要進去看看。

「婉婉，娘親要進去了。我不叫大夫和丫鬟、婆子們進去，就我一個人，我可進去了——」

屋裡半天都沒有聲音，姜母一抿唇，終究還是推門進去。

她繞過門口的屏風，卻見床上的人背對她躺著，她才看見這幕就是一陣大驚失色，腳下快跑兩步，趕忙到了床邊。

無他，只因最近這兩個月裡，姜婉寧是無法側躺著睡覺的。

姜婉寧的肚子比起旁人並不算太大，可畢竟是懷了一個孩子，一個孩子在肚中的重量總是叫人很難受，平躺著會壓迫腰腹，這已經很難捱了，但若是側過身來，最多一刻鐘就會墜得整個身子都麻了。

姜母每日照顧她入睡時都是平躺著的，還會在她腰下墊好幾個枕頭，雖說用處不大，但總歸能叫她安心睡上兩個時辰，若碰上孩子乖巧，一覺睡到天亮也不是不可能。

姜母都不敢想像，她是怎麼把自己從軟枕上折騰下來，又翻了個身子的。

她來不及細想，只一手把在姜婉寧肩上，另一手不輕不重地給她按揉著腰背，嘴上還要問著。「婉婉怎側過來躺著了？身子可有不舒坦？娘把大夫喊來給妳看一看可好？」

任憑姜母問多少句，姜婉寧還是一概不應。

最終姜母強硬地將她擰過來，起身本想將她拽回軟枕上的，哪知剛一跟她照面，就見姜婉寧無聲淌著淚，驚得姜母頓時忘了所有動作。

不知過了多久，姜母緩緩坐了回去。

姜母沒有再強求姜婉寧如何，只叫她緩緩躺平，又在她腰下塞了一個枕頭，看她自己捏著腰側，復將雙手按回去，緩緩按揉著，借此緩解她腰間的痠脹痛楚。

姜母柔聲問：「婉婉怎麼哭了？哪裡委屈了，跟娘說說可好？」

姜婉寧忽然閉上眼睛，任憑又一行清淚從眼尾滑過。

片刻後，她一邊流淚一邊說：「早知道我就不叫他去了。」也不知她是哭了多久，明明眼眶紅得高高腫起了，說話的腔調卻沒有一絲起伏，跟往常沒有半點異樣，難怪姜母沒聽出她落淚來。

姜母心疼地替她擦拭著眼淚，一瞬間就明白了她的意思，但對於她這話卻是不好應和。

對於陸尚離家趕考這事，其實夾雜了太多的無奈和不可中和的矛盾。

若以前程來看，他入京趕考自是無可厚非，便是當初他提出棄考，也是姜婉寧頭一個反對的，何況後頭的一切勸阻和準備，也盡是她主動做的。

可若是單從情感上講，科考什麼時候不行，怎就非得挑妻子生產的時候呢？

姜婉寧正是情緒敏感多變的時候，或許她說這話也只是一時抱怨，但誰也摸不準，這份抱怨會持續多久？最後又會不會變成委屈和怨懟？

畢竟是小夫妻倆的事，她怎麼說都是對的。

而姜母身為岳母，若是應和就難免添了幾分挑撥之嫌。

但叫她眼睜睜看著姜婉寧難過落淚，她又是不免心疼，幾次張口也不知該如何勸慰，最後只能生硬地轉移姜婉寧的注意力。「我們不說他了……婉婉昨晚可睡好了？孩子有鬧妳嗎？」

姜婉寧抽噎兩聲，慢吞吞地搖了頭。「睡好了，孩子也沒有鬧，寶寶很乖，一直都是乖的。」

「那怎麼……」姜母有些不明白了，瞧著她紅腫的眼睛，卻不知該不該問下去。

按理說這麼多天都過去了，孩子又沒有惹娘親心煩，姜婉寧如何也不該情緒波動這樣大，看她那模樣少說是哭了一個時辰了，自己獨忍委屈呢！

姜婉寧閉上嘴，想到今晨發生的一切，更是難堪地合上雙眼。

姜母猜得沒錯，就是發生了什麼事，才叫姜婉寧一下子情緒崩潰，甚至說出怪罪陸尚離去的話來。

今晨姜婉寧醒得比較早，她看窗外的天色，距離姜母過來幫她起床還有小半個時辰。

可她實在口渴得難受，又被腹中的孩子壓了一晚，著急去如廁，就想自己撐著床起來。

哪承想，她折騰了許久，也只是把自己摔下了軟枕。

身子重重落在床上的那一刻，下身的痙攣叫她直接痛呼出聲，指甲瞬間掐進肉裡，髮絲狼狽地貼在她面上。

一動未動了一整晚的身子本就僵麻，這麼折騰一回後，她更是一點都動彈不得了。

就在姜婉寧狼狽地躺在床上喘息之時，卻聽見門口傳來了姜母的詢問聲，她不願叫母親見到自己這般姿態，便以自己還沒睡夠拒絕了。

可聽著母親逐漸遠去的腳步聲，她的眼淚卻不爭氣地落了下來。

後面她又一點點地躺正了身子，小心給自己梳理了鬢角的碎髮，等著被汗水浸透的衣衫半乾。中途她幾度落淚，偏是沒有發出半點聲響，也沒有引任何人進來。

就是在這樣的不堪中，姜婉寧忽然想到——

若是陸尚沒走就好了。

若是陸尚還在家，定是會整晚整晚地陪著她，哄她入睡，替她按摩痠澀的腰背和四肢，再也不用擔心一覺起來全身麻木，也不用擔心躺在床上起不來……

姜母也提過陪姜婉寧一起睡，可姜母畢竟年紀不小了，頭些年又受了好些搓磨，精神不比從前，若是真答應了，只怕姜母也要跟著整宿整宿的睡不好。

於是姜婉寧只能拒絕，試圖自己將最後這半個月挨過去。

但不經歷這麼一遭，是真不知道，原來短短二、三十日，能過得如二、三十年那般難挨。

姜母見她許久不語，貼心地沒有繼續追問。她摸著姜婉寧的衣衫有些濕了，跟她輕聲說了一句，便去旁側的櫃子裡翻了新的裡衣來。

姜母的力氣不大，單憑她一人要扶姜婉寧起來還是有些難的。

但姜母什麼都沒說，只管替她周全。等換了新裡衣，又披上了外裳，連床上的被褥都工整地疊了起來，才帶她去了桌邊坐下。

光是忙完這些，又是小半個時辰過去了。

姜婉寧倒是沒有費力，反是姜母氣喘吁吁了好久。

但姜母還是要顧著女兒。「那娘給妳把大夫喊進來了？」

這一回，姜婉寧總算沒有拒絕。

伴著姜母進進出出的腳步聲，一直守在門口的大夫全進到房間裡。

管給姜婉寧把脈的大夫姓田，四、五十歲的模樣，最擅給婦人看診。待他把過脈後，摸了摸自己不長的鬍子，說道：「夫人胎象尚穩，只情緒起伏過大了些。依老夫看來，夫人臨盆的時日最遲再有半月，到這月底就差不多了。若是孩子趕得急，再早上個幾天也不是不可能。」

對於大夫的這番話，姜婉寧和姜母倒沒覺不好。

姜婉寧的身孕已有九個多月，民間雖有十月懷胎的說法，但到了九個半月後，便都能算是足月了，早幾天、晚幾天也都無礙。

反正不管再怎麼晚，都不可能等到陸尚回來，姜婉寧便想著，還不如早早生產了，也好卸下這副笨重的身軀。

田大夫隨後又給開了兩帖助產藥，對身體沒有害處，但是對日後生產時能添幾分方便，隔十天吃兩回，算算日子也該吃了。

姜母謝過他後，就招呼了門口的小丫鬟進來，拿著藥方去抓藥、煎藥。

府上新招了四、五個丫鬟，全是良家子，不似其他大戶人家那般買了她們的身契，就跟長工、短工一般，暫且在府上做幾個月，主要還是為了照顧姜婉寧的。

吩咐完小丫鬟後，姜母又把幾位大夫送了出去，還不忘跟門口的人吩咐一句，叫她們快些準備清淡的早點來，好叫夫人多多少少吃點東西，也能墊墊肚子了。

她這一早上全是在各種操持，終於都交代得差不多了，才返回房裡，和姜婉寧面對面坐著，面上露出兩分疲態。

姜婉寧指尖微顫，忽然喊了一聲。「娘親……」

「怎麼？」姜母很快打起精神，以為她有什麼事要做。

誰知姜婉寧搖了搖頭，繼而小聲說道：「對不起……我又叫您操心了。」

姜母忽然笑了，點了點她的手背。「傻婉婉，說什麼呢？妳這懷著身子，正是需要人照顧的時候，若是連我都不能照顧妳了，那我留在妳這兒還有什麼用呢？」

姜婉寧還是搖頭。「沒有，我今早還跟您賭氣，叫您擔心了好久，我下次一定不會了。娘您明天再來，直接進來就是。」

「傻婉婉，懷孕的人一向敏感，妳不高興也是正常的，別多想了。只要妳好好的，其他什麼事都不重要。」姜母悉心開導了幾句，又借當年自己懷孕時舉了例。「妳是不知道，當年我懷妳大哥時，那可是一個折騰，但凡妳爹離了我的視線都不行，那時可真是我一人過不好，全家都別想過好了……」

藉著姜婉寧的這點愧疚，姜母哄她多吃了一個雞蛋，吃完早膳又出去轉了轉，直到日頭漸大有了點熱意，方才回房休息。

到了下午，陸奶奶也過來了。

這段日子家裡兩個女眷都是圍著姜婉寧轉的，姜母一般是照顧她上午加半個下午，到晌午午休後，就由陸奶奶過來接班。

最初時姜婉寧誰都不肯用，奈何越是到後面，越是單她一個人什麼都做不成，無奈只好答應了，且叫兩位長輩照看著。

到了傍晚，田大夫又來問了一次脈，還有早晨準備的助產藥也熬好了，黑漆漆的一小碗，好在沒什麼味道，也不算難吃。

卻不想晚上入睡時，姜母照慣例伺候她躺好後，卻並沒有要走的意思。

姜婉寧有些驚訝。「娘親這是……」

姜母去櫃子裡搬了新被褥出來，鋪在姜婉寧的另一側，不甚在意地說道：「自是陪妳一起睡了。」

「不是……」姜婉寧愣怔了下。「之前不是說好我自己可以的嗎？」

「之前是之前，現在是現在，之前的話拿到現在都不作數了。好了，娘知道妳在想什麼，但也就只剩最後半個月了，妳也別想這麼多，好好把這半個月過完，就什麼都好起來了。娘不怕夜裡被吵醒，就怕一眼沒瞧見了，妳出些什麼意外。妳且往裡面再挪一挪，娘就在妳這邊守著，且圖個安心罷了。」

見她已然打定主意，姜婉寧張了張口，終於沒再拒絕。

老實說，夜裡有人陪伴和一人睡到底是不一樣的。

就說姜婉寧這一晚上，被姜母喚醒了四次，兩次是為了給她喝點水，剩下兩次則是叫她轉一轉身，最後再平躺回去。

折騰是折騰了一點，但到了第二天清早，姜婉寧難得沒有了全身麻木的痠脹感，整個人的精神都好起來了。

姜母更是樂呵呵地道：「早知道妳夜裡睡不舒坦，娘早就該過來了！可別說什麼麻不麻煩的，我如今夜裡本就睡不安穩，每天都要醒個兩、三次，之前還覺得不好，現在看來，醒這幾次倒是醒對了！」

姜婉寧不禁莞爾，把到了嘴邊的感謝嚥了回去。

話說回京城。

陸尚和馮賀、龐亮三人埋頭苦讀，卻也並非日日都躲在屋子裡，他們每隔兩天都會出一趟門，到多有書生的酒樓、茶館裡坐上個小半天，他們也不參與書生的辯論或作詩，只是在旁坐著，聽一聽他們口中的新鮮見聞，也省得當真兩耳不聞窗外事了。

要論最近在一眾書生中討論次數最多的，就是陸尚這橫空出世的黑馬。

今春會試頭三名分別是陸尚、張建寧和白向晨。

張建寧乃是京城人士，雖非官宦出身，卻也是在京城最有名的書院裡唸書的。他學識極好，無論書院中的大考、小考，盡是頭名，去歲的院試、鄉試中他皆是頭名，連中三元的呼聲極大。

而白向晨則出身江南書香世家，家中世代為官，在南方學子中頗有名望，同樣是今年奪魁的重點人物。

便是他們兩人未得頭名，那還有來自各地的解元等著。

唯有陸尚，在之前的鄉試中毫不出名，便是有跟他來自同一地方的，也根本沒聽說過他這一號人。

還是最後詢問的人多了，才碰見個鄉試時跟他排名前後挨著的。

「若是松溪郡的陸尚，我大概有些印象……我鄉試乃是第九十八名，我記得我前頭的人就叫陸尚。」

「那陸尚豈不是排了第九十七名?!」

「若是同一人，約莫是沒錯了……」

此話一出，滿堂譁然。

誰能想到會試頭名是個名不見經傳的人物？哪怕他在鄉試中的排名稍微靠前那麼一點，

也不會叫人們這樣驚訝。

實在是九十多名的排名，若是放在正科年間，那就是一不小心就會落榜的，誰願意相信，一個差點就落榜的人，能踩在全國各地書生頭上，一舉成了會元！

這些消息可是在書生之間引起軒然大波，到後頭傳得廣了，有人甚至懷疑道「莫非這個陸尚……與閱卷官有什麼關係」？後來還是朝廷出面闢謠，只說今年閱卷有皇帝親自擬定排名，這才沒有叫傳言繼續流傳下去。

畢竟閱卷官閱卷，偏待某一人那就是以權謀私、擾亂考場，但若是皇帝偏待，不管這人是不是真有才學，總歸皇帝是不會看走眼的，誇就對了！

陸尚他們親耳聽了事情的全部經過，對這波發展也是始料未及，好在最後所有傳言都平息下去了，他們也就不多在意。

也就是皇帝參與了排名一事叫他們稍有驚訝。

回家後，馮賀琢磨半天。「這麼說來，陸賢弟的會元肯定是皇帝欽點的了，難不成我那名次也有皇上插手？不然我哪可能這麼靠前……」

陸尚從旁經過，聽到這話無奈地搖了搖頭，點醒道：「且別管會試的名次是怎麼來的了，距離殿試只剩最後八天，你都準備好了？」

馮賀渾身一個激靈，猛地跳了起來。

他連反駁的時間都沒有，轉身就往自己屋裡跑，邊跑邊喊道：「我昨兒的書才看了一半，這就去全部看完！」

馮賀看書看得慢，越到後面越覺得沒看的還有很多，到最後三、五天時是徹底不出家門了，連三餐都變成了一餐，每日都要挑燈夜讀到很晚才結束。

陸尚卻還是維持著之前的習慣，隔兩日就出去坐一坐。

而外頭的風向又變了一回——

「你可知當今左相段大人？」

「知道啊，怎麼了？」

「你這是還不知道啊！這不段大人前兩日放話出來，欲收那位陸尚陸會元為徒，尋到他之前的落腳處，卻沒能見到人，找了好些人問，欲尋到其人，好將其引去府上一敘呢！」

同桌的人都是第一次聽說，聞言不禁酸溜溜地道：「人家會元的待遇跟咱們就是不一樣啊！那可是當朝左相，這做了左相的學生，往後可不就是官運亨通了！」

一群人又是一陣討論，殊不知被他們討論的主人公，已在旁邊聽了大半個時辰，中途幾次挑眉，卻皆歸於平靜。

陸尚本意只是想聽一聽京中的新鮮事，哪承想聽了半個月，基本上都是在聽自己的事，那些與他有關的消息，到頭來反要從外人口中得知。

他將桌上的濃茶一飲而盡，算了算時間，距離殿試只餘最後三日，這最後三天他已不打算再出來，包括他們剛剛談及的左相段大人，也不打算在最後關頭結交了。

三日後，殿試至。

天尚漆黑時，宮門便大開，迎今科貢士入場。

在所有貢士入金鑾殿前，他們要被教導一遍禮儀，再依次去殿後沐浴更衣，換上一致的新服。

這樣既是為了避免衝撞貴人，也斷絕了夾帶作弊的可能。

當然，膽敢在金鑾殿上作弊的，幾十年間也不定出現一個。

陸尚自入宮便是排在首位，也是第一個沐浴更衣結束的，但結束後還不能亂動，要去隔壁的偏殿裡等待所有人都結束，屆時再一同進入殿堂。

也是在偏殿中，他見到了會試時的二、三名。

當他埋首在家時，其餘學子早私下見了不知多少面，到了宮中又是拘謹，下意識就會去找相熟的人攀談。

到最後反而只有陸尚孤零零一人站著，左右無人，硬是留出一個真空帶來，偏他自己渾然不覺，負手而立，全然不見半分窘迫。

隨著最後一人完成沐浴更衣，等待在門口的宮人魚貫而入，管事的太監掐著尖細的嗓子，令所有人按序站好，再一併離開。

陸尚仍於首位，隨著其抬腳，身後跟著的數人也相繼動起來，跟在引路的內侍後，去往能定他們半生的殿堂之上。

就在他們走出準備的殿宇後，只見剛剛他們等候攀談的偏殿屏風後走出一行人，為首的那位一身明黃龍袍，可不正是當今皇上！

昭和帝面無表情，望著已經走空了的偏殿，許久才問：「剛剛那人，就是朕欽點的會元？」

跟在他後面的總管太監垂首應是。「正是陸尚，陸會元。」

誰能想到，堂堂一國之君放著朝會不去，反早早就來到新科貢士準備的偏殿裡，藏在暗處將所有人的舉動都偷窺去了。

昭和帝輕哼一聲，發出一聲意味不明的笑。

就在總管太監以為陛下這是對陸會元心生不滿時，卻聽昭和帝喃喃道了一聲——

「朕一直覺得，唯有孤臣，方能真心為朕所用……」

辰時一刻，所有貢士於金鑾殿內席地而坐。在他們身前，是已經提前擺放好的筆試試卷。

金鑾殿兩側已有兩列禁軍把守，另有無數內侍行走其間，再往前頭的，則是殿試的主監考，左相段大人。

陸尚雖已知曉了段大人的招攬之恩，但自己叫對方門客幾次尋找未果，如今也只能裝作全然不知的模樣，省得被對方認為不知好歹，提前結了恩怨。

伴著殿外的一聲鐘聲，筆試正式開始。

殿試的筆試將持續一整日的時間，試卷上的題目已不分詩賦還是經義、策問，所有題型都混在一起，題目又多又密。

陸尚習慣性地將所有題目看過一遍，一切正如他所料，其中算術題占比大大增加，幾道策問題中涉及商事的更是占了足足半數。

他心神稍定，將試卷翻回最初一頁，提筆作答。

一時間，整個殿內靜默無聲，連帶巡考官都不覺放輕了腳步。

就在所有人都一心作答之際，無人發現，幾個巡考官皆停了下來，他們一同望向從側面出現的昭和帝，抬手欲要行禮，卻被對方制止住，只好愣在原處，暫時不好再有其他舉動。

昭和帝是從最後一人開始視察的。

作答的書生只覺頭頂一暗，下意識抬頭看了一眼，他本以為是巡考官，不料抬頭就見了一身明黃，登時愣住了。

昭和帝在他面前並未久留，很快就去了前面一列。

如那個書生一樣的人很多，有人專心作答，便是身側來了人也未有在意；也有人見了昭和帝後，腦子裡混混沌沌的，便是再低頭，也沒了作答的思路，只能哭喪著臉，胡亂編一通上去。

不知不覺間，昭和帝已走到了前面幾列。

尤其是到了會試前三，他駐足的時間是越來越長了。

昭和帝看著會試第三名的答卷，未見滿意與否，很快就去了前一人處。

然等他看過張建寧有關海路的論斷後，眉心微不可察地皺了皺，面上帶了兩分不悅，繼而走到最後一人身後。

殿試時或有皇上親臨，這已不是什麼秘密。

陸尚也有想過或許會有皇帝親自來巡場，作答到一半時，聽見身後隱約傳來吸氣聲，便猜約莫是皇帝來了。

他早早做好了心理準備，但當身後真的站了人，還是不覺筆尖一頓，手裡不自覺冒了兩分汗。

陸尚沒有回頭，也沒有轉移視線，他只是緩緩吐出一口氣，將試卷微微向上挪了一點，待確保身後之人能看清楚後，緊跟著便開始了下一題的回答。

而他身後的昭和帝挑了挑眉，索性垂首大大方方地看了起來。

他在陸尚身邊停留的時間是最久的，也是巡視之後，表情最輕鬆、最滿意的。

旁人不敢直視聖顏，左相卻能仗著他的位置和職責，目光時不時地往昭和帝身上落一落，自然也就瞧見了昭和帝對陸尚的滿意之色。

左相心下微沈，不覺多看了陸尚幾眼。
好在沒過多久，昭和帝就從他身後走開，又如來時一般，悄無聲息地離開了大殿。
只是這殿上數百人，皆知皇上來過了。
頭一天的筆試結束後，一眾貢士被放出宮，明日同一時間，還要走一遍相同的準備流程，最後才是面聖考校。
陸尚跟著人流出了宮門後，很快就聽見耳側傳來如劫後餘生的慶幸聲——
「我才知皇上竟是真來到考場！虧得我沒抬頭看，不然真見了皇上聖顏，只怕要嚇得腦袋空空，全然不知如何作答了！」
「我倒是知道皇上來了，不過我沒敢抬頭，直至皇上去了前頭，才匆匆瞧了一眼皇上的背影。皇上果然威嚴，便是只一個背影，都叫我心下生畏了……」
當然也有那等真考砸了的，一出宮門就抹起了眼淚。「我在瞧見皇上後就什麼都不記得了，後頭全答錯了……嗚！」
無論旁人如何，總歸是跟陸尚沒什麼關係。
陸尚在入宮前就與馮賀和龐亮說好，筆試結束就各自回家，有什麼事待回到家中再談。
今日筆試結束時天色已漸暗，幾人回家後也沒能多聊什麼，只是說起考卷上有關商事的題目。

這一回其餘兩人都學聰明了，屏棄了其中缺點，只從優點論述。然陸尚聽了他們的回答後，還是搖了搖頭。「官者行商必有隱患，這是不爭的事實，你們避而不談，又何嘗不是一種疏漏呢？」

另外兩人皆是一怔。

馮賀抱頭道：「那我豈不是又答錯了！」只是不等陸尚寬慰，他自己先振作了起來，一擺手。「算了算了，錯就錯吧！反正最差也是三甲進士出身，能走到這一步我也心滿意足了！」

龐亮同樣點頭。「我也滿足了！」

陸尚啞然，收回他的勸慰。

幾人簡單洗漱後，就各自回了房，安心睡一夜養足精神，才好應對最後一場殿試。

第二日又是天未亮時，所有貢士再次入宮。

有了昨日的經驗，眾人已不似當日那般忐忑，但也有因為昨日考砸了的，今日萎靡不振，對接下來的皇上親問也不抱希望了。

皆因皇上親問也是依照他們筆試的作答情況來的，數百貢士並非人人都能問到，只有那些筆試得了皇帝青眼的，方有可能被詢問幾句，而那些未被問到的，就是由朝臣審閱試卷，最後定奪排名。

相同的流程又走了一遍，眾貢士再次被引到金鑾殿上。

所有考生靜候片刻，就聽頭頂傳來聲音——

「陛下到——」

眾人皆是跪拜，齊聲參見，便是在皇帝叫起後，貢士們也依循內侍之前的指點，頭顱微垂，並不敢抬頭直視。

內侍將昨日的試卷奉到案上，昭和帝翻開，從最後一紙拿起。

可惜他只看了不足片刻，就將其放到了左手側。

守在旁邊的內侍了然，將其傳遞給候在階下的朝臣。

相同的動作持續了約莫十三、四次，昭和帝又拿起一份試卷，這次終於多看了片刻，又開口。「裡林鎮豐樂生可在？」

「學生在！」隊伍靠後一人站了出來，他大概是沒想到自己會被點名，出列時還踉蹌了一下，不等穩住身形，已撲通一聲跪倒在地，戰戰兢兢地等候皇帝詢問。

昭和帝問：「朕觀你於天災一事頗有深研，問，若京中遇災，該當如何？」

豐樂生不敢叫皇帝久等，當即開了口，除卻最開始幾句有些結巴外，到後面許是說到了自己熟悉的領域，越說越是流暢。

待他作答完畢，昭和帝面色稍霽。「善！」這一回，他將答卷放到了右手側。

右邊的試卷是直接交給階下右首位的一位大人，觀其衣著，當是當朝右相了。

兩、三百份紙卷，真正能得到皇帝詢問的其實還是少數，且有人作答時間稍長，自然也就占用了後面人作答的時間。

轉眼到了晌午，內侍上前提醒皇帝該用膳了，卻被昭和帝揮手打發了下去，只說待殿試結束再說。

陸尚站得雙腳發麻，卻也不敢有絲毫妄動。

正當他琢磨著如何不著痕跡地活動一二時，卻聽皇帝又喚了一人，問道——

「朕觀你言西域商路之便，可能細談？」

陸尚同樣來了精神，不禁凝神細聽。

在這人之後，昭和帝詢問的頻率越發高了起來，但一般都不叫人全部答完了，聽得差不多了就叫停，答卷或左或右。

往左的就是皇帝不滿意，勉強給個三甲。

往右的就是皇帝覺得不錯的，至少能有二甲。

眨眼間，龍案上只餘最後三份答卷。

昭和帝稍緩片刻，拿起會試第三名的答卷，在看之前先是問了一句。「白向晨……可是江南白家人？」

白向晨當即出列，跪地答道：「回陛下，正是。」

昭和帝微微頷首，繼續看起他的做答情況來，不時詢問兩句，卻沒有如前面那般的策問。

到了倒數第二人，問答情況一如前者。

眼見到了陸尚，陸尚屏息細聽，在被叫到名字後，立刻出列，先是拜見了皇帝，緊跟著便等作答。

哪承想昭和帝這次卻未有問答，而是先將他的試卷從頭到尾看了一遍，最後才問：「朕昨日得知，你乃松溪郡善商，曾得朕之恩典，可於朝堂繼續經商。朕今日只問，若你入朝，可還要繼續你手中的生意？」

陸尚不及細想，依心回答。「學生手中生意乃學生苦心經營所得，若論用心，絕不遜於寒窗十年。學生既得皇上恩典，自當感念聖恩，將手中生意用心經營下去。」

話音剛落，只聽階上傳來一陣大笑，昭和帝親啟御筆，道一聲「善」，隨後直接在他的試卷上寫了「首位」二字。

陸尚之後，整場殿試便算結束了。

昭和帝離場，前後不過半個時辰，殿試的最終結果就送來了。

左相雙手接過聖旨，展開看見前頭的幾個名字，分毫不覺意外。他將聖旨遞給傳旨太監，微微頷首，接下來便是公榜了。

「昭和十一年，恩科排名如下——三甲第一百八十八名，頭州郡李家廟李書……」

殿試的排名是從尾往前唸的，三甲一百八十八名唸完，緊跟著便是二甲的五十名，龐亮和馮賀皆在此列，龐亮排名第四十二，馮賀排名第三十八。另外便是會試時的第二名張建寧，殿試只得了二甲第十三名。

待二甲所有人唸完，陸尚仍未聽見他的名字。

走到殿試這一步，就不存在落榜一說了，若不在二甲、三甲之列，毫無疑問，定列一甲頭三名。

「一甲第三名，南嶺郡府城白向晨！」

白向晨向前半步，屈膝跪下。「學生，叩謝聖恩！」

「一甲第二名，遠嶺郡靠山村廉興！」

卻見中間一個身材高健的男人站了出來，陸尚對他有點印象，便是那個提出開西域商路的人。

廉興同樣出列，接旨謝恩。

只剩最後一個。

「一甲頭名——」

陸尚不覺斂目，靜聽內侍唸出最後一個名字。

「松溪郡府城陸尚！」

陸尚身側緊握的雙手不覺鬆開，背後已然濕了一片。

他定了定神，向側面橫跨一步，如同前兩人那般，一掀衣襬，跪伏在地。「學生，叩謝聖恩！」

這回，卻是左相親自將寫了排名的聖旨交到他手上，交接之時，又道一聲。「恭喜狀元郎了！」

第三十六章

與此同時，陸家府上。

主臥的臥房外圍滿了人，從陸奶奶到姜父、姜母全圍在門口，屋裡不時傳出一二聲響，更有丫鬟、婆子進進出出，連著換了好幾盆熱水。

今晨用過早膳，姜婉寧突覺身子不大對勁，等把府上的大夫都喊來後，她已然站都站不住了。

姜母當時就說莫不是要生了？

田大夫等人過來後，才看了一眼就道這是要生產了！

此話一出，整個陸府都嘈雜起來，住在客房的接生婆全被喊了過來，而府上的丫鬟、婆子則負責扶姜婉寧回房。

就在她躺回床上不一會兒，就開始陣痛了。

姜母等人被請出房門外，連同幾個大夫也在屋外等候著，屋裡只留了接生婆和伺候的丫鬟們。

自一聲「用力」後，便只餘姜婉寧斷斷續續的呻吟和壓抑住的哭訴聲。

過了不知多久，就聽屋裡驀地響起一陣嬰孩的哭啼。

下一刻，房門被推開，接生婆抱著用襁褓包裹住的孩子出來，歡喜道：「恭喜老夫人、恭喜老太太，是個小小姐！」

頓時，門口幾人全圍了上去。

陸奶奶和姜母站在最前，兩人並不敢去碰剛出生的小嬰孩，只有眼睛始終黏在她身上，怎麼也捨不得移開。

姜父則被擠在最後，只能踮著腳去看。

不等他們將小小姐看個清楚，就聽院外傳來匆匆的腳步聲。

門房的下人領了信使進來，才一進到院子就大喊道：「老爺中了、老爺中了！老爺中了會元！」

陸家大喜，卻因當家遠行和主母臥床，不得不將所有慶賀事宜都往後推延。

但此番去往京城參加會試的不僅陸尚一人，還有當地的大小書院，林林總總也能湊出個三、四十人去，這些人在會試放榜後也給家中和老師送了信兒回來，自然也有提及會元名姓的。

遠的不說，就說馮賀他給家裡來的書信上，就說了陸尚高中會元的事，且馮家對姜婉寧生產的時日也略有了解，這麼掐指一算，便知陸家這是雙喜臨門了！

馮老爺和馮夫人趕緊備了重禮，既是含了對姜婉寧教導獨子的感謝，也是以近友之姿恭賀陸家雙喜臨門。除了一些常見的禮物外，另有給新生兒準備的長命鎖和襁褓小衣等物。

夫妻二人來了陸家，果然就聽見陸家添了千金，素日被母親和乳母一同照看著，全家正是高興的時候。

姜婉寧未出月子，屋內也不方便進外男，便只有馮夫人進去看望。

馮夫人留了許多婦人生產後的補品，又誇了小小姐漂亮，陪在姜婉寧床邊坐了片刻，見她露出兩分疲態，只好暫且告辭。

而馮家夫妻二人離開後，後面又陸陸續續來了好幾家人，這些多是家中有孩子在無名私塾唸書，今年又過了會試的，也是同馮家一般，既是準備了慶賀之禮，也給孩子備了禮物。

姜婉寧不方便操持這些，就全權交給姜母去處理。

又過兩日，曲家也來了人，曲恆在陸府待了半日，因衙門有急事處理，不得不匆匆離去。

但曲恆的夫人於氏卻留下了，帶著兩個姑娘，說好要在陸家住一段時間，也好幫著照顧照顧產婦和新生兒，等到了晚上還能幫姜母攏攏帳，將各家送來的東西都盤點清楚。

陸奶奶雖沒參與待客之事，卻也是不得閒的。

她往常就起得早，自從家裡添了千金後，更是恨不得整天都守在姜婉寧房裡，若是孩子哭鬧了，她比乳娘的動作都麻利，抱起孩子又是輕晃、又是哄的，全家再沒有比她更上心的了。

當然，眾人在關注孩子的同時，也未冷落了姜婉寧。

隨著生產之後，她是徹徹底底放鬆下來，身子也不似之前那般笨重了，從睜眼到闔眼全有人照顧，便是孩子都有乳母照看著，省了她接連起夜的困擾。

通常情況下，她身邊都會守著兩個人，陸奶奶是一直在的，再就是姜母和於氏輪換著來，無論是下床走動還是喝水、吃飯，往往只需要說一聲，很快就有人伺候到手邊上。

原本的一日三餐也變成一日五、六餐，一部分是滋補品，另一部分就全是合著姜婉寧喜好做的各種菜點，也不似旁人家那般為了下奶或什麼的，只全是為了大人好的。

這麼過了小半個月，來陸家拜訪的客人漸少，家裡清靜下來後，這才有人想起一事。

「說起來，婉婉生了一個姑娘，可有給陸尚去信兒？」姜母問完後，見著一眾面面相覷的人，瞬間明白了答案。她頗是哭笑不得，道：「這咱們只知道陸尚高中會元了，卻沒跟他說添了個女兒。他也是知道婉婉要生產的，這久等不到消息，還不知會如何著急呢！快快，快去準備紙筆，叫婉婉親自給他寫一封信去。」

旁邊伺候的丫鬟轉身就準備往書房去，沒想到還沒走出房門，就聽見身後傳來截然不同的聲音。

姜婉寧忙道：「不許去！」

丫鬟轉回身來，遲疑地說：「老夫人……夫人說……」

姜母也有片刻的驚訝，擺了擺手，示意丫鬟稍等片刻，而她則問：「婉婉這是什麼意思？」

姜婉寧抿了抿唇，眉眼往下一落，聲音清清冷冷的，無端添了一股意氣。「誰也不許給他去信，他若是想知道，便叫他自己回來看！」

姜母琢磨了好半天，才聽出她話中的怨念。姜母忍俊不禁，張口想勸她莫任性，可轉念一想，誰又知道這是不是小夫妻倆之間的情緒？思慮片刻，索性也不多嘴了。「那妳自己看著辦，反正我看離陸尚回來還有一段日子，如今也就是剛結束殿試，瓊林宴辦沒辦還未可知。再說，光是他趕路回來，少說也要一個月時間，妳能忍心叫他擔心那麼久，我卻是不管的。」

姜婉寧蹙了蹙眉，小聲嘀咕了一句。「怎麼不忍心……就是不給他寫信，有什麼事且等他回來了再說吧！」

姜母聽著她這孩子氣的言論，也只能掩面而笑。

而旁邊的陸奶奶聽了這話竟都沒給大孫子打抱不平，反倒還應和道：「婉寧說得對！咱不理他，就叫他自己回來看！」正說著呢，被她抱在懷裡的小曾孫女又哭鬧了起來，陸奶奶登時忘了什麼陸尚，滿心都是哎喲哎喲地哄起小曾孫女了。

正如姜母說的那般，遠在京中的陸尚自殿試結束後，卻是沒有一日不揪心的。

那些前來拜訪欲與新科狀元交好的學子們見他整日苦著一張臉，還以為是自己的言行舉止惹了他不悅，一問才知，原來狀元郎這是憂心家中待產的妻子，許久沒有收到消息，正滿心忐忑呢！

說起這個，眾人就不得不想起一事——

那日皇上欽點一甲前三後，一甲三名被內侍伺候著上了馬，正準備沿京城繞城一周，便是左右百姓都站得擠擠挨挨的。

誰承想這位狀元郎一馬當先，駕著高頭大馬就差飛起來，其速度之快叫街道兩邊的小姐們都忘了丟花、丟香囊，等再回神，街上只剩下被遠遠落在後面的榜眼和探花。

今科狀元之容貌並不遜於探花，這叫好些小姐們等著一睹真容，若能有幸得其青眼，那就再好不過了。

哪知到頭來莫說青眼了，便是狀元郎的模樣，她們都沒能看個清楚。

往年要足足兩、三個時辰的打馬遊街，今年在狀元郎的帶領下，只走了不到一個時辰，小姐們的絹花、香囊砸在手裡，連街道上都乾淨了許多。

據說狀元郎遊街結束後，一頭便扎進了房裡，前後不足半刻鐘又跑了出來，直奔城門的驛館而去，趕上了當日最後一批信使。

現在想來，只怕狀元郎當日也是急著給家中妻兒送信的吧？

殊不知，這看似難以置信的猜測，恰恰就是事實。

陸尚連續給家裡去了兩封信，卻始終未能得到姜婉寧的回信，而他算著時間，其生產的日子也就這幾天，哪怕這幾日新送出的信件未到，之前總該有書信的吧？

若非宮裡已送來了瓊林宴的邀帖，陸尚恨不得當日就離京回家。

偏偏他不光走不成，還要應付許多前來拜訪結交的學子，便是那不得不參加的瓊林宴，都安排在六月底，還要等上足足一個月！

陸尚試圖找皇上求個恩典，奈何他尚未授官，連宮門都進不去，更別說往上遞摺子了，無奈只能枯等著。

他許久等不到家裡的來信，便只能透過一封封的去信排解心中憂慮，等到了六月中，更是將書信改成一日兩封，就差住在驛館了。

同時，因他這一番作為，那些欲將他邀至家中的大人們也歇了心思，一時猜不出他到底是真心繫家眷，還是故意演這麼一齣，好藉口不去參加各家舉辦的宴會？

但不管是哪種理由，陸尚皆躲開了授官前的站隊。

六月二十五，從京城來的第二封信送到了陸家。

與書信一起過來的，還有兩位身著官服的報喜官，他們身佩大紅絹花，頭戴紅色束帶，坐於高頭大馬之上，明明只是代傳科舉結果，卻也端得一派意氣風發。

府上的門房再次闖入院中，跪在房門前先是重重地磕了三個響頭，然後大聲道：「稟夫人，稟老夫人、老太太，京城的報喜官來了！」

話音落下沒多久，房門應聲而開。

姜母和陸奶奶結伴出來，不禁問道：「可是老爺又高中了？」

門房未能得到確切消息，只道：「小人不知！但京城來的報喜官就等在門外了，還有老爺送回的信，他們後面還跟著好多百姓哩！」

聽到京城來了人，姜母一時無措。這種時候理應叫姜婉寧親自出去迎接的，奈何她還未出月子，實在無法出門見風。而自己受身分影響，其實並不適宜出現在官員面前。可若是只叫陸奶奶一人出去，恐會輕慢了對方。

就在姜母百般為難之際，卻聽她背後傳來了腳步聲。她轉頭一看，竟是姜婉寧走了過來！

姜婉寧披了一件厚重的披風，頭上纏了抹額，因怕受風，索性又用頭巾包住腦袋，基本上將所有容易受風的地方都包裹住了。

姜婉寧說：「我去吧。」

「可是……」姜母遲疑著。

姜婉寧搖了搖頭。「沒事的，我都包裹嚴實了，快去快回，應是無礙的。您和奶奶也準備一下，與我同去吧。還有給報喜官的紅封，往裡頭多放些銀子。」

姜母見她主意已定，也不好再勸，只趕緊招人拿了紅封和銀子來，一人二十兩，儘量快去快回。

三人結伴而出，才出了陸家大門，就跟兩位報喜官撞見。

兩人當即下馬，在問清來人身分後，面上頓時揚了笑，二人一拱手。「恭喜狀元夫人！」

早在得知京中來了專門的報喜官時，姜婉寧就有猜測，陸尚此番應是進了一甲。可當她真聽見這個名次，還是不覺眼前一晃。

跟在她左右的姜母和陸奶奶更是驚呼出聲，不敢置信道：「狀元？真的是尚兒嗎？」

「千真萬確呀！」報喜官道：「陸老爺高中狀元，應會在瓊林宴結束後方歸。小人等提前來報個喜，也好叫狀元郎家中寬心。」

「這這這……」姜母和陸奶奶對視一眼，皆瞧見了對方眼中的震驚。

而跟在報喜官身後的那些百姓更是驚訝，很快便議論不斷，互相打聽著這位陸老爺是何許人也？他們松溪郡竟也出了狀元啊！

松溪郡與京城相隔甚遠，凡是傳回來的消息，一般都是過去半個月甚至一個月了，也就是說，她們收到陸尚高中狀元的消息時，說不準對方已參加完了瓊林宴，下一步就是授官歸家了。

姜婉寧謝過兩位報喜官，又親自送上了紅封，念及兩位官爺一路趕來風塵僕僕，又差了下人帶他們去城裡有名的酒樓休息兩日，住宿和吃食等一應花銷全記在陸家帳上。

兩位報喜官也沒有過度推辭，道了一聲謝，便牽馬隨僕從離去。

餘下的姜婉寧等人也沒有在門口停留太久，她才看了一眼手上的信封，就被姜母和陸奶奶擁回房裡。

從門口到臥房這一路，姜婉寧的視線就沒從兩封信上移開過。

姜母打趣她。「也不知道誰狠著心一封信也不肯給京城寫，嘴上說著狠心話，這一瞧見京城的來信，簡直是魂兒都給勾沒了……」

姜婉寧嗔怪地瞧了姜母一眼，最終也沒能說出什麼辯解的話來。

自這日起，京中的來信是一日緊著一日，哪日要是中斷了，轉過天來能一次送來三、四封。陸尚約莫也是回過味來了，不似之前那樣追問家裡情況，多是說了自己在京中的見聞，再就是三兩句的抱怨。

像什麼——

阿寧定然是忘了我了，這麼長時間也不見給我一點回信。【憂傷小人】

果然愛會消失嗎？阿寧於我的愛竟只有幾月時間……【痛哭小人】

也不知阿寧給我生了個小閨女還是小小子？是不是她（他）搶走了阿寧對我的愛！【發怒小人】

這些小埋怨後面還總要添幾個簡筆畫，將陸尚的心情直白地表達出來。

姜婉寧看得忍俊不禁，心裡的那點怨氣也漸漸散去了。

但她幾次提筆，臨了卻不知該寫些什麼，再一算時間，總歸也不差一、兩個月，還不如等陸尚回來了，夫妻倆見了面，沒什麼是不能當面說的。

就這樣，陸尚從月初等到月底，仍是沒能瞧見從松溪郡送來的信。

而這一轉眼，瓊林宴的時間也快到了。

自殿試放榜後，二甲、三甲的進士都收到了各方的拉攏，反是一甲前三因為各種原因，至今沒有與朝臣有過交往。

陸尚接連一個月的時間，要麼守在驛館顧影自憐，要麼就是一頭扎進京城的各大商行裡去，中途還參觀了李輝家的商船。

他跟詹順安湊在一起琢磨了好半天，最後決定等回到松溪郡後，趕緊選人送出海去。

「這幾年海商還在發展，就是做第一個吃螃蟹的人才有賺頭。如今風險雖大一點，但等後面所有航線都被摸透了，也就沒什麼稀奇了。」陸尚在海事圖上寫寫畫畫。「這條航線就是李家常走的航線，據李輝所說，這條線上的商船不多，陸氏物流往海外發展初始，可以先跟著李家走。至於往後如何，現在說還為時尚早，眼下最重要的，仍是要盡快挑選出一批能接受長時間離家的人。」

詹順安細想片刻後說：「松溪郡不臨海，從松溪郡找人應是有些困難，我覺得可以回去問一問，若是能湊齊人手是最好，實在湊不齊了，不妨到海邊尋一些人，正好也是下海的熟手。」

陸尚讚許地點了點頭，又補充道：「那些從松溪郡來的，要是不放心家裡，也能把家眷接到京城附近，陸氏物流可以幫忙租房子，但想獨門獨院是不成了，約莫就是塘鎮的長工宿舍那種。等他們自己賺夠了錢，要是想在京城落腳，我也可以給添一筆銀子，也算是對他們常年用心上工的獎勵了。」

詹順安記下。「好，我會將老闆的話給大夥兒帶到的。」

詹順安一直留在京中，原本是為了護送陸尚等人回去的。但如今陸尚中了狀元，便是日後歸鄉，自有朝廷兵士護送，他在與不在也就沒那麼緊要了。

正巧陸尚一心想把海運快快做起來，因此與其商量了兩日，便叫詹順安先回去，一來是看看物流隊近幾個月的情況，二來也能提早打探打探鄉里的口風。

若是能在陸尚回去前，把願意出海的人給定下，那就再好不過了。

詹順安應下，又花了兩日時間，將要帶回去的東西都裝了車，雜七雜八地合在一起，竟也是裝滿了整整一個馬車。

這裡面不光有他帶給新媳婦兒的禮物，更多的還是陸尚給家裡準備的。

不管這是他的一份心，還是單純為了哄姜婉寧高興，總之各種各樣或稀罕、或珍貴的玩意兒加在一起，也是裝滿三個大箱子。

當然，除去這些禮物外，另有兩封陸尚的親筆信，皆是寫給姜婉寧的。

陸尚一邊寫一邊嘀咕。「阿寧這麼久都不肯理我，定然是生我的氣了，也不知阿寧生了個姑娘還是小子……最好是個姑娘，人家都說姑娘貼心。也不知這瓊林宴後多久才放人？我要是再多在京中留兩個月，不會等回去了連媳婦兒帶孩子全沒了吧……不成不成，肯定不成！」

他一邊寫信一邊碎碎唸，也不知想到了什麼恐怖的畫面，面容一滯，旋即將腦袋搖得跟撥浪鼓似的，趕緊出去又買了兩支鳳釵，一併夾到書信裡。

待陸尚將一切裝點妥當，詹順安便駕著馬車回了松溪郡。

陸尚沒了陪他四處閒逛的人也不惱，便自己一人背著手，到各個商鋪裡探看學習，若是有幸碰上誰家需要鏢局押貨的，他再適時上去推銷一二陸氏物流，幾日下來，竟還真叫他談成了兩單生意。

緊跟著，京郊的那個轉運站也快速運作了起來。

不為朝臣所拉攏，陸尚那全是自己折騰的。

至於另外兩人，廉興的外祖家就是商戶，他又是憑藉對商事的出眾看法才博得了皇帝青眼，而許多人出於對商戶的輕蔑，所以尚且觀望著。

白向晨則是因為出身江南士族，自有一派文人擁護，在朝中地位低的比不上他，地位高的在邀他前更要多掂量掂量，省得一個不小心，被有心人告到御前去，徒沾一身結黨營私的腥子。

這麼一來，到最後反是風頭最盛的一甲三人，成了門庭最冷清的。

這份冷清一直持續到瓊林宴當日。

當其餘進士都與相熟的同窗見了面，又三三兩兩地湊到一起後，只餘下陸尚三人周圍空無一人，誰從旁邊經過，都要側著臉避一避。

這一屆的考生尚且如此，官場上的人精們更是不會出頭了。

更何況還有那故意看笑話的，見狀心裡更是覺得一甲前三又如何？到了這官場上，管你有多少真才實學，不還是要看人情往來？

廉興和白向晨垂首立在一側，雖不見太多窘迫，可也不甚自在。

唯有陸尚跟個沒事人一樣，東瞅瞅、西看看，轉頭瞧見一道他沒見過又覺得不錯的吃食，還去跟廚娘打聽做法，好等著回家做給妻子吃。

就在場上各方局勢分明之際，只聽一陣兵甲磨擦聲後，皇帝身邊的貼身內侍抵達，高喊一聲——

「陛下到——」

只見場內眾人快速分列兩排，一列是朝中大臣，一列是新科進士，或是按著品階高低，或是按著恩科排名先後。

他們甚至都不需要詢問和討論，站好的速度之快，實在讓陸尚咋舌。

但他沒有太多時間細想，很快地，昭和帝在禁軍的護送下走至最前，眾人齊齊下拜，恭請皇帝親臨。

片刻沈默後，昭和帝叫起，簡單勉勵兩句後，便宣佈開宴。

依照往年瓊林宴的流程來看，開宴後皇帝會點出幾人問話，答得好的，當場賜官也不無可能。

只是今年昭和帝一開口就點了白向晨出來，最開始的都是探花，後面再問話，就只會是榜眼和狀元了。

那些等著抓緊最後一次機會，或能入皇帝法眼的進士們不覺一震，喪氣地垂下腦袋。

昭和帝先是詢問了江南白家幾位族老的近況，又考校了一番白向晨的功課，滿意點頭後，當場授予翰林編修一職。

這個職位不高不低，也是歷代一甲的必經之路。做得好的便是一路往上升，官至首輔的也不在少數；當然，若是做得不好了，那便一輩子做個七品小官，到致仕也就只是個編修了。

白向晨領旨謝恩後，恭敬退至一側。

果然，下一個被皇帝詢問提點的，便是榜眼廉興了。

這一回昭和帝沒有考校功課，而是就他曾於殿試提及的西域商路做了細緻詢問，最後問一句。「鴻臚寺新設外事司，如今正是缺人手的時候，朕若叫你去做外事司的司事，你可願意？」

鴻臚寺下設四司，主管皇家祭典、朝會等事宜，偶爾也會兼顧外賓來朝，四司各設司長一名，六品官，再就是從六品的副司長兩名，以及七品司事若干。

若從品階來看，司事與翰林編修不分上下，然一個是今年年後才成立的邊緣部分，一個是內閣必經，說是一個地下、一個天上也不為過了。

一時間，底下眾人竟分不清皇帝對這位榜眼是看重還是嫌棄了。

無論旁人如何作想，廉興並無片刻遲疑，跪地領旨謝恩。

昭和帝撫掌笑道：「好！」

這探花跟榜眼都問過了，剩下的便只有狀元郎。

哪知昭和帝忽然咳了幾聲，被內侍伺候著飲了茶後，藉口身體不適，提前去了後面的閣樓裡休息。

沒過多久，他又遣人將陸尚請去閣樓，據說是「一甲後二都問過了，總不能落下狀元郎，壞了規矩」。

但陸尚進去閣樓整整一個時辰，其間似有傳出皇帝震怒的聲音。

偏生等陸尚出來，卻見他神色如常，單從表情來看，根本瞧不出任何異樣。

誰也不知道昭和帝與陸尚在閣樓裡說了些什麼，然而陸尚卻是一甲被詢問的三人中唯一個沒有被授官的，便是等後面二甲、三甲進士全領了外職，身為狀元的他還是沒有音信，看皇帝那意思，彷彿是已將他給忘掉了。

一時間，外頭又是一陣流言漫天飛。

再觀始終身處話題中心的陸尚，他好像全然不受外界影響。

隨著其餘進士一一授官完畢，也到了所有新科舉子歸鄉探親的日子。

馮賀和龐亮都被外放去了靜安郡，雖是在兩個縣鎮，但也不算太遠。

靜安郡乃魚米之鄉，已是外放官員中難得的好去處。

兩人授官後自然也沒忘記問陸尚的去處，然他自瓊林宴出了閣樓後，對閣樓內與皇帝的交談卻是諱莫如深，便是他們二人問了，也未有絲毫透露。

兩人只以為當日交談的結果不好，對視一眼後，皆保持了緘默。

探親假僅有四個月，光是從京城返回去，就要花費一個多月至兩個月的時間，另外還要留出赴任的時間來，因此他們所餘的時間自然也就不多了。

恰逢陸尚也是歸心似箭，前一天才說給了探親假，第二天一大早他就收拾好了一切，連同車馬都備齊了，捎上馮賀、龐亮兩人，第一個踏上了歸鄉的路。

這一路多在奔波，加之陸尚著急，一般兩天才會歇一晚，也就是他們身邊還有官兵相護，又有驛館可以更換馬匹，才禁得住這樣急促的趕路。

然就算這樣，等他們抵達松溪郡府城，也已是八月中了。

這日，姜婉寧去私塾裡檢查功課，她估算好時間，在晌午前就出了私塾。

隨著她出了月子，無名私塾也重新開張起來。

但家中孩子還小，哪怕有祖奶奶和外祖看著，總歸比不上娘親，姜婉寧又不忍心留女兒一人在家，便把私塾講學的時間縮了縮。

男學那邊可以暫請曲恆代課，女學那邊就更好安排了。

姜婉寧有心將女學開到檯面上，便開始在女學中尋些佼佼者，不拘書唸得好的，但凡有一技之長，皆可以在她這做個記錄。

什麼繡工好的、琴藝佳的，隨便什麼都成。

這麼登記了七、八天，女學裡的幾十號人基本上都尋到了自己的長處。

姜婉寧也只是將她們的長處記錄下來，後續如何安排，尚需細細考量。

而她今日出了私塾，本是趕著回家陪陪孩子的，哪想剛到了陸家所在的那條街上，遠遠就瞧見了前面擁簇的人群，然後不知誰喊了一聲——

「狀元郎回來啦！」

姜婉寧渾身一震，猛然抬頭，不可思議地往前頭看去。

陸尚似有所覺，於上百人之中向身後看去。

明明他身後擠了許多人，高高矮矮、胖胖瘦瘦，幾乎是擋住了他的全部視線，可就在那麼瞬息而過的縫隙間，他瞧見了心心念念了許久的人。

陸尚面上綻開了笑，被人群圍了這麼久，終於說出了第一句話。「勞駕讓讓——」下一刻，他便擠開人群，直往姜婉寧所在的方向衝去。

人們一開始還以為是發生了什麼事，直到有與陸家相熟的見到姜婉寧的面容，頓時明白。「哎哎哎，人家小夫妻久別重逢，快給讓讓路！」

這話往周圍一傳，眾人皆是會心一笑，趕緊往後退了幾步，將中間的小路分讓開，好叫陸家夫妻早早碰上面。

姜婉寧已不記得回家這一路是怎麼走過去的，只有包在她掌上的大手又熱又燙，擋在她身前的人並不算高大，卻也能將她完全擋在身後，擋住那些從四面八方投來的打量，給予她最大的安全感。

陸尚一手護著她，一手跟左右百姓擺手道：「多謝各位體諒、多謝各位……日後府上設宴，再與諸位同賀同樂！」

等從看熱鬧的百姓之中擠出，兩人是再也耐不住了。

他們甚至不需要任何言語，也不需要任何目光交流，就這麼猝不及防地跑動起來，一路跑回府中，又在許多新添下人錯愕的目光中，一路奔回了主院臥房。

房門被重重合上，所有細碎聲響，盡被堵在那一扇門後。

家裡的其餘人聽說陸尚回來了，火急火燎地趕了過來，沒想到也是吃了一個閉門羹，等從下人口中得知事情經過，幾人面面相覷了好半晌，最後也只能無奈地攤攤手。

「回吧回吧，等他們出來再說。」

卻不想，這一等就是一整個下午。

姜婉寧被陸尚帶去了床上，不等說出隻言片語，就被堵住了雙唇，熟悉的氣息鋪天蓋地湧來，直叫她失了所有言語。

「阿寧、阿寧……阿寧好狠的心，竟是一連五、六個月都不給我一封信！我給阿寧寄回來這麼多信，都沒能等到一封回信……」陸尚委屈地說道，牙下用力，洩憤般地咬住了姜婉寧的耳尖。

姜婉寧頓覺吃痛，下意識往後躲閃，而她一動就發現渾身都被禁錮在陸尚懷裡，莫說是想往後躲，便是想離他遠一點點都不成。

她更覺委屈，小聲地道：「是你走了好久……我睡得一點都不好，寶寶很乖，可她真的好重，我都翻不了身，後來還是娘親陪我一起……」

她雖沒有說時間，可陸尚還是瞬間了然。

他心下閃過憐惜和歉疚，輕聲道了一句「對不起」，又補償似地在她頸間細細親吻著，一手扶住她的腰，一手輕放在她的小腹上。

陸尚沒有說什麼「當初是妳堅持叫我上京的」，只將所有錯處都歸咎於自己身上，抓著姜婉寧的手在自己臉上拍了好幾下。

原本還想說些什麼的，可他又總覺得，女子生育的辛苦，遠非幾句輕飄飄的話語所能彌補的。

最終他只親了親姜婉寧的嘴角。「沒有下次了，這次回來，我便先不走了，往後無論去哪兒，定是會帶上妳和孩子一起。」

姜婉寧正被紛擾的情思所包裹，也就沒意識到他這話的言外之意。

他們脫去了外衫，只著裡衣躺到床上。

約莫是這段日子孩子總在這邊躺的緣故，床上還有淡淡的奶腥味，以及小孩子身上那股特有的味道，初聞有點怪，但時日一久反有些上頭。

姜婉寧與陸尚頭抵著頭，雙手仍是握在一起，小聲說著體己話。

孩子出生兩個半月，陸尚才知是個小姑娘。

他咧嘴笑著。「女兒好，就是女兒才貼心！」

姜婉寧問：「安安的滿月已經過了，但當時家裡正亂著，就沒有給她辦滿月宴，只想著等周歲時一起，就是你大半年後可還在家？」

「多半是在家的，沒事，就算不在，我肯定也能調時間回來。至少在之後的三、五年裡，我主要還是在府城活動。」

聽到這裡，姜婉寧終於察覺出幾分不對勁來。「在府城？夫君……不需要回京赴任嗎？」

陸尚一拍腦袋。「容我細細跟妳講，就從會試開始吧！說起我那會元和狀元，與其說是實力，其實更多還是在運氣上的……」

他將離家這幾個月的事一一講述，僅因商籍就得到皇帝看重，甚至在考場上的作答得以出彩，這不光是陸尚沒想到的，便是姜婉寧事後再聽，也覺頗不可思議。

但她細想之後，到底還是否認了陸尚的運氣之說。

「夫君若是沒有幾分真才實學，便是在最後幾題答得出彩，只怕也無法拔得頭籌。多半還是前面答得好了，後面又有出彩，這才受到皇帝青睞，如此才有會試及殿試雙頭名。就是有點可惜……」姜婉寧輕嘆一聲。「夫君若是在鄉試也奪得頭名就好了，那就能三元及第了。」

大昭建朝以來，還沒出過一個三元及第的，若是陸尚能做了這第一人，定能青史留名，在史書上留下濃墨重彩的一筆。

陸尚笑了，用額頭頂了頂姜婉寧。「阿寧竟是存了這樣遠大的志向啊？可惜我是沒機會了，等阿寧再教個三元及第的學生出來也不遲。」

姜婉寧推了他一把，又問：「那留在府城不去京中赴任又是怎麼回事？我記得往年的一甲都是會入翰林的。」

「這就要從瓊林宴說起了……」

原來那日陸尚被昭和帝喚去閣樓後，所談之事正是他日後之去向。

畢竟是新科狀元，在他初入皇帝眼中的時候，就有宮廷暗衛將他的所有生平查了個遍，包括早被接來松溪郡府城的姜家二老，也一併為皇帝所知道了。

昭和帝最初並沒有提及姜家眾人，只問了陸尚一個問題——

「若行商與為官二者只可選其一，你當如何選擇？」

陸尚不假思索地道——

「若二者只可選一而為之，學生當選後者。學生不敢欺瞞皇上，早在多年前，學生就有秀才身，只因家境困窘，方才入了商籍。然行商數年，學生並不覺商戶低人一等，偏生天災降臨，商戶本也受災，又要為官吏所欺壓，當時學生便覺得，若商戶注定低賤，那便該有一人做那拉動巨船的縴夫，助其揚帆。再者，皇上既已給了行商入朝可並行的恩典，又點了學生為殿試榜首，想必這二者並非不可同為吧？」

那一次，陸尚沒有遵守所謂的禮法，抬頭與皇帝對視良久。

那日瓊林宴上聽到的震怒聲並沒有錯，那是昭和帝氣他狂妄，險些動了怒。昭和帝有意刁難，便問陸尚憑什麼覺得能以一己之力改變商戶地位？

想他乃九五之尊，在位多年，也不過是推動了科舉改制，又在恩科上將商事作為策問題目，便是官商合一的恩典，都是不能放到明面上說的。

面對皇上的怒意，陸尚提出了商行國有制以及公私合營的說法。

國有制便是以朝廷作為唯一管控者，發展各類商事，無論盈虧全由國家承擔，取之於民，用之於民。

公私合營則是以原有的商戶作為主要經營者，朝廷提供一定的資金或人力支持，只在固定時間內進行帳目核驗和利潤分成，間接也是擁有了商戶行商的權利和監管職責。

姜婉寧聽得心驚膽戰，見他停下，不禁追問道：「那後來呢？」

陸尚笑了笑。「後來自是沒有事了。皇上對我說的兩種商行改革很感興趣，但他無法大刀闊斧地將這些推行下去，最終決定以商行國有制為例，許我最長五年時間，若能做出一番成績來，便許我二品大員之職，而在此之前，為了避免旁人以官商勾結作為攻訐，我雖為狀元，卻不領官銜，自然也就與律法無違了。」

當然，做不好也有懲罰，只是為了避免姜婉寧擔憂，陸尚沒說就是了。

姜婉寧回過味來。「那夫君的意思是，在之後的三、五年裡，你都會去做那什麼商行國有制，而不入朝了？」

「正是。」

姜婉寧對那商行國有制還是一知半解，也不知其中有無風險，一時也分不清到底是開心還是不開心，眉頭不禁皺在一起。

陸尚抬手撫平她眉間的褶皺，復說道：「我心中已有了幾分成算，準備從這幾年漸漸興起的海商著手。這商行國有制有一點好，便是所有投入全由朝廷出，不管後面成不成，總歸我是不用為銀兩擔憂了。後面如何，且走一步看一步吧！另外還有一事，便是姜家當年獲罪的事。」

姜婉寧心頭一跳。「皇上可是知道爹娘在府城了？」

陸尚欣賞她聰敏，又細聲安撫了幾句。「別怕，是好事。皇上已查明，姜家當年獲罪，雖有站錯隊之嫌，但畢竟沒有落到實處的過錯，眼下已過去多年，爹娘和兄長在北地已受了苦楚，也算付出了代價。皇上的意思是，他也欽佩爹的學識，若爹有意，可赦罪重新入朝，一是官復原職，二來可封太子太傅。還有尚在北地的兄長，也可免去罪籍，依照這幾年的軍功，論功行賞。」

姜家當年之事，確實罪不至死，如今又與陸尚結了親，皇帝欲要重用陸尚，自然不能留著姜家的隱患在。總歸姜大學士學識出眾，重新入朝也算是給朝廷添一人才了。

姜婉寧瞪大了眼睛，只覺這份赦免來得太不真實。

而這時，陸尚又將下巴抵在她的肩頭上，不知是在撒嬌還是什麼，慢慢說道：「若來日爹做了太子太傅，阿寧可就是姜家唯一的小姐了，姜家小姐位尊，不會嫌棄我一個農家出身的商戶吧？」

「瞎胡說！」姜婉寧不樂意聽這話，抬手在他背上拍了一下，那原本有些沈重和飄忽的心思，也隨之安定了下來。她沈默良久，方才說：「那等晚些出去了，我便將這事跟爹娘說清楚，至於是否願意歸朝，還要看他們二老的意願。」

「我懂我懂，皇上說時我也沒一口應下。不過我算算日子，估計大約再半個月，京城的赦罪書也差不多該送到了。說起來，若是姜家重新復起，我作為姜家的姑爺，往後是不是也有大靠山了？」陸尚不知想到哪裡，噗哧一聲笑出來。「屆時我就到街上做個仗勢欺人的紈袴，誰要是惹了我，我就把姜家小姐搬出來，等著阿寧去給我撐腰！」

說到最後，兩人皆不再言語，只管緊緊挨在一起，體會這久違的親暱。

這時奶娘抱了孩子過來，原來小安安睡醒後一直在哭，奶娘和陸奶奶都哄不住，這才給姜婉寧送來。

陸尚親自過去開了門，他低頭瞧著裹在襁褓中的小嬰兒，只消一眼，心中便驀然升騰起一陣親近。

他抬了抬手，有心抱一抱頭一回見面的小女兒，偏生因為沒有經驗，又不敢真的接手，只能亦步亦趨地跟在奶娘身邊，越看越是歡喜。

奶娘把孩子交給姜婉寧後，便很有眼色地從房裡退了出去。

陸尚這回便黏在姜婉寧身邊，看她熟練地把孩子攬在懷中，盤腿輕輕晃著，不過輕聲哄了幾句，小安安的哭聲就細了下來。

姜婉寧抬眼問：「夫君可要抱一抱？」

陸尚瞪大了眼睛。「可以嗎？」

「怎麼不可以？」姜婉寧莞爾，小心地把女兒放進陸尚懷裡，瞧他僵硬得一動也不敢動，更覺得好笑。

她幫陸尚調整好了姿勢，又碰了碰女兒的臉蛋，不過轉身的工夫，就發現小姑娘睜開了烏溜溜的眼睛，正好奇地在爹娘身上掠過。

這個年紀的小嬰兒還是看不清東西的，但陸尚仍然驚喜地吵嚷道：「阿寧妳看！安安她看我了！安安是不是在衝我笑？」

姜婉寧敷衍地點頭。「是是是，夫君可要抱好她，我去換身衣裳。」

「哎——」陸尚心中一慌。「我怕抱不好她，要不然……」

「沒事的。」姜婉寧笑道：「安安很乖，不會亂動的，夫君你就在床邊坐著就好，我很快就回來。等我換好衣裳咱們就出去，爹娘和奶奶他們應是等待許久了。還有離得近的親朋好友，想必也要聞訊趕來了。」

她說完，不再給陸尚拒絕的機會，閃身去了後面換新衣。

陸尚還是渾身發僵，眼睛死死地盯在女兒身上，不敢有分毫走神。

而正如姜婉寧所說，小安安很乖，之前在母親肚子裡的時候就少有鬧騰，出生後除了偶爾哭得厲害點，也不似其他孩子那般日夜熬人。

連奶娘都說小小姐是個疼人的，她照顧了這麼多家，還是頭一回碰見這般乖巧的，尤其是到了夜裡，只要按時餵奶，不會輕易哭鬧。

小安安被陸尚抱著，也不似碰上生人哭鬧什麼的，只在最初時好奇地「咿咿呀呀」了兩聲，緊跟著就自顧自咂巴起小嘴來，不時動一動腦袋，嬌嫩的小臉蛋正好蹭在陸尚胸口，更叫陸尚心頭一陣暖。

慢慢地，陸尚的雙手也不似之前那般僵直了，一手環在襁褓後面，另一隻手慢慢地抽了出來，小心碰在小安安的手上。

大掌輕輕包裹著小手，陸尚的一顆心都要化開了。

不知何時，姜婉寧已換了一身素色襦裙，靜靜地站在旁邊，看他們父女倆相處得正好，面上不覺綻開一抹微笑。

直到小安安不安地「咿呀」起來，姜婉寧才過去把孩子接了過來。

陸尚的眼睛還是黏在孩子身上，問了一句。「安安可起了大名？」

「還沒呢，這不等著你回來取？」姜婉寧說著，又把小安安頭上的襁褓往下拉了拉，瞧著屋外沒什麼風，這才抱著孩子走出去。

不足三個月的小孩子不算重，但畢竟也有十多斤了，久抱雙臂難免痠澀。陸尚很快想到了這個問題，護在姜婉寧身側，張口提議道：「妳若是抱她太累，那就叫奶娘和其他丫鬟們常在身邊跟著，也好及時接手。不過等過了最近這三、五天，我把手下的事都安排清楚，就會一直跟在妳旁邊了。往後我幫著妳，阿寧走到哪兒，我就跟到哪兒。」

姜婉寧雖不知這話能落實到幾分，可畢竟聽著喜歡，便低聲應了一句。

第三十七章

早在陸尚他們夫妻出房門的時候，就有守在門口的丫鬟去報信了，待他們走到堂廳，家裡三口人已全等在堂廳裡。

在看見陸尚後，陸奶奶第一個迎了上前，握住他的手臂，原本想說一句「都累瘦了」的，可老太太左看看、右看看，實在無法昧良心，半天才吐出一句。「尚兒這幾個月倒是沒怎麼瘦啊……」

其餘人失笑。

姜母也接了一句。「沒瘦才好，這說明陸尚在京城沒受罪呢！」

都是一家人，也沒那麼多虛禮，在門口稍微寒暄了兩句，就一齊進到堂廳裡面去了。

陸奶奶和姜母湊在姜婉寧身邊，也順便幫她看兩眼孩子。

而陸尚就被擠到了一旁去，只好跟姜父坐在一側。

陸尚被點了狀元的喜事已傳回來兩個月了，但這等意外之喜，即便是時間隔得再久，提起來也仍是叫人激動。

看大家實在好奇，陸尚只好再把這幾個月的見聞重新講一遍。

待說到瓊林宴上的轉機時，姜母和陸奶奶的反應比姜婉寧都大。

陸奶奶更是拍著胸脯，後怕道：「這當官也是好危險喔……」

姜父也是一臉凝重，琢磨起陸尚說的那兩種商行改革來，心裡癢癢，趕緊追問道：「你說的那什麼商行國有制，可以仔細說一說嗎？」

陸尚笑道：「爹要是感興趣，等改天我跟您詳細講，正好過些日子我就要琢磨開辦了，您也能給我提提意見。不過比起朝廷的商行，還有一件關於咱家的事，也不知您和娘聽了會不會歡喜？」

他對姜婉寧示意，由姜婉寧說出朝廷的赦令來。

隨著姜婉寧話落，堂廳內陷入長久的沈寂。

過了不知多久，才聽姜父啞聲問：「你們說的……當真？」

陸尚道：「千真萬確。早在我離京時，京城裡就有關於姜家赦罪的傳聞了，就是皇帝擬旨派送需要時間，我趕路又趕得急，這才沒能一同帶回來。我估計著再有個十天半個月的，赦罪書就要送到了。」

曾幾何時，姜父對新帝多有怨懟，尤其是一雙兒女接連受了難，先是兒子受官兵刁難壞了雙腿，再是女兒被迫賣給偏僻山村裡的病秧子做沖喜妻。

這一樁樁、一件件，若非尚有老妻在，姜父真是恨不得一頭撞死在地上。

但後來隨著時間流逝，他又開始懊惱自己當初不夠謹慎。

就是因為秦王給他送了幾冊名貴古籍，他又參加了兩回秦王設的宴，便被人歸到了秦王陣營。

後來先帝駕崩，皇子爭位，秦王在京中的那點基礎根本打不過身負戰功的六皇子，秦王又鋌而走險，使計險些害了當時的六皇子妃，也算與六皇子結下了怨仇。後來伴隨著六皇子登基，即位為昭和帝，秦王一黨自是成了第一個被清算的對象，而姜家亦在其列。

在北地時，姜父幾次咒罵新帝手段強硬，早晚要遭反噬的。然罵過新帝後，他又怨惱起自己行事不夠妥貼。

就為了那幾冊破書，硬是坑害了一家人！

也幸好如今兒女都尋得歸處，不然但凡有一人不好，他也是要後悔一輩子的。

多年過去，被他咒罵要遭反噬的昭和帝不光沒有受到群臣反對，反倒以強硬手段推行了一連串新政。

就說為許多朝臣所反對的科舉改制，在姜父看來，卻是挑不出一點錯處來，尤其當自家人受了新制的好處，他對昭和帝的那些夙怨，也一點點地變淡了。此時再將姜家赦罪，他竟是心情複雜，許久說不出話來。

姜婉寧想說點什麼緩和一番氣氛的，轉頭卻發現姜母已是淚流滿面。

她不禁輕聲詢問。「母親可是想到什麼傷心事了？」

姜母用帕子按了按頰上的淚痕，可一眨眼，面上又是一片濕濡。她聲音沙啞地道：「我是想到妳大哥……知聿他在西北大營，只因罪籍久久無法升銜。如今姜家故罪得以赦免，妳大哥要是知道他也能論功行賞了，還不知會有多高興……當年他便是想做大將軍的呀！」

提起兄長，姜婉寧也不免沈默了。

還是陸尚說道：「我知這事來得太突然，想必爹娘還沒有反應過來，您二老最近就再想想，看看是要復官回京，還是致仕留在松溪郡。無論您二位如何選擇，我和阿寧都尊重你們的選擇。

「另外我也與阿寧說過了，後面幾年我基本上都會在松溪郡活動，在朝廷的海商做出一番成績之前，多半是不會入朝的。而海商沒有那麼多限制，無論是留在松溪郡，還是去京城，我都可以。阿寧去哪兒，我就去哪兒，主要也是看你們的意思。」

陸尚剛說完，陸奶奶突然舉手道：「我、我是安安去哪兒，我就去哪兒，我都聽你們的。」

陸尚一開始還沒反應過來，直到把陸奶奶的話琢磨了兩遍，頓時感到驚訝。「奶奶，您之前不都是我去哪兒，您就去哪兒的嗎？這有了安安，我在哪兒就不重要了唄？」

陸奶奶訕訕地說：「話也不能這麼說，反正曾孫在哪兒，你肯定也會在的嘛……」

陸尚一臉苦相。「奶奶別說了，我都明白了，反正往後在這個家裡，我就沒什麼地位了，安安才是最受寵的……」

眾人哄笑，先前的沈悶氣氛也被打散許多。

幾人坐在一起又說了會兒話，外頭的天色也就暗了下來。

陸尚奔波一個多月，路上少有吃好的時候，難得吃上一頓熱飯，因此晚膳吃得比平日都要多一倍，尤其是姜婉寧親手炒的那道嫩芹，幾乎全進了他的肚子裡。

夜裡安安是睡在主臥的，前半夜由姜婉寧餵奶，後半夜會有奶娘提前準備好羊奶，到了時間來敲門。

往日陸尚沒有回來，安安就睡在床鋪裡側。

今天他才回來半日，府上的下人就準備好了給孩子的小床，圍欄築得高高的，又用棉布給圍好，完全不用擔心夜裡孩子掉下來。

小床就擺在姜婉寧的床頭邊，一伸手就能碰到。

陸尚雖想把女兒放在他和姜婉寧中間，但他又想抱著姜婉寧，只好忍痛捨棄了女兒，等解了跟妻子的相思後，再想什麼方法多跟女兒親近吧。

後面兩日，家裡拜訪的客人漸漸增多。

其中多是與陸尚有往來的生意夥伴，這回是聽說了他高中狀元，欲提早與他加深情誼的。

除了來找陸尚道喜的，再就是私塾的幾戶人家。

他們過了殿試，或是直接授了官，或是已經遞了替補的摺子，但不管是哪種，好歹是中了進士，也算躍升士族了。

馮家和龐家是同一天過來的，兩家人前後只差了不到半個時辰，可巧趕上姜婉寧從私塾回來。

馮賀可是真真切切領了調令的，只待過了這幾個月的探親假，就要立刻趕赴任地。等五年後過了吏部的考核，若是做得好了，還能繼續往上升。

馮家雖不打算與他同赴任地，但往後馮家二老走出去，也能說自己是縣令的爹娘了，也算是徹底改換了門庭，從此擺脫商籍。

這回不管姜婉寧怎麼說、怎麼拒絕，他們都一定要獻上重禮，除去那些擺在明面上的金銀，更重要的還有各處的房契、地契，以及幾條交付陸氏物流的商線。若是以金銀計算，這些加起來足足有數十萬兩，堪稱小半個馮家了。

龐亮家裡則是土生土長的農戶，便是這兩年龐亮連過院試、鄉試，龐家人的生活也沒有太多改變。

龐大爺還是駕著他那輛牛車，往返於塘鎮與底下的各縣，興致來了喝兩口小酒，再跟鄉親們誇讚一番姜夫子的厲害之處，吹噓一番他那爭氣的好孫孫。

至於龐亮的爹娘，因龐亮近幾年不怎麼回家，也是失了對他的管教。但哪怕沒有爹娘的管教，也不妨礙龐亮一路高中。

如今龐亮的性子已不似從前那般膽怯懦弱，雖總被私塾裡的同窗打趣是小古板，可他也漸漸敢自己作決定，並為決定負責了。

這回龐家來給姜婉寧道謝，龐亮的表哥林中旺也在。

林中旺如今是徹底在陸氏物流站穩了腳跟，只待再熬上三、五年資歷，就能再升上去當管事，往後就是跟陸啟同樣的地位了。

便是現在，他每個月的工錢也不是一個小數目，林家的生活大有改善，這不，一聽龐家要來謝師，他們也趕緊跟來，提著兩手的謝禮，這都是為了感謝姜婉寧當年的教導。

堂廳裡尚有陸尚的客人在，姜婉寧便把這三家人全請去了後院。

她深知即便拒絕了他們的謝禮，最終也無法真的全部退回去，索性也不推辭了，只叫人先把東西拿去後面，等晚些時候她核算好了，再想想如何還回去。

眼見姜婉寧收下謝禮，幾家人面上浮現了幾分輕鬆。

龐大爺最先感慨道：「這一轉眼竟是許多年過去了，想當年我只想著叫乖孫考個秀才，日後好去當個夫子，也算光耀門楣了，哪承想他還真跟姜夫子說的一般，中了舉人，中了進士，這可是咱們老百姓作夢都不敢夢的啊！也虧得當初我沒有因為姜夫子是女子就看輕了您，要不然這是要錯過多大的機緣。」

姜婉寧笑了笑。「您那年知道了實情後，還願意信我，我自然也不能叫您失望了。」

「唉……」龐大爺抹了一把臉，實在不知該說什麼好。他只能又道了幾聲謝，復推了推龐亮。「乖孫，你可記好了，是誰悉心教養了你多年？姜夫子於你雖非親生爹娘，對你的恩情卻遠勝爹娘了！往後你要是做了對不起姜夫子的事，咱們老龐家不是那等狼心狗肺的，你也別當咱們龐家人了！」

龐亮並無被教訓的不悅，反垂首恭敬地道：「是，爺爺放心，我定將老師的恩情銘記於心。」

在龐家之後，林中旺的娘親也說了差不多的話，且不論她是真心還是假意，好歹態度是擺出來了。

而林中旺又在陸氏物流做工，倘若他哪日真做了對不起姜婉寧的事，屆時都不用林家做什麼，只怕陸尚就先替夫人報了仇。

馮家二老跟陸家往來頗多，在姜婉寧懷孕的最後幾個月，馮夫人也常來家中看望，難免會說幾句體己話，自然也就包括了他們馮家對馮賀寄予的重望，以及對姜婉寧無法用言語表達的感謝。

這回他們兩人也沒有多言，馮夫人代馮家說：「往後只要是姜夫子用得到的，我們馮家但凡說一個『不』字，那就是忘恩負義、不是人！」

姜婉寧哭笑不得，連說「言重了、言重了」，又親自給幾家人倒了茶水，說：「為人師者，教書育人原就是本職的，再說咱們這幾家，也算是跟著我的時間最長的了。龐亮是我唯一的學生，我待他多好都是應當的；馮少東家予我信任，我也當投桃報李，不負所望才是；便是中旺，你們就當是我藏的一點私心，全是為了給夫君培養得力的管事。」

話雖如此，幾家得益卻都是實打實的。

在這個時代，師恩是能比肩生養之恩存在的，正所謂尊師重道，無論他們是為官還是行商，只要不是那等薄情的，便要記姜婉寧一輩子。

考慮到龐家趕回塘鎮還要好幾個時辰，天色又晚，姜婉寧就留他們在府上吃了飯。

飯後則是給他們尋了客棧，在府城休息一晚，待到隔日再返家。

恩科結束，加之陸尚高中，陸府的客人實是絡繹不絕。

還有那與陸尚並不相識的，也不管三七二十一地登上門，面對陸尚的疑惑，他們只管送上禮，嘴上說著。「以前不認識沒關係，過了今日不就認識了……」

連著曲恆和幾個縣令都登門拜訪，陸家風頭可謂一時無兩。

姜父、姜母也無心想那什麼赦罪書了，趕緊出來，姜父幫忙招呼客人，姜母則幫著姜婉寧多照看照看孩子，便是陸奶奶也上了年紀，素日人來人往的，唯恐驚擾她到生了心悸。

光是應付各方來客，陸尚和姜婉寧就忙碌了足足十日。

這還是因為陸尚放出話去，說好等月底在府上設宴，這才擋下一些來賓。

不等陸尚去塘鎮巡查物流隊的生意，姜家的赦罪書終於送上門來了。

皇上親訓，姜家雖有過失之錯，卻也罪不至死，又念姜之源著書無數，沿用至今，皇上愛惜人才，欲重啟用姜之源，擢升太子太傅，以示皇恩浩蕩。

姜父攜姜母謝恩領旨，卻並未答覆是否要回京復職。

而在二老接過聖旨起身後，卻見曲恆縱馬趕來。

當著無數百姓的面，曲恆屈膝跪在姜父身前，規規矩矩地磕了三個頭，大聲道：「學生恭喜老師、師娘洗脫冤屈！」

眾人這才知道，原來他們松溪郡的郡守大人，也是那位姜大學士的學生。

「這陸家可是不得了啊！原本出了一個狀元已足夠扎眼了，而那位開了私塾的女夫子也是出身不凡，人家可是京城裡正兒八經的小姐呢！」

前後不過兩日，府城便全是有關陸家和姜家的傳聞。

百姓們從陸府門口經過時，都忍不住駐足觀望，欲看看這是何等神奇風光的人家。

後來聽傳旨的公公說，皇上除了給松溪郡送來赦罪書外，另有給西北大營送去聖旨，一是洗去姜家大公子身上的罪狀，二來也是命將軍述其功績，上奏朝廷，好行封賞。

姜父在拿到赦罪書後，去書房與陸尚長談了一整夜，出來後則是雙目清明，才出房門就見了傳旨的公公，應了皇上的復職和擢拔，言明兩日後攜夫人與公公一起，回京復職。

姜婉寧雖說了不會干涉姜父、姜母的決定，卻也意外姜父的做法。

她趁著陸尚陪小安安玩耍的時候問了一句，才知這與陸尚也有幾分干係。

原來姜父無法拿定主意，對於皇帝的復用，他擔心官場多爭端，萬一又有哪步走錯了，只怕對姜家又是一場滅頂之災。再者新帝初登基時，對姜家的一連串打壓，也叫他心生忌憚。

可另一方面，姜家世代為官，他又不忍叫姜家的官途斷送在他這裡。

陸尚親了親女兒的小手，復答道：「我聽爹的意思，還是想要回朝做官的，就是害怕將來再說錯話、做錯事，心裡存了兩分膽怯罷了。

「不過我是想著，我這幾年仍是白丁，若涉及官員，恐還是落了下風，若爹真回朝做官，又是大學士和太子太傅雙重身分加持，無論是對我行商，還是對妳辦私塾，也算是一個庇護了。所以我便與爹說，不妨回朝待上幾年，等幾年後我入了朝，爹再隱退也不遲。」

姜婉寧了然，湊過去摸了摸女兒的側臉，沒有繼續多問什麼。

兩日後，姜父、姜母離開，在朝廷官兵的護送下入京復職。

而陸尚則是去了塘鎮，將他離開這幾個月的帳本全部檢查了一遍，又看了兩件賠付事故，因是不可抗力因素，遂減免了對運送長工的處罰。

姜婉寧又要看顧私塾裡的學生，又要幫忙操持著月底的宴請，反是少了許多放在女兒身上的精力。

也幸好陸奶奶還在家，有她和奶娘一起照顧著，才免了姜婉寧的後顧之憂。

又過兩日，陸尚從塘鎮趕回來，接手了家中的瑣碎事，順便兼顧起看孩子的重任。

姜婉寧這才騰出工夫來，好生整頓了一番私塾，又見了幾個曲恆介紹和自行過來應聘的夫子，最後錄用了三位男夫子，一位教授詩賦，兩位教授經義，剩下的策問和時政還是由姜婉寧來教。

再就是女學那邊，項敏負責總攬大局，在私塾裡時日長的學生們轉去做夫子，給新來的女學生們教點東西，除了唸書、識字由姜婉寧講授外，更多時間則由她們教導。

這樣一來，姜婉寧便把私塾裡的事脫手了大半。

月底陸家設宴，原定的三十張席全被坐滿了，而門口還有源源不斷的客人，姜婉寧只好臨時去酒樓訂了席面，又在家門口添了流水席，也算宴請過往百姓了。

就這樣，八月悠悠晃過。

九月探親假過半，許多授官的學子都要趕赴任地了。

與陸家關係一般的人不知道陸尚另有任務，還以為他也要返回京中，這才叫家裡的客人清減下來。

殊不知，陸尚始終窩在家裡，心甘情願做個家庭主夫，無論後宅安排還是孩子照顧，全由他一手操辦。

九月中，詹順安帶著三十號人來到家中。

這三十號人都是松溪郡本地人，或是家裡無牽無掛，或是願意帶著家眷移居，也就是能去海上行商的。

陸尚親自問過他們各家的情況，挑了兩個出去，改分去塘鎮的物流隊，剩下的則全部留下，給他們半個月時間收拾，等月底就出發上京，等候跟著李輝的商船出海。

之後他又提了兩人頂替了詹順安的位置，詹順安則被調去了京城，一面負責京中物流隊發展，一面負責新分出去的海運事宜。

詹順安家裡就他和妻子兩人，也方便直接搬去京城。

與其他長工不同的是，陸尚直接幫他們置辦了宅子，就在京城正中的位置，三間房帶一個小院，直接寫詹順安的名字，花費了六百多兩。

他沒有告知新宅的花費，只將地契交給詹順安。「你為我辦事，又是要離開家鄉，我自然也不能辜負了你。這房契你拿好，到了京城就能直接住進去了。你也別急著拒絕，京城的房子並不好找，你是住哪裡都成，嫂子總不好跟著你風餐露宿吧？再說等過兩年你和嫂子添了孩子，這宅子的位置就正好。」

詹順安攥緊了房契，沈默良久，垂首道：「多謝老闆。」

陸尚把這事說給姜婉寧聽，姜婉寧也表示了贊同。

「詹大哥在陸氏物流做了這麼多年，功勞無數，當得起這座宅子。」

說起京城的宅子，陸尚又問：「眼下爹娘都回了京城，阿寧日後是想在府城住，還是回京城呢？」

姜婉寧沈吟片刻。

「我聽夫君的意思。海商是不是主要還是在京城一帶活動？」

陸尚微微頷首。「是有這回事，但我不出海，在哪裡都一樣。」

姜婉寧說：「但消息傳回京城和傳回松溪郡的時間總是有差的，不如再過一、兩年，我們便搬去京城吧，既能與爹娘住得近一點，也方便你日後辦事。

「再說就算這幾年不搬，過上個四、五年你辦好了皇帝的差事，入朝還是要搬去京城的，還不如趁著安安年紀小，早早搬過去，也好叫她提早適應了。」

「好，那就聽妳的，等過一、兩年，咱們就搬去京城。」陸尚又問：「現在可要先相看起宅子？」

「暫且不用吧？」姜婉寧想了想，道：「等爹娘他們穩定下來後，不如叫娘幫我們留意著，這不還有時間呢。」

「成！」陸尚應下。

又過半個月，詹順安帶著挑選出的新長工從松溪郡出發進京，除了這些長工外，他們的隊伍裡另有家眷，因此腳程上就要變慢許多。

好在他們也不算太趕時間，能在李輝的商船出發前趕到就可。

十月底，京城傳回消息來，說是姜父已官復原職，又領了太子太傅一職，姜母也恢復了誥命，住回了姜家以前的宅子。

原來的姜府這些年一直都是空置的，他們只來得及收拾出主院，剩下的院落還要請人慢慢整理打掃。

而隨著姜父復官，又在朝堂上被皇帝委以修書的重任，彰顯了姜家起復之勢，他先前的那些學生也漸漸登門。

姜婉寧和陸尚一同將姜父、姜母送來的書信看過，只是輕哂一聲，對他們的做法並未過多置詞。

放下書信後，二人又投入到各自的事情中。

一晃眼又到了一年冬日，年關將近，陸尚得知詹順安帶走的那批人已登上了商船，只尚不知船上情況，還要等商船回航後。

他在這幾個月裡尋找好了造船的匠人，因是朝廷出錢，也沒有了銀兩短缺的困擾，商船的材料都能用最好的。

另外他也在各個地方開始招募船工，叫物流隊將招募的書帖帶去各地，再請衙門幫忙張貼，無論是否有駛船的經驗，若能應聘上，後續都會有專門的培訓，工錢以海上航行天數來算，每日二十二文。

到現在為止，應聘上的船工已足足有八十人了。

就是陸尚要造的商船很大，共計兩艘，每艘都需二百餘人，因此還要繼續招募下去。

與此同時，姜婉寧的私塾也招了新的一批學生。

但這批學生只有女子，更多是普通百姓家來的，說好三年後若是唸得好，可以幫忙分配工作，或是去項敏的繡房裡做工，或是去物流隊裡當帳房。

說起物流隊的帳房就不得不再提一句，自從年中陸氏物流就開始招收女帳房了，這些女帳房不需要隨長工同住，她們有專門處理帳簿的屋子，裡面全是女子，只要算好了當日的帳目，就可以下工回家了。

最開始時，前來應聘的女子寥寥無幾。

還是陸啟作主，將女帳房的工錢提了一成，才算招來了幾人，等後頭她們做得熟練了，他又多給了些賞錢，這才算把女帳房的名聲打出去。

如今女子也有在外做工的，但多半還是在繡房等地方，又多是上了年紀的婦人，真正說十幾歲、二十多歲的女子，基本上還是留在家中的。

這還是姜婉寧某日和陸尚討論過的結果——

姜婉寧說她的私塾裡女學生無數，可她們所學，最後真能用到實處的還是太少太少了，更多人等到了年紀就會回家說親，所謂在私塾裡求學的幾年，也不過是她們人生長路上一段可有可無的經歷。

陸尚說：「除非哪日女子也能如男子一般科考入朝，不然所謂女子入學，也只會是少數人家的選擇。我倒是有一個想法。」

「夫君請說。」姜婉寧語氣微沈。

陸尚道：「我想的是，不如先招一批清苦人家的女孩，用給她們安排工作作為引子，就跟當年巷子裡的學堂那般。有利可圖，人們才會動心。

「就說若有朝一日，女子掙到的錢比男人都多，她們還會被困於家中嗎？尤其是到了尋常百姓家裡，一年幾兩銀子，可不是一筆小錢了。」

姜婉寧問：「那我又該如何找到能供給女子的工作呢？」

陸尚點了點她的手背。「阿寧是忘了我嗎？」

姜婉寧還有一點不明白。

「夫君說……可物流隊裡不都是男人？少數幾個女眷，還是給他們洗衣、做飯的老婦，哪有適合年輕女子的工作？」

陸尚笑道：「眼下沒有，可不代表以後也沒有。物流隊裡多是體力活，肯定是不適合女子來做的，但帳房裡的工作，可就不分男女了。」

如此，才有了陸氏物流招聘女帳房的先例。

過年前，陸尚和姜婉寧一齊去了塘鎮，給塘鎮的管事和長工們發了節禮。另有其他地方的節禮，也與塘鎮相同，但他們不親自去送了。

還有塘鎮的那幾個女帳房，她們的節禮與其他人並無二致，又因是女眷，還多添了一疋布，可謂是羨煞旁人。

待二人從塘鎮返回，卻聽門房說，家裡來了客人，自稱是夫人的兄長。

姜婉寧當場就愣了，回神後猛地奔著院中跑去。

陸尚沒有叫喊，只緊跟在她身邊，直至到了堂廳，才見廳裡坐了一男一女。

男子並未坐在堂廳的椅子上，他有自己的輪椅，兩個木輪子可以自己調整，後面也有推扶的把手。

女子則是坐在他旁邊，遠遠看著，側顏甚是清冷。

姜婉寧在廳門口緊急停步，發出的聲響引得廳裡的二人一同回頭。

陸尚這才發現，等在裡面的兩人皆是好顏色，男子丰神俊朗，眉眼間的淡疤也不影響他的氣質，細看還與姜婉寧有幾分相似。

那個女子雖是冷冷清清的，但眉眼也屬精細，另有一股英姿颯爽之感。

男子率先露了笑，輕道一聲。「是婉婉回來了？」

姜婉寧瞬間落了淚，望著姜知聿座下的輪椅，哽咽道：「兄長……」

然下一刻，姜知聿從輪椅上站了起來，他往前走出兩步，雙腿能看出明顯的不便，但尚能行走。

姜知聿無奈道：「我的雙腿其實已經無礙了，就是小白總怕我走路太多不好，硬是叫人給我打了這把輪椅，出入都要坐著。」

姜婉寧茫然問道：「小白？」

姜知聿撫掌，將他旁邊的女子牽到身邊，復介紹道：「忘記跟婉婉說了，這是小白，我去年剛與她成婚，妳該稱她一聲嫂嫂。」

白姝微微頷首，跟著姜知聿喚了一聲「婉婉」。

姜婉寧人還是懵的，但還是禮貌地叫了一聲「嫂嫂」。

而姜知聿則將目光投向陸尚，不動聲色地打量了一遍，隨後問道：「這便是爹娘說的陸尚了吧？」

陸尚上前一步，拱手道：「見過兄長，見過大嫂。」

聽聞此言，姜知聿眼中才算流露出一抹滿意之色。

後來兩人才曉得，原來姜知聿是三個月前受了朝廷封賞，依照軍功封了驃騎將軍，帶著妻子白姝回京領封，又在回程時轉來了松溪郡，要親眼看一看妹妹和妹夫，以及他素未謀面的小外甥女。

姜知聿帶著白姝在松溪郡停留半個月，去看了陸尚的物流隊，又看了姜婉寧的私塾。

後來聽說陸尚名義上沒有官職，實際卻已是在替皇上辦事，也算徹底放了心。

年關一過，姜知聿和白姝就踏上了返回西北大營的路程。

姜婉寧望著俐落上馬的嫂嫂，忍不住問了一句。「嫂嫂不留在京城或松溪郡嗎？」

不等白姝回答，姜知聿先輕笑一聲。「便是我能留下，妳嫂嫂也是不能留的。」

這話說得姜婉寧一臉迷茫，到最後也沒能明白這是什麼意思。

唯有陸尚想起在飯桌上不經意看見的，這位大嫂手上的刀繭，不禁若有所思。

兩年後，兩艘名為「破浪號」的大船自京城海域出發。

同年四月，陸尚一家搬離松溪郡府城，踏上去往京城的道路。

因為陸奶奶和小安安的緣故，他們沒有趕路，就這麼一路走、一路遊賞著，走了足足半年才抵達京城。

就在陸尚隨姜婉寧住進姜府的那日，皇宮裡的人也收到了消息。

昭和帝放下暗報，輕哼一聲。「朕還以為，不到五年之期，他是不準備入京了。」

想到那兩艘全部由朝廷出資起造的破浪號，昭和帝心中一片快意，已忍不住想知道商船歸來後，他能有多少回報了。

陸尚一家搬來京城一事並未引起太多轟動。

畢竟距離他高中狀元已過去了兩年多，且當年恩科後就是正科，新出的一甲前三皆留在京中，無論學識還是政見都與朝中大臣相符，比之皇帝親選出的恩科一甲，更受朝臣待見，正在朝上大放異彩。

而陸尚當年就不怎麼在人前出現，殿試後又未予以授官，隨他回返松溪郡，更是徹底消失在眾人前。這兩年朝廷的海商雖然鬧得沸沸揚揚，可出面的都是皇帝的人，陸尚只在暗地裡指揮調度，更加不為人知了。

如今他以姜家女婿的身分回來，也少有人將他與前兩年的黑馬狀元聯繫在一起，更多人便是跟他打個照面，都不一定能認出他來。

陸尚樂得如此，只管待在姜家照顧妻兒。

正巧頭兩年他來京心有牽掛，也不曾好好看過這座繁華的都城，而姜婉寧也有多年沒回過京城了，正是對什麼都好奇的時候。

兩人這麼一合計，索性將陸念安託付給幾位長輩，他們倆出門去四處看看。

陸念安便是安安的大名，安安今年已有三歲了，正是鬼靈精怪的時候，家裡養她養得精細，卻也不似旁人家總是拘在家裡。

一、兩歲時她就跟著姜婉寧去私塾，那邊姑娘們多，又都是心善仔細的，有時姜婉寧忙不過來了，姑娘們也會幫忙帶一帶孩子。

到了今年安安能自己走跳了，她就開始跟著陸尚到鄉下去玩耍。

陸氏物流一年年壯大，涉獵也越來越廣，從最初的貨物押送，到如今的自產自銷，更有從海外帶回的珍稀貨物，跟著物流隊銷往各地。

像是今年年初出海的兩艘破浪號，船上的船工雖多以朝廷中人為主，但船長和幾個掌舵的副手，都是從陸氏物流出去的。

但不管如何發展，塘鎮作為陸氏物流的發源地，始終未失其大本營的地位，尤其陸尚這幾年沒了科考的壓力，大半心思都放在自家生意上。

在他的精心部署下，塘鎮的下游鄉村已呈聚攏狀，將塘鎮整個包攏其中，並大力發展農業、養殖業和水產業，依託高效物流，向周邊大小城鎮輸送蔬果、魚肉，提高了上千農戶的生活品質。

除此之外，陸尚還聯繫上了遠在北地的姜知聿，北地疆域廣闊，又有大批牧草，正是適宜養殖牛羊馬匹的地方。

大量養殖馬匹或有囤兵謀反的嫌疑，但陸尚好歹還替皇帝辦著事呢！

他只需給皇帝提前上奏一封，將養殖馬匹的原因歸因於海商，師出有名，便也不怕那些莫須有的罪名了。

而老實說，北地養出來的牛羊馬就是好，放養的牛、羊肉質鮮美緊實，馬駒自小在原野上撒歡，耐力也比中原的馬兒好。正是因為有了這些馬，物流隊運送的速度是越來越快，裝備也越發充足了。

小安安最喜歡跟著爹爹去塘鎮，在那兒不光有許多陪她玩的哥哥、姊姊、叔叔、伯伯，還能騎大馬、摸小魚，到了夏天還能爬到樹上捉知了，可有意思了。

以至於這回全家要搬來京城，意見最大的反倒是陸念安小朋友。

從松溪郡府城到京城這一路，陸尚和姜婉寧輪著哄，又多帶她去看沿途的秀麗風光和新奇玩意兒，才算把小姑娘給哄好了。

姜父、姜母在安安很小的時候就離開了，安安只知有一雙外祖，卻不曾真正見過，這回才住進姜家，又被二老搶去主院養著。

姜父每日要去上朝，姜母卻是沒有太多事要做的。

因此姜母就喊著陸奶奶一起，再帶上小安安，先是去城郊的寺廟裡求個平安符，再去南大街的糕點鋪裡買些好吃的糖點，前後不過兩日，就哄得安安跟外祖母可親近了，每天一睜眼，不是喊「曾祖母」就是喊「外祖母」。

正因如此，才給了陸尚和姜婉寧過二人世界的機會。

這廂兩人出了門，對於到底去哪兒，卻是一時拿不定主意。

最後還是陸尚說：「阿寧小時候常去哪裡，可否帶我也去看看？」

姜婉寧面上閃過一絲羞赧，躊躇道：「我小時候常去的無非就是茶樓、書坊，要麼就是女孩子家才會去的胭脂水粉鋪，夫君若是想去……」

「當然想！」陸尚興致勃勃，拽著她的手就往外面走。

他一邊走一邊盤算著。

「安安有奶奶和娘幫忙看著，少說三、五日是不會想起妳我來。我是想著頭兩天咱們就在京中轉轉，先去看看妳說的茶樓和書坊，再去買些新上的首飾、脂粉，當然還有春衫、夏衣，也要一齊備下。等把京城全逛過一遍，我就帶妳去京郊的物流隊看看。這幾年京中的物流隊越做越大，又是鄰著港口，海上帶回來的東西大多都儲放在京郊，妳且去看看有沒有喜歡的，也好提前留下。」

姜婉寧側耳聽著，嘴角微揚，輕輕應了聲好。

然而多年前的茶樓和書坊，尚在的已寥寥無幾。

姜婉寧憑著記憶找了好幾處，卻發現兒時的建築已變了模樣。

她最喜歡的那家有評書的茶樓成了飯館，少有人問津的小書坊也成了遠近聞名的書肆，裡面站滿了學子。

就這麼找了一圈，最後只有一家能撫琴的書坊還在，但從門口看，裡面的裝潢也全變了，之前那個誰都能撫琴的位置已有了固定的琴師，旁邊還備著清酒，裡面多是住在周圍的酒客。

姜婉寧不禁悵然，攥緊了陸尚的手，喃喃道：「這些地方……好像都不在了。夫君，我找不到了。」

陸尚心下一緊，下意識攬過她的肩背，垂首安慰道：「沒關係，只要妳還記得，那它們便是一直都在的。不然阿寧跟我說一說，妳記憶中的茶樓、書坊是什麼樣子的吧？我幫妳記著。」

姜婉寧抿了抿唇，沈默良久，方才開口。「其實也沒什麼特殊的，京中的茶樓都是差不多的模樣，就是我喜歡的那家有個很厲害的評書先生，總會講些稀奇古怪的故事，好多人說他裝神弄鬼都在糊弄人，我聽著卻覺得很有意思。我記得那個評書先生講過一個狐妖報恩的故事，說有一個農夫救了一隻狐狸，狐狸長大後欲給農夫報恩，恰逢恩人喪妻，狐妖便散盡修為附身在農夫的亡妻身上，雖引來一時的流言，可最後農夫和狐妖幸福美滿地生活在一起。」姜婉寧說著，微微仰頭看著陸尚，笑道：「夫君早些年身子不好，也鬧過靈堂詭事，夫君不會也是我救過的什麼小妖怪，來報恩的吧？不過我好像不記得救過什麼了欸……」她自己都覺這猜測好笑，戳了戳陸尚的小臂，往他肩上一靠，忍不住笑出聲。

陸尚也跟著笑。

他在這個時代生活了許久，早沒了初來時的陌生和驚怕，便是聽見了這等與他來歷相似的故事，心中也不會再起半分波瀾。

更甚者，許是有了妻子和女兒的緣故，他還是更喜歡在大昭的日子，而那個光鮮亮麗的現代世界，已在他的腦海中漸漸模糊。

如今他都不禁想著，說不定他本就是出身陸家村的病秧子，而現代的幾十年，才是一場大夢。

臨近晌午，兩人就近找了一家飯館，吃了京城最有名的茶湯。

等吃完午膳，休息得差不多了，兩人又去了街上，也沒什麼目的地，就在大街小巷中行走，偶爾碰見姜婉寧熟悉的，又是好一陣駐足。

轉天他們去了最繁華的商街，買了許多新樣式的首飾，還有好幾盒流行的脂粉。成衣鋪裡上了新的夏衣，都是從南邊運來的新料子。

正巧他們去的成衣鋪與陸氏物流有合作，陸尚問清他們進貨的地方後，準備等下回物流隊去取貨時，也給家裡多帶些布料。

一整日下來，兩人滿載而歸。

姜婉寧出門兩日，終於想起被丟在家裡的女兒來，然等她找去主院，才知道姜母和陸奶奶帶著小安安去坐遊船了，要三天才回來。

陸尚得知後抱著她又是好一陣笑。「我覺得跟爹、娘住一起挺好的，這安安也不會纏著妳我了，不如咱們就別搬出去了吧？」

就說自從有了孩子後，便是有奶娘看著，可不自己親眼看顧，總有不放心，夜裡要稍微過去看兩趟，如此睡前便不好有多餘的活動了。

陸尚早就懷念拉著姜婉寧胡作非為的日子了，越想越覺得可行，要不是說好了明日要去京郊，他簡直當場就想把妻子拽上床。

姜婉寧推了他一把，抬手擋住他的眼睛，不敢去看其中的蠢蠢欲動。「你、你別想……

沒安安也不行。」

陸尚用額頭抵住她的肩膀，悶笑道：「不想不想，都聽妳的。」

話是如此，可他心裡到底如何，卻非姜婉寧能管束的了。

原本他們去京郊是想著早去晚歸，如今安安不在家，索性在外面多留兩日好了。

聽說京郊開了一家農家院，等從物流隊出來後，不妨過去住兩日。

睡前陸尚收拾了出行要帶的行裝，等姜婉寧清點又補充一遍後，兩人便擁著上了床，一夜好夢。

陸氏物流在京郊的轉運站較前兩年擴大了許多，儲貨倉連著長工們的宿舍，在田壟邊占了整整一大排，加起來足足有十七、八間房。

陸尚提前給人打過招呼，在靠邊的位置收拾出一間來，又準備了新的被褥，待他和姜婉寧一到，直接就能住進去。

陸尚下了馬車後先將行李放到屋裡，然後便引著姜婉寧去儲貨倉探看。

這邊的儲貨倉分為兩部分，一部分是從各地運來的貨物，另一部分才是海上帶回來的東西，後者占了大多數，又因物件珍貴，日夜有人值守，出入都要登記才行，便是陸尚也不例外。

去年詹順安帶回來一大一小兩座西洋鐘，小的自家留下了，大的則是送給姜婉寧。那西洋鐘每隔半個時辰就會報一次時，用了一年還很準確，姜婉寧很喜歡，這回搬家也沒忘記把鐘帶來，陸尚便以為她是喜歡些機巧物件的。

找貨倉的管事問過後，陸尚帶她去了靠中央的一間屋子，這間倉裡擺放的全是些機關小物，多半沒什麼用，但勝在精巧好看，又頗有新意，在一眾貴女、夫人之間十分流行。

像那八音盒，來來回回都是一個調子，在陸尚眼裡平平無奇，可姜婉寧撥弄著發條，卻是極感興趣的，頗為愛不釋手。

陸尚想也不想，就把八音盒給收下了。

兩人在屋裡轉了一圈，又挑了一件巴掌大的西洋號以及一個胡桃夾子。

牆角原是放了一把小提琴的，只可惜陸尚不通樂器，姜婉寧更是見都沒見過，索性也沒拿取，留給有緣人。

除了這些機巧玩意兒，旁邊的屋裡還放了許多海外國家的特產和衣服、首飾。

西洋服飾的裙襬極大，又有裙箍撐著，又重又繁瑣，陸尚才拿起，姜婉寧就連連擺手拒絕了。

姜婉寧一邊拒絕著，一邊好奇地問：「外面的人都是穿這種衣裳的嗎？這樣大的裙襬，坐都不好坐下，平常豈不是很不方便？」

陸尚也不懂，但還是攛掇她試試。

「阿寧真的不打算試試嗎？我瞧著花色極為漂亮，不然咱們先帶回去，妳只穿給我一個人看？」

若說姜婉寧原本還存了兩分躍躍欲試，在聽了他的話後，便是一點念頭也不剩了。

她面無表情地把裙子接過來，快步放回原處。

「欸……」陸尚抬手想挽留，可見姜婉寧匆匆跑了出去，只好趕緊跟上。

第三十八章

姜婉寧接受不了這些新奇服飾，但對於一些誇張的首飾卻喜歡得緊，哪怕不方便戴出去，留在首飾匣裡收藏也是好的。

陸尚也不催促，就陪在她身後一一看過，但凡有她稍稍多看一眼的，他就會作主留下，到最後大大小小也留了兩匣子。

這些從海外帶回來的東西積了六、七間倉房，皆是規整地擺放在貨架上，一間屋裡能放十幾個貨架，每個貨架又是三、四層高，單是把這幾間倉房看過，就花費了兩人整整一天的時間。

除此之外，陸尚難得來京郊轉運站一次，少不得翻翻帳目。

好在有姜婉寧幫忙，最近幾個月的帳簿只用了一個多時辰就看完了。

陸尚又找來此處的管事，細心問了問情況，另外便是囑託對方在儲貨倉外添一圈圍欄，夜間的巡守人員也要適當添加。

「咱們的海運已積累了兩年經驗，往後從海外帶回的東西只多不少，且我們有陸氏物流作為依託，可將海外貨物送往大昭各地，屆時名聲打響，此地便是海商運轉的最大保障方，萬不可生出一點過錯。

「再有，我剛剛看到，好多屋裡都放了炭盆，如今天氣轉暖，炭盆若是用不到了，就可以撤下去了，別萬一哪日落了火星，恐要釀成大禍。等到了夏日更要注意防火，你若是覺得人手不夠了，盡可以再招募長工、短工，或者還有什麼缺的，可直接到京城姜家來尋我。」

陸尚揪著管事提點了一番，又把在場的長工敲打了一遍。

「若是由於某人或者某幾個人的疏忽，給物流隊造成了損失，除了會追責之外，這些人及其家眷將永不錄用。」

眾人一驚，更是連連保證，辦差、做事一定上心。

陸氏物流的待遇一向好，無論是工錢還是假期，都比同類商行好上許多，並且還有節禮年獎，只要是用心做的，總不會虧待了他們。

眼看天色漸暗，有些離家近的長工是要回家去住的，只有輪值時才會住宿舍，但因今日大老闆來，幾乎所有人都留下了。

這邊的管事來問陸尚晚膳的要求，陸尚回頭跟姜婉寧商量了兩句後，轉頭回道：「你們是不是到了吃飯的時候了？不用多準備，我們跟著你們吃就行。」

「這……」管事仍有遲疑。

物流隊的伙食不算差，卻也不可能天天頓頓都吃肉，一般都是隔個三、五日才會添一道大葷，平常時候也就是一點肉末提提味而已。

今日長工的晚膳已經準備好了，是一鍋大燉菜、一鍋麵片湯。在他們眼中只要能吃飽就行，可這飯若送到主家桌上，難免有些寒酸了。

好在姜婉寧看出了管事的為難，在後面又添了一句。「我剛剛看村裡有好些養了雞、鴨的人家，不如再買幾隻雞，添一道燉雞吧？」

聽了這話，管事才鬆了一口氣。「是，夫人。」趕緊帶著人去買雞、燉雞。

姜婉寧則是跟著陸尚到其餘幾個儲貨倉裡看了看，瞧見有不妥的就先記下，也好之後再交代給管事。

轉運站的長工們原還怕主家來視察會挑出什麼毛病來，這麼擔驚受怕了兩、三天，真到了這一日才發現，只要他們沒犯事，根本沒什麼好怕的。

正相反，要不是主家的老爺、夫人來了，他們可吃不上那樣一整鍋雞呢！

管事買了整整二十隻雞，燙毛洗淨後一併倒進大鐵鍋裡，大火燉了半個時辰，直至所有雞肉都燉得軟爛入骨，方全部盛出來。

這雞雖說是給陸尚和姜婉寧準備的，但他們兩人也吃不了多少，剩下的全分給這邊的長工，可是叫大夥兒好一頓吃。

轉天陸尚和姜婉寧的馬車離開時，還有大膽的工人在後面揮手大喊——

「老闆、夫人常來啊！」

惹得一眾人哄笑不已。

而馬車上的姜婉寧也是忍笑，直至出了村子才緩過來。

按照兩人的計劃，接下來便是去往農家院，山清水秀地住上兩、三日，也算解一解疲乏。

京郊的農家院是本地村民開的，十幾戶人家一起，將村裡的房舍修整翻新，又找了些環境好的噱頭，專門吸引京城裡的富貴人家來住。

陸尚和姜婉寧在村鎮裡生活了許多年，村子裡的環境對他們並沒有太多吸引力，再說區區十幾戶人家打造的小農家院，可是遠比不上陸尚在南星村的山間農場，所謂來度假，只是想慢悠悠地過幾日罷了。

姜婉寧挑了個臨水的房間，左右只她和陸尚一戶，因為他們提前說過，農家院的主人也不會過來打擾，只在飯點時送飯來。

農家院的蔬菜、肉類都是自家種植、養殖的，滋味與塘鎮那邊的相似，說不上多好吃，但也挑不出錯來。

就這樣，一直待到姜母帶著小安安她們回來，二人才肯回家。

但他們回不回家，對小安安來說差別其實不大，全因她身邊已經有了陸奶奶和姜母，兩人對孩子的上心程度，那可是姜婉寧他們遠遠不及的。

好在夫妻倆一點兒也不覺得不合適，如今有人幫忙帶孩子，他們還能得閒呢！

陸尚相看好的宅子置辦下來了，新宅也在京城中心，離姜家只一條街的距離，往後兩家也方便往來。

隨著房契到手，接下來便是翻修事宜了。

之前在塘鎮和府城的房子都是簡略裝點的，後面缺什麼再添。那是因為當初急著入住，這才沒有太多選擇的餘地。

但如今兩人在姜家住得極好，自然也無礙是多住一個月，還是多住一年了，翻修全可順著心思，一點點置辦著來。

陸尚和姜婉寧商量著，主院由兩人一起採買，而兩個偏院，一個交給專門搞翻修的隊伍去做，一個則簡裝，等過兩年安安長大了，再叫她自己作主。

聽起來只剩一個院子需要裝點，但真正置辦起來，也不是一樁簡單事。

陸尚和姜婉寧各個街道商鋪跑了三天，才算買齊主臥裡需要的東西，其中大部分買了現成品，但床鋪是請老木匠師傅打製的。

這天，一個面白無鬚的男子跟著姜父回家來，點名要見陸尚，硬是在堂廳裡等了一個半時辰，一定要見過陸尚才行。

因此，這邊還在思量著書房該怎麼佈置的陸尚夫妻才剛到家，就被小廝請到堂廳裡去了。

廳裡的幾人見他們過來，也相繼起了身。

姜父更是親自為雙方介紹道：「這位是陛下身邊的方公公，奉陛下旨意，來傳陛下口諭了。方公公，這位便是小婿陸尚。」

陸尚面上閃過一抹驚訝，不及開口，卻見那位方公公先拱手寒暄。

「陸狀元，許久不見。自瓊林宴一別，咱家已有兩年多約莫三年沒見過陸狀元了。」

陸尚回了半禮，試探道：「敢問公公是來……」

方公公含笑，並不避著姜父等人，直接開口道：「咱家奉陛下口諭，來請陸狀元入宮覲見。」

一別三年，昭和帝並無太多變化，只鬢角多了兩根銀絲，身上威嚴感更加重。

這些年陸尚雖不曾入京，但沒少跟皇帝要錢、要人，回回都打著匯報進度的名號，但信上大半都是在寫哪裡缺錢了、哪裡要添人手了，最後必定要再加上一句：草民專心為陛下辦事，一片誠心，天地可鑑！

叫皇帝次次訓斥無門，只能捏著鼻子應下，為了那皇家海商，幾乎掏空了自己的私庫，最後還是皇后接濟了一二，才叫他不至於挖乾家底。

待陸尚三跪九叩行完禮後，昭和帝正準備冷他一會兒，哪料陸尚剛站起來又撲通一聲跪了下去。

陸尚大聲說道：「草民為陛下鞠躬盡瘁，三年來如一日，未有絲毫怠慢，終有幸再見龍顏，實乃草民之幸啊！」

那些曾被他寫到信上的艱難又被翻了出來，什麼海上風大浪大，商船加固實無銀兩，再什麼船工寥寥，無法應對繁重的海上貿易，欲再招募人手……陸尚一把鼻涕一把淚，當面又給昭和帝數了一遍。

也不知他是真的情至深處，還是演技高超，到最後，他已然是兩眼發紅，飽含熱淚，以一句「然為陛下盡忠，草民萬死不辭！」作為最後感言。

昭和帝便想著：陸卿都這樣了，朕再冷著他、給他擺臉子，那朕可太不是東西了！

這般想著，他立刻招呼內侍將陸尚扶起來，又賜了座，就在離他僅有三、五步遠的位置，陸尚只要稍微往前探一探，就能看清他桌上的文字。

昭和帝輕嘆一聲，先問一句。「陸卿既已舉家搬來京城，可有打算長期住下？是要自己買新宅，還是住在岳丈家？」

昭和帝原本對姜家並無太多觀感，然姜父自復官後，在朝上向來中立，不爭不搶，鮮少參與朝堂爭論，要麼專心修書，要麼指導學生，可謂遺世孤高，一心埋首書冊，皇帝的幾次差使，亦辦得圓圓滿滿。

而那遠在北地的姜家大公子也屢立戰功，就這麼短短三年，又是連升兩階，已成為西北大營中數一數二的將才了。

這等又有功勛子弟、又不亂朝綱的臣子，自是討帝王歡喜。

若是三年前，陸尚與姜家同住，昭和帝或許還會覺得姜家身上負有污點，恐拖累了陸尚。

但現在，他反覺得陸尚住在姜家也好。陸尚若能和岳家打好關係，姜父是堂堂大學士，又是太子太傅，無論是在平常還是在朝堂上，正好能護一護女婿。

陸尚不知皇帝心中想法，他雖覺得皇帝在他來之前定是已查清了所有情況，但皇帝既然有問，他肯定不能不答。

「若陛下有令，草民願長居京城，且草民已置辦了新宅，待收拾好主院，就要搬離岳家了。而草民的新宅離岳家極近，不過一條街的距離，素日裡也方便來往。」

昭和帝微微頷首。「甚好。」

此話之後，昭和帝一時沒了其他問題，而他不說話，陸尚也不肯言語，於是一時間，御書房竟陷入一片沈寂。

陸尚暗戳戳地抬頭，視線正好冷不防地跟昭和帝撞上。

他心頭警鐘驟響，想也不想就低下了頭去，又端正了坐姿，彷彿剛才那個膽大包天直視龍顏的人不是他似的。

昭和帝只好再自我開解：陸卿出身農家，又常年經商，不比世家端莊也屬正常。

這般想著，他才算忽視了陸尚的不敬之罪。

再說，他冒著風險把陸尚叫進宮裡，也非是為了計較這些雞毛蒜皮等小事，眼下更重要的，當然還是他投入甚多的海商。

想到已失大半年音訊的破浪號，昭和帝有些坐不住了，忍不住問：「朕今日召陸卿到御前，實是心繫破浪號，也不知陸卿可有破浪號的音信？」話落，他緊張地望向陸尚。

然而陸尚的回答，卻是叫昭和帝好一陣失望。

陸尚淡定地道：「陛下恕罪，商船遠走海外，海上又無驛館，自無法寄送書信，草民遠在千里，自然也不曉得船上情況的。但陛下且安心，船上的船工皆是經過嚴苛訓練的熟手，又有物流隊裡的老道船長，定是不會出問題的。草民也是想著破浪號初次出海，回來後便要公諸於世，這可是事關陛下臉面的大事，定要滿載而歸才行，因此草民這才叫他們往更遠處走走，若是能帶回來什麼稀世珍寶，也不枉費這兩年幾十萬兩的投入了。」

一說起那投進海商的幾十萬兩白銀，昭和帝就是一陣肉痛。

他沒好氣道：「當初朕說給陸卿五年時間，陸卿卻一次次來信說只要給足了錢，三年就能得出成果，這破浪號出去也快一年了，朕總不能乾等著吧？」

昭和帝也不是太冒險的人，幾十萬兩銀子，更不是說拿就能拿出來的。

實在是陸尚太會畫餅了，又大又圓，每回的來信上都要說一番海商利潤有多豐厚，描繪的藍圖著實叫人動心，這才哄得昭和帝次次相信，往裡投錢。

雖然這筆錢一直都是走他的私庫，未曾告知朝臣，可萬一真的賠了，又或者想得更壞一些，來個血本無歸，那可就大丟臉了！

而且昭和帝力排眾議提高的商人地位，可就要直接胎死腹中，往後他再受了朝臣反對，哪裡還有底氣反駁？

大概是看出了昭和帝的沒底，陸尚又說：「草民算著，最多再兩個月，在今年過年前，兩艘破浪號就能回來了。陛下不妨早做些安排，看看商船帶回來的一應貨物該如何安置？再來就是到時將國有商行公布給天下，恐又要生些風波，陛下還是早做準備才好。」

聽聞此言，昭和帝漸漸定下心來。

他沈吟片刻後說：「陸卿所說即是，那朕就再等等，順便也把接應的人手安排好了。可要是等到年底還不見商船來信……」

「草民便提頭來見！」陸尚站起身，拱手說道。

昭和帝冷哼一聲。「就算不要你的腦袋，朕也定是要狠狠罰你的。」之後他又敲打了陸尚一番，臨走時才說：「既然陸卿回來了，遲到了三年的授官也該提上議程了，只如今翰林院沒有空缺，陸卿便先去外事司任職吧，至於官位……」昭和帝想了半天，好不容易想出個不引人注目的位置。

陸尚得了個不大不小的四品官，暫到外事司任職。

外事司最高官階司長也不過六品，陸尚一個四品官空降過去，甚為突兀。

若說他要指使外事司的官員，實在名不正、言不順；可要叫他聽從司長的吩咐，他畢竟比對方高出兩個正階去。

但不管怎麼說，到底是皇帝的指派，陸尚只能叩首謝恩。

方公公親自送他出去，原是要送他回姜府的，陸尚卻連連婉拒，又把隨身攜帶的瑪瑙串珠送給對方。「從海外帶回來的小玩意兒，方公公莫要推辭了。」

方公公推拒不得，只好笑著受了。

三日後，陸尚得了新官袍，跟著姜父第一次在朝上露面。

一如昭和帝所預料的那般，朝上所有官員的打探都被姜父幫著擋了回去，陸尚只需要跟在姜父身後當個乖順的女婿，上朝時綴在隊伍最後，下了朝再重回姜父身邊即可。

連著半個月，只叫大半個京城都知道，姜家女婿來京了。

便是去了外事司也算順利，外事司的司事是與他同屆的榜眼廉興，這幾年一直在琢磨著往西邊去的商路。

廉興一聽說陸尚手下有個遍布大昭的物流隊，也曾去過兩趟西域，頓時雙眼發光，待陸尚一進衙門，他就趕忙湊上去，各種請教詢問。

轉眼一個月過去，陸尚也算在朝上站穩了腳。

皇帝對他沒有表現出太多的關注，同僚們除了最初好奇些，到後面就平靜待之了。

陸尚只管按時上值、按時下班，在衙門裡又沒有事，隔三差五還能告個假，反成了整個姜家最閒的人。

再說姜婉寧和陸奶奶她們。

轉眼一家人來京也有兩個多月了，反正自入了京後，小安安一直被姜母和陸奶奶帶著，姜婉寧閒來無事，要麼在家裡看書，要麼就出去尋尋家具。

然隨著陸尚進入朝堂，她這邊也來了事。

原是與姜母交好的一位夫人不知從哪兒聽說的，說姜家小姐曾在松溪郡開辦私塾，短短幾年時間就教出無數舉人、進士，名下徒弟更是小小年紀就做了秀才，在當年曾經引起一番轟動。

就連幾年前的恩科黑馬狀元，也曾在其私塾唸書，這才以商賈之身，得躍士族朝堂。

這位夫人姓謝，家中有個姪子，跟著名師學了好些年也不見長進，靠著祖上庇蔭進了國子監，偏生回回考校都不合格，再有兩次就要被趕出來了。

謝夫人受了姊妹託付，便想給姪子換個好先生。

要說最好的人選，當然還是姜之源姜大學士，可再怎麼說，對方如今也是太子太傅了，不輕易收徒，若說只指點幾回，恐無法叫她那蠢笨的姪子進步。

反觀那姜家的女兒，幼時定是受了其父教導，又做了好些年的女夫子，還教出這麼多學生來，肯定也是學識淵博的。

興許……能代其父呢？

謝夫人也是糾結了好些天，直至她那姪子又一次考校不合格，等三月後的最後一次考校，要是再沒有進步，可就真要被趕出國子監了。

國子監中學生都是京中勛爵之後，這麼多年也沒出過一個被退學的，謝夫人可不想叫她的姪子成為第一個，到時傳出去，連她面上也無光啊！

這般緊迫之下，謝夫人也顧不得那些世俗偏見了，準備了重禮就求上門來。

她擔心光自家姪子跟著姜婉寧唸書，男女有別，恐傳出不好的話去，還提前找了幾個差不多年歲的遠方親戚，欲一同交給姜婉寧教。

她還找了幾個四、五歲的幼童，想藉著啟蒙的名義，好先與姜家說上話。

後來又聽說，松溪郡那私塾分男學和女學，謝夫人便琢磨著，不如也找上幾個女學生，這樣組成小學堂，也不怕被說閒話了。

就這樣左添一點、右添一點，半個月過去，謝夫人竟是找好了十幾個學生，有男有女，有大有小，再喊上學生們的母親，一同登門拜訪。

姜婉寧被喊去堂廳，見了一屋子的夫人時還愣了一下。

謝夫人親切地抓住她的手，連聲誇讚她。「陸夫人果然生得極好，又是學識極高，姜夫人能有妳這樣的女兒，可是叫我好生羨慕啊！」

「謝、謝謝？不知這位夫人是……」姜婉寧有些茫然。

謝夫人挽起她的手，繼續道：「我姓謝，與姜夫人還算有幾分交情，陸夫人要是不介意，不妨稱我一聲謝姨吧！說起來，我今天來姜府啊，主要還是為了見見妳，有一事要求一求妳呢！」

這話說得姜婉寧更是疑惑了，她試探著把手縮回來，哪想謝夫人察覺到她的意圖，更是親暱地湊上來。

再看姜母只安穩地坐在位子上，全然沒有要幫忙說話好解救她出來的意思。

姜婉寧無法，只好問道：「不知謝夫……謝姨所為何事？」

謝夫人將她的來意講明，又敘明前因後果，最後說：「事情就是這個樣子。我那姪兒實在蠢笨，連著換了好幾個夫子，也不見分毫長進，可是叫我和他娘親操碎了心啊！這不，我一聽說妳曾辦過私塾，又教出好些學生來，趕緊就過來了！還有這些夫人們，也是聽說了妳的名聲，一同找來了呢！」

如此，姜婉寧才算明白了全部。

但她並沒有被那些好話衝昏頭腦，而是謹慎道：「謝姨可能誤會了，我之前是有辦過私塾不假，但皆是隨心為之，這些年更是將重心放在女學上，多是教姑娘們唸唸書、算算帳，於其餘學識上恐有退步了。」

京中不比松溪郡，姜婉寧是真切體會過的，在京城這種地方，稍有不慎，恐就要引來禍患。

再說謝夫人說的那位子姪，乃是當朝武將家中的子弟，姜父已是文臣中的佼佼者，她若是再與武將之家有什麼牽扯，誰知道會不會引出壞事來？

幾經思慮，姜婉寧就差把拒絕的話直接說出來了。

哪料就在她話音剛落下，謝夫人卻是一指旁側。

「那可巧了！」也不知謝夫人是真沒聽出姜婉寧的拒絕來，還是故意裝作沒聽懂，反正她是歡歡喜喜地道：「我也是聽說過的，陸夫人的私塾啊，裡面不光有男學，還有那什麼女學，這不是正巧了！那幾位夫人家裡正好有適齡的姑娘，原是要請西席的，如今遇上了陸夫人，可不直接省了事？要我說也是，陸夫人教了那麼多女學生，定然比西席們更有經驗，她們可是碰上好時候了喲！」

姜婉寧無奈地說：「謝姨，實不相瞞，我之前一直在松溪郡生活，好些年沒回京城了，這初搬過來，還有好些不適應的地方，恐怕無法答應您和眾位夫人了。」

這話仍未能叫謝夫人有所鬆動。早在來之前，她就知道此行不一定能順順利利。

謝夫人笑容依舊，拍了拍姜婉寧的手。「好好好，我知道、我知道！陸夫人莫著急，妳這剛回京，也是該好好適應適應的。妳看這樣行不行，我呀，先跟各位夫人們籌辦著私塾，等陸夫人什麼時候適應好了，什麼時候再去上課可好？」

這一幕叫姜婉寧眼前一陣恍惚。

想當年她在松溪郡府城時，也是受了馮夫人的邀請，又有對方幫忙各方聯繫，這才將私塾開辦起來。

要說有什麼不同的，當初馮夫人是在徵求過她的意見後才開始操辦的，而眼前的謝夫人則是提前把所有東西都準備好，也不管她願不願意，就這麼趕鴨子上架的，為的全是謝夫人那位不成器的姪子。

姜婉寧雖能理解，卻難以苟同。

她想直接開口拒絕，然不等她說話，卻聽見一直坐在後面的姜母開了口。

「不如這樣吧，」姜母一說話，眾人不約而同地看了過來。「婉婉啊也在外頭跑了一天，腦子可能沒那麼清楚了。我知道大家著急，但唸書這事也不差一天、兩天，不如這樣，各位先回家去，也叫婉婉好好想一想，等過個三、五天想清楚了，再給大家答覆可好？」

既是母親發了話，姜婉寧自不會駁了她的面子，點頭表示了贊同。

其餘人皆以謝夫人為首，謝夫人在短暫的考慮後，終於暫時放過了姜婉寧，一副理解的模樣。「是是是，姜夫人說得是！那這樣，陸夫人且考慮考慮，反正我是覺得啊，這私塾可行！」

姜婉寧有點想笑，也不知她是如何說出這話來的。

謝夫人已過去跟姜母寒暄，言語間難免添了幾分勸服之意，說什麼姜婉寧一肚子的筆墨，總不好白白浪費了，倒不如把她原來那私塾延續下去，也在京城開一間，才算不浪費她的一身才學了！

姜婉寧並不否認謝夫人的話，但拒絕的念頭亦未有絲毫動搖。她在廳裡陪坐了小半個時辰，隨著謝夫人離開，她才算徹底鬆了口氣。

待把客人送出去後，姜婉寧扶著姜母回來，疲憊地按了按額角。「這位謝夫人可真是……」

姜母頓悟她的未盡之語，也是搖了搖頭。「我也不知道她今日會帶這麼多人過來，還一來就說什麼開私塾、教學生的事。我看她素日也是個穩重的，怎今日這般唐突，可不似她的個性。」

姜婉寧才不關心謝夫人是什麼個性，只無奈道：「總歸與咱家沒什麼干係，至於她說的那什麼私塾實在不成，等過幾日，母親幫我回絕了吧。」

姜母點了點頭。「剛剛人太多，妳要是直接拒絕了，恐要叫謝夫人失了面子，就此結仇就不好了，倒不如先拖上幾日。妳既不願，那等後面我再替妳回絕了。」

當天晚上，姜婉寧將這事當作閒話說給陸尚聽，哪料陸尚卻提出了截然不同的看法。

「說起來，我還沒問過阿寧，可有想過在京城也開一間學堂？」

「什麼？」姜婉寧轉頭看去，一時沒明白他的意思。

陸尚解釋道：「前幾個月我們剛搬過來，也沒想太多以後的事，眼下咱們既已安定了，倒不妨想想別的。阿寧在松溪郡的學堂私塾也是開了許多年了，從最初的無名巷啟蒙，到後來的府城私塾，不說桃李滿天下，可也有幾百弟子了。

「那位謝夫人雖缺了幾分邊界，卻也給我提了個醒，阿寧在私塾上費了那麼多心，總不好因為搬家就全放棄了，所以我才想問問妳，可有想過在京城也辦一間學堂呢？」

一番話語下來，姜婉寧眼中不禁閃過一抹迷惘。

她想了想，卻仍輕輕搖頭，少不得將她的顧慮道出。

「是因為怕與太多世家牽扯過重，反惹了官司？」

姜婉寧點點頭。「京城不比他處，達官顯貴處處可見，各家的孩子又是被寄予了厚望的，若被我耽擱了，恐會生了怨懟。再說，京城人才遍地，那麼多狀元、榜眼，哪裡輪得到我一介婦人？」

陸尚沒應，而是反問一句。「阿寧可還記得，當年妳辦私塾前，我跟妳說過什麼嗎？」

過往的記憶實在太久遠，姜婉寧回憶了好一會兒，才在記憶深處尋出兩分影子，模模糊糊地記起來。「你跟我說……只要是我想的，便放手去做，你一直在我身後。」

「正是。」陸尚溫和地笑道。「那我現在再問妳，拋去這些外界因素，阿寧可有意繼續教書？」

「我……」姜婉寧眉頭微蹙。「這不是我願不願意的問題，我總要考慮——」

不等她說完，陸尚便打斷她的話。「願意嗎？」

姜婉寧沈默了，過了不知多久，才閉眼點了點頭。「或許是願意的吧，畢竟這麼多年了。我還曾經以為，我將在無名私塾教一輩子的書呢……」那段日子或許忙碌，可面對學生和其家眷的一聲聲感謝，好像所有付出都有了回報，成就感充斥著胸膛。

「那就再開一間學堂吧，萬事有我。」陸尚說著，拉她坐到身邊。「阿寧要是實在擔心，那我們就不招勛貴家中子弟，只找些百姓家的孩子。就跟最初的巷子學堂那般，找些男童、女童，只做啟蒙。」陸尚想著，又故意道：「就是這樣可能賺不到什麼錢了，往後阿寧可要靠我養著了！」

姜婉寧原還有些愁容，突然被他最後一句話氣到，面上多了幾分顏色，忍不住推了他一把，低聲叱道：「才不用你，我有爹娘養呢！」

陸尚忍俊不禁，在她下巴上重重親了一下，趕在對方生氣前，又安撫地蹭了蹭。「是是是，阿寧不用我。那阿寧再幫我問問爹娘，能不能連我一起養？」

「喂——」姜婉寧哭笑不得，不等再說什麼，就被他推倒在床上。

一夜春宵。

重啟學堂這事，說急也急，說不急也不急。

姜婉寧倒是沒什麼，畢竟也已教了十來年的書，免去了備課等繁瑣工作，只要學堂裝修好，學生也招來，這學堂就算開起來了。

許是習慣了這陣子的悠閒生活，她甚至還有兩分牴觸，總歸不像前些年那般積極了，一切順其自然，雖然也有準備著，但放在上面的心思卻少了許多。

就說自從決定重啟學堂後，轉眼過去了十來天，她都還沒定下選址。

最後還是姜父看不過去，託學生給找了個鬧中取靜的宅子，兩進兩出，裡外用隔斷隔開，外面用來做學堂，裡面也可以住人，碰上來不及的時候，也好就近有個住處。

再來這座宅子離姜家和陸家都不遠，乘馬車只要半炷香時間就能到，左右多是些私塾學堂，再起一家也不算扎眼。

現成的宅子有了，姜婉寧再拖延就有些說不過去了。

因此她只好打起精神，在陸尚的陪同下去了趟南巷，找了兩家能打隔斷、修房子的工程隊，講明白要求後，即日便要動工。

這時候陸尚便少不得想起被他留在松溪郡的建築隊了。「我這段日子瞧著，京城的房子也都是中規中矩的，要是在京城再組一支建築隊，肯定也能賺大錢。」

就說松溪郡的那支小建築隊，這些年不怎麼接活兒，平均半年接一家，還只給熟人家做工，就算這樣，幾年下來也賺了不少，尤其是碰上那種要求繁多的，蓋上一幢小洋樓，整套房子連搭建帶裝修，少說能賺三、五百兩。

而京城的消費能力可遠非松溪郡能比的，凡有稀罕物件，有的是富貴人家爭搶，管他是不是物有所值，只要與眾不同、拿出去有面子，就完全不需要擔心有沒有市場，自有人上門相求。

姜婉寧琢磨了片刻，也覺此舉可行。

只是建築隊的房屋圖紙多有新意，從頭組織建築隊，少不了要花費大量時間來熟悉磨合，倒不如從松溪郡調來十多個人，先到京城做上一段時間，等把新人教好了，這邊的人也能獨當一面了，再叫他們回去。

姜婉寧建議道：「我聽說大寶和中旺這幾年越做越好，在物流隊也頗有威望，並不比陸啟和詹大哥差，不妨問問他們的想法，要是願意出來闖蕩一番，就叫他們來京城，這建築隊也好，轉運站也好，有他們看著，你也能省心。」

「這個好！」陸尚喜道。「等回去了我就給他們送信，哪怕有一個願意過來的，也能幫我好大的忙了！」

說起大寶和林中旺，當年原只是想叫他們唸幾個字，來日好做個小帳房的，卻不想識字是識得了，最終的結果卻比最初預想的好一百倍。

尤其是姜婉寧在巷子裡學堂教出的那一批孩子，無論男女，到頭來都反饋到了陸氏物流上，全然是一副肥水不流外人田的架勢。

男孩們跟著物流隊四處跑，一應規章落實得明明白白。

姑娘們則留在鎮上攏帳，定期還要結伴去倉庫裡盤點貨物數量，確保了物流隊帳目的準確無誤，年底總帳時都少了許多麻煩。

陸尚暗暗地戳了戳姜婉寧的手。「阿寧還要再招些小孩子嗎？我還想著把京城的物流隊做起來呢，等這批孩子長大了，又可以招進物流隊做工了。」

話是如此，但姜婉寧也不能保證。「學堂還沒開起來呢，誰知道之後如何？便是招來了學生，也無法保證他們日後願不願意去陸氏物流做工，萬一人家就喜歡在京中找個小商鋪，穩穩妥妥地做個帳房呢？」

「不著急，且等之後再看嘛！」

從南巷出來的時間還早，兩人便拐去了新宅那邊。

主院收拾得差不多了，仔細看上一遍，又添了一些新的桌椅和花草擺件。

姜母為了方便他們裝修新宅，還給調了兩個下人過來，兩人便跟在小姐、姑爺身邊，凡有補充的，皆仔細記下。

且他們都是自幼長在京城的，對各大商鋪的位置熟記於心，往往姜婉寧和陸尚剛提出所需，他們就給出了建議。

有這兩人跟著，姜婉寧和陸尚的效率也是大大提高，等傍晚從新宅出來時，主院那邊的裝修大致算是定下了，只等最後一次採買，主院就能整修妥當，也就可以考慮搬來住了。

另外兩處偏院一個包給了裝修的工人，一個只抹了牆、打了家具，外包出去的早就收拾好了，原是打算留給陸念安和陸奶奶住的，沒想到小姑娘最近可喜歡跟外祖母出去玩了，根本沒想要跟爹娘一起。

陸奶奶要陪著曾孫女，一向是安安在哪兒，她就在哪兒，依照如今的情況，那很明顯是要跟陸念安繼續住在姜家的。

如此，便是真要搬家，只怕到頭來也只有陸尚和姜婉寧二人搬。

好在兩人想得很開，一點都沒有被排擠出來的糾結，轉頭又商量起新宅的下人問題了。其中一小部分可以從姜父那邊要，但更多的還是要去牙行找。

姜婉寧問：「要直接買死契的下人嗎？還是跟之前一樣，按著長工來招？」

陸尚猶豫著。「在京城找活契的下人是不是不太好找？」

姜婉寧說：「也不能這麼說，只是多數人家還是喜歡用死契的，畢竟捏了對方的身契，吩咐做什麼事也放心。活契也有，但多是負責外圍的灑掃。」

無須解釋太多，陸尚很快就明白了。

他點了點頭，復道：「妳且叫我再想想，等我想明白了再給妳答覆。」

「好。」

後面幾日，姜婉寧多數時間還是留在家裡，但隔三差五也會去新學堂看看，不時做些改動，也方便日後招生授課。

她借鑑了之前的經驗，學堂中另添了兩間宿舍，給那些離家遠、中午不回家的學生住，每間宿舍並排放十來張床，又在門口放一張擺放瑣碎物件的小桌。

因為這宿舍只是為了給學生提供一二方便，並未打算用作長期居住，也就省了許多心思，只要能滿足最基本的需求，也就足夠了。

至於上課的那四間屋子則是面朝南緊挨著的，依照年紀來分，從小到大，桌椅也有所變化，兩側另有書架，課堂所需一應俱全。

因是學堂，也不用裝飾得如何精緻華麗，樸樸素素的，不顯破敗就好。

至於內間則從姜家尋兩個管事來，也是簡單地收拾收拾，至於日後會不會住人尚說不準，以後真住進來了再打理也不遲。

轉眼又是半個多月過去，期間謝夫人又來姜家找了兩趟，姜婉寧藉口不在家，皆被姜母出面給忽悠了過去。

直至這日下午，姜婉寧回家時被謝夫人堵了個正著，四目相對，終還是叫姜婉寧沒處躲，只好無奈地跟謝夫人對上。

謝夫人抓著姜婉寧的手就不肯放了，開門見山道：「陸夫人啊！我可是聽說了，妳在興盛街上置了新宅子，還往裡搬了好些桌椅，都是為了辦學堂準備的吧？妳說妳啊，怎麼這般見外呢？這些小事交給咱們辦不就成了？」謝夫人話音一轉，又問：「陸夫人的學堂打算什麼時候開始呢？有沒有什麼要求啊？束脩幾何？妳看，謝姨可是第一個找妳的，妳招學生可千萬要記著謝姨家不成器的姪兒啊！」

姜婉寧幾次想開口都被打斷，好不容易才能插上句話。「謝姨、謝姨，我想您可能是誤會了——」

「哎呀！還能誤會什麼？好姪女，妳是不是還有什麼辦不妥的？沒事啊，妳跟謝姨說，謝姨找人給妳辦好了！」

姜婉寧面帶難色地說：「都不是，就是學生的事……」

「學生怎麼了？」

姜婉寧稍稍斂目，繼而說：「謝姨說的辦學堂這事，我仔細考慮過，也跟我爹和夫君商量過，我們都一致覺得，辦學堂可以，但招學生卻是要多多謹慎了。」

謝夫人還沒反應過來。「謹慎好啊！」

「我們是想著，我能力有限，恐教不好京中的青年學子，倒不如找些年幼的孩童來，最好是出身尋常百姓家，只給孩子們做個啟蒙便罷。」

話音一落，謝夫人立即面色大變。「這怎麼行！不是……我的意思是說，這樣是不是不太好？妳看，小孩子們最是頑皮了，何況還是些尋常百姓家裡的孩子，妳教起來豈不是太累了？像我那姪兒，今年剛剛十九，已認識了絕大部分的字，又在國子監唸書，多少也是通些知識的，陸夫人妳教這樣的孩子，肯定要輕鬆許多呀！」這個時候她也不說自家姪兒如何蠢笨了，只將其與四、五歲的稚童做比較，說要比那等小兒聽話，也比小兒識很多字，最重要的是——「我知道陸夫人之前的私塾束脩不菲，即便這是京城吧，那些平頭百姓肯定也是無法月月拿出那麼多錢的。可要是換做咱們這些官宦之家就不同了，莫說只是十來兩，只要陸夫人教得好，再多也是不成問題的！」

姜婉寧笑道：「謝姨也說是教得好了，可萬一我沒能教好呢？」

「啊？」

「就說您那位姪兒吧，我只怕本事有限，到頭來反耽擱了人家。我好不容易才有了您這樣的好姨娘，若真壞了您姪兒的學業，咱倆之間的情誼豈不也壞了？」姜婉寧面有憂色地說：「當然，我也知道謝姨您是好說話的，就算我真沒教好，依您的和善，肯定也不會拿我如何。可萬一碰上那等不好說話的人家……謝姨也理解理解我，我是真不敢招些大戶人家的公子呀！」

謝夫人突然間被架得高高的，便是想當場冷臉都做不到，只能乾巴巴地接了一句。

「好、好像是這麼回事……」

「事情大概就是這樣了。謝姨您看得沒錯，我是準備在興盛街開學堂了，估摸著大約再半月至一月就能開始招生，您要是不嫌棄，又碰巧認得些尋常出身的孩子，還請您幫我推薦推薦。新學堂的束脩雖還沒定下，但肯定不會像從前那般昂貴，就是正常學堂的收費，偶爾還有我爹和夫君過去授課呢！」

姜婉寧並非那等木訥的，她跟陸尚相處時間長了，也知道什麼叫見人說人話、見鬼說鬼話，她若是有心哄人，準能把人哄得高高興興的。

便是謝夫人折騰了兩個月，到最後沒能達成目的，也只是心裡遺憾，臨走前甚至還答應幫姜婉寧宣傳她的學堂，再惋惜半天地道：「妳說我那姪兒怎就不能晚出生幾年呢？這可好，可是錯過好時候了……」

不管怎麼說，謝夫人這邊的事算是結束，也了卻了姜婉寧的一樁心事。

至於之前同謝夫人一起過來的那些人家，她們本就是被謝夫人推動著來的，心裡對姜婉寧的看法如何還未可知，這謝夫人一放棄，她們自也不會再往姜家湊了。

第三十九章

姜婉寧難得清靜了幾日，隨後便是緊鑼密鼓地招起先生和學生來。

學堂裡的先生也非頭一次招了，像之前在松溪郡府城時，由於私塾裡的學生越來越多，姜婉寧實在顧不過來，便託曲恆等人給找了好些先生，又一一考校後，留了三位德才兼備的，在後面兩年裡可是幫了她大忙。

再來還有原先在私塾裡唸書的姑娘們，也有不少留在私塾任教，便是後來姜婉寧搬家了，那私塾也還開著，尤其是近幾年女學生越來越多，姑娘們反成了最受歡迎的夫子。

如今她就是想延續松溪郡的私塾，除了她教書外，也有旁人任教。

只可惜她離京太多年，幼時相熟的那些小姐們也早嫁做人婦，姜婉寧回來了這麼長時間，也未能與她們見上一面。

而她又打聽過，京城還沒有一家女夫子開的學堂，至於大家小姐們，最多也是把夫子請去府上，根本不會出來上學，更別說拋頭露面做夫子了。

多番約束下，她只能先降低要求，只要有來應聘的，又不介意女夫子和女學生，都可以納入考量。

可是即便如此，她也是等了半個多月，才等到兩個結伴找來的書生。

她一問才知，原來這兩個書生都是從外地過來趕考的，然路上丟了盤纏，好不容易抵達京城，仍是錯過了這次的春闈。

兩人一商量，決定先在京城找個活兒賺點銀子，暫且住下，等後面手頭寬裕了，再專心唸書，以為下一次科考做準備。

可他們一介貧苦書生，只能做些抄書、帳房的活兒，前者賺得太少，後者又太浪費時間。

機緣巧合之下，他們聽說興盛街開了一家新學堂，正在招夫子呢！

他們已是舉人身，正滿足姜婉寧設下的最低要求。

然等兩人循著地方找來，才發現那家新學堂幕後的主人，竟也是個不得了的人物！

就說如今的學子中，有誰不曉得姜之源姜大學士的名號？

姜府在京城雖算不上多顯貴，可這都到了家門口，斷沒有認不出的道理。

便是知曉學堂的主人並非姜大學士，而只是姜大學士的女兒，他們也沒有失望，板板正正地作了揖，復講明來意。

姜婉寧沒有多問，確定了他們身家清白後，緊跟著便是考校學問。

因為是給幼童啟蒙，她的問題也不算難，且這兩人學識還算不錯，便是稍微深奧一點的，也能答得不差，叫她甚是滿意。

而對面兩人同樣心底波濤不斷，打起一百個精神方將這些問題應付過去，同時心底更是欽佩，不愧是大學士家的小姐，真論學識，他們兩人加起來也是趕不上的，難怪能以婦人之身開辦學堂。

問題的最後，則是他們對女夫子和女學生的看法。

初聽這話時，兩人俱皆一愣。

而在他們愣怔之時，姜婉寧也將新學堂的教授對象講出來，頓了頓又道：「或許日後學堂裡還會出現女學生為主的情況。」

片刻沈默後，二人皆表達了自己的看法——

或許做不到坦然接受，但也不會有什麼歧視、輕蔑，亦能做到公平相待。

而這些，已然達到了做學堂夫子的要求。

姜婉寧最後道：「那二位若是沒有其餘問題，今日便算定下了。待學堂開學，二位便是學堂內的夫子，月錢按照每月四兩來算。我記得二位尚未尋到落腳的地方，若是不嫌棄，可在學堂後的內院裡暫住。」

兩人一下子露出喜色。「夫人是說，我們吃住都能在學堂？」

姜婉寧微微頷首。「是。只學堂內尚無下人，二位要是在其中吃飯，恐要自行開火。不過院裡有一個小廚房，素日裡做飯也還算方便。」

其中一人又問：「那敢問夫人，我二人吃住的費用又如何算？」

「無須多餘花銷，這也算是學堂給先生們提供的一點便利了。只希望日後學堂開課，二位能一如今日所言，待所有學生無有偏頗才好。」

兩人對視一眼，皆是拱手。「謹遵夫人教誨。」

隨著學堂裡的夫子定下，啟蒙的書冊和紙筆也皆準備齊整，只待招收到一定數量的學生，學堂也就能真正辦起來了。

原本姜婉寧只在學堂外面張貼了告示，最初幾日實在是門可羅雀。

後來架不住姜父、姜母連帶陸尚都幫她宣傳。

就連那日的謝夫人都幫著找了四、五個孩子來，全是她遠方親戚家的子弟，五、六歲的也有，十三、四歲的也有，皆是普通人家出身，或是家境尚可，想看看能不能在仕途上尋摸出一條路來的。

後者暫且不談，光是姜父、姜母的號召力，就叫姜婉寧驚訝了好一番。

前後不過兩日，新學堂前面就排起了長隊，全是仰慕姜大學士名聲，特意過來求學的。

姜婉寧不在意他們的來意，只在記錄名字前先跟他們講明白。「我知你們是奔著姜大學士的名聲來的，我卻要提前跟你們說清楚，這學堂是我要辦的，之後教書的多是我和另外兩位先生，若是全圖姜大學士的偶爾授課，還請諸位再考量考量，畢竟我也說不清，大學士多久會來一次，是一個月還是一年。」

這番話傳出去，排隊的人頓時就少了一半。

剩下的一半也多有躊躇，猶豫了好久，才在名冊上寫下了自己的名字。

又是一天下來，學堂只招到了十來個學生，但讓姜婉寧高興的一點是，這十來個學生裡有兩位姑娘，雖是看著她告示上的「學成可留任夫子」來的，但好歹是邁出了第一步，已經好過太多人家。

又過幾日，那些被陸尚宣傳來的人也到了門口。

這些人則是經由物流隊喊來的，物流隊在京城多有活計，送貨時提上一嘴，再道一句「想三年前的那位狀元郎，就是從松溪郡來的，聽說也是由這位女夫子教出來的，還是商戶呢」，這下子，可是叫許多商賈動了心，抱著試探的態度送了一、兩個孩子來，男女皆有，男孩想著能唸唸聖賢書，女孩再不濟也學學算帳，日後嫁了人，才好幫持幫持家中生意，不會被底下的掌櫃矇騙了。

且不論這些學生從哪兒來的，總歸半個月下來，新學堂總計招到了四十二人，其中女孩十二人，年紀在八到十二歲。

男孩們的年紀就廣泛了些，最小的只有五歲，最大的則有十九歲。

最大的那個是跟他娘一起來的，那位夫人衣著簡樸，眉眼卻屬精緻，便是雙手也不似尋常婦人那般粗糙，反而白皙細嫩，一看就是精心養護的。

夫人給她家孩子登記了名字，只說是京郊的農戶，孩子淺學過幾個字，聽說城裡又開了新學堂，束脩又低，才送孩子來深造一番。

姜婉寧看著那有些不對勁的夫人，心裡差不多明白了。

但她最終也沒說什麼，只記下了謝金鱗的名字，又告知了開學的日期，以及那日需要攜帶的東西。

學堂束脩是每季收一次，一人一季三兩，包含了一頓晌午飯。因京城物價高昂，就不包含書冊和筆墨了。

即便如此，這個水準的束脩，在周圍一圈的學堂中也算最低了。

那些本擔心學費太貴的普通百姓算是徹底放了心，回家琢磨了幾日後，等開學那天，又送了七、八個孩子來，男女皆有，都是想來識識字。

姜婉寧將所有學生按學識分成了三部分，一部分是年紀最小，大字不識一個的；第二部分則是簡單學了一點，但多有含糊的；最後一部分才是已受過啟蒙，可以直接從《四書五經》講起的。

其中第二部分的人數最多，由外招的兩位夫子中的柳夫子教授，年紀最小的那部分則由脾性更溫和的楊夫子教導。

姜婉寧暫只給最後一部分授課，其中有兩個商戶家的女孩，還時常在下學後被留下，開一開私人小灶。

轉眼又是一個月過去，新學堂步入正軌，京城卻發生了一件大事——出海整整一年的兩艘破浪號在近海行駛兩月有餘，終於靠岸了！

破浪號靠岸那日，陸尚早早就起了床，又匆匆喚醒姜婉寧，一定要帶她一起去看看恢宏大船才是。

京城的碼頭就在東郊，快馬過去只需半日時間。

便是帶上姜婉寧，一路過去的速度稍微慢了些，也只在晌午剛過時就到了。

此時的東海碼頭上，早就聚集了無數看熱鬧的百姓，眾人皆立在碼頭上，遙遙望著正破浪駛來的兩艘巨船。

大昭海商日漸強盛，然造船的技術卻進程緩慢，歷來出海的商船最多只會在海上行駛半年，這還是在有中途休整的情況下。

非是海商害怕辛勞，實在是大船在海上容易出現損耗，那等能堅持半年的已是難得的好船了，更多的是只能在鄰近的小國轉轉，兩、三個月就必須返航的船。

然陸尚送出的兩艘破浪號就不一樣了。

這兩艘船皆以精鐵打造，船上一帆一舵，同樣是用鐵器融做的。

當初造船的師傅如何也不肯相信，這等又笨又重的龐然大物，如何能在海上行駛，肯定是剛一入水就沈了。

偏偏陸尚堅持以鐵造船，還費了好大功夫，才從昭和帝手中討來這許多精鐵。

他雖不會造船技術，卻是個會提要求的甲方，只管循著他記憶最深處的畫面，描繪出一艘能乘風破浪的巨船。

木船可以靠人力搖槳，鐵船卻是不能的。

陸尚雖知蒸汽機或發動機才是最好的動力源，但整個大昭都沒有這種先進的玩意，只能先借古代勞動人民的智慧。

一群人湊在一起琢磨了好幾個月，最後決定以機巧代替人力，即在船槳最上頭安置滾輪，只需要轉動滾輪，就能帶動船槳了。還別說，粗略試下來，竟真的能成。

為了避免浪費，造船的師傅從巴掌大的小鐵船造起，期間幾次融掉重打，又找打鐵的師傅多番請教，耗時整整半年，方才造出一艘能在水上漂浮的小鐵船。

有了這一成功案例，後續進展就快多了。

鐵船從巴掌大小到半人高，又到四、五人大，再到能裝下二、三十人……

因師傅們也是第一次造鐵船，便是手藝越來越熟練，也不敢輕易托大，每一步都要循序漸進，唯恐哪一步走錯了就會前功盡棄。

就這樣一點又一點的，造船師傅和打鐵師傅們用了整整一年時間，方才造出陸尚所要求的巨船。

若非他們手中的精鐵有限，每次推陳出新都要熔鐵重造，其鍛打的速度還能更快。但便是這等速度，也足以叫陸尚驚訝和滿意了。

鐵製巨船被送到碼頭那日，一路受盡了百姓矚目。
周邊百姓本以為能親眼見到這等神物啟航的，哪料巨船只停靠在碼頭邊上，很快便覆了一層布，又是放了足足兩個月，直至全部船工到齊，才在一個月明星稀的晚上，在無數人的睡夢中，鬆開了粗壯纜繩。
兩艘巨船得了皇帝親筆提名——破浪號。
破浪號初入海那兩月，陸尚可謂是晝夜難安，唯恐哪裡沒做好了，讓巨船在海上沈了。好在一月、兩月，整整四、五個月過去了，他向許多在海上做生意的商人打聽，都沒有聽說哪裡出了海難，這才算放了心。
昭和帝擔心破浪號海上遇險，陸尚嘴上不說，心底的擔憂並不比他少。
但海商本就是他提議和牽頭的，若連他都露了怯，只怕人心就要散了。
當碼頭的斥候到宮裡和姜府傳信，說有兩艘巨船已進了近海，依著船速估計，最多再有兩個月便要徹底靠岸了。
在這兩個月裡，曾有過幾日暴雨天氣，海上連起巨浪，叫碼頭上的人不自覺地為巨船捏一把汗，然他們在碼頭觀望許久，卻見近海的那兩艘巨船雖有隨波浪起伏，卻未有半點翻船的跡象，直到天光大晴那日，巨船重新啟航。
也是在那日，陸尚徹底放下了對破浪號的擔憂。
待陸尚帶著姜婉寧匆匆趕至碼頭時，才發現碼頭正中的一列早被禁軍清理了出來，前頭雖不見人影，但依著左右戒備的架勢，便知是有不得了的人物到了。

陸尚緊緊牽著姜婉寧的手，欲擠到前面去看，卻不想百姓們的好奇比他更甚，擁擁簇簇的，根本不留一點縫隙，便是他再用力，也根本擠不到前頭去。

姜婉寧也是連聲說著。「勞駕讓一讓……」

「別擠了、別擠了！誰不想到前頭去看啊？自己來晚了就認栽吧！」

「那可是巨船，咱們活了大半輩子還是頭一回見，誰不想湊近去看啊……」

有人不滿被推搡，破口大罵起來。

陸尚和姜婉寧無法，只能站在後面，轉去想其他法子。

就在兩人愁眉不展之際，卻見前面忽然響起喧嚷聲，踮腳一看，是一隊禁軍正往這邊走來，迎著無數百姓的注視，一路走至陸尚跟前。

帶頭的首領拱手道：「屬下奉命，請陸大人和陸夫人至前方碼頭。」

陸尚動了動嘴，本想問一句「可是皇上來了」，餘光掃見周圍的百姓們，又硬生生把話嚥下去，直至到了前面人少的地方，方才低聲詢問一句。

首領沒有說話，只稍稍點了點頭，無聲給了答覆。

至於被留在後面的那些百姓，這才曉得原來剛剛跟他們擠位置的竟是個官，看官兵的態度，估計還是個不小的官呢！

旁人想法暫且不談。

陸尚和姜婉寧行至碼頭前面，只覺海上的浪頭聲越發大了起來，巨船翻著巨槳，掀起的浪頭足足有四、五人高。

隨著巨船越來越近，碼頭上的人也快速後退，最後只餘下二、三百船工，等著幫巨船靠岸。

萬眾矚目之下，兩艘破浪號一前一後，終將纜繩拴好。

下一刻，只見船上驟然揚起黑帆，旗幟前後皆有字，前面是龍飛鳳舞的「昭」字，後面則是「破浪」二字。

無數船工自船上露頭，齊聲高喝。「我們回來啦——」

碼頭上的百姓皆是靜默，只知仰頭望著，心口一陣澎湃。

直至陸尚看見了眼熟的面孔，第一個揮手，大聲喊道：「歡迎回家！」

緊跟著，便是整個碼頭上的百姓皆振臂高揮，歡迎的音浪直破天際。

而就在不遠處的燈塔上，一身墨色常服的昭和帝負手而立，面上一派驕矜之色，他壓下心底的豪情，沈聲道：「諸位愛卿可瞧見了？這便是朕的破浪號！」

再看他身後，竟是跟了數十朝臣，隨便哪個站出去，都是能震懾一方的大員。

這些上了年紀的大臣們全被那等神物所震撼住，一時不知該如何言語。

昭和帝卻沒有理會他們，而是轉身牽起坐在一旁的美婦，溫聲道：「筱筱，走，我帶妳去看看我們的船。」

被換作筱筱的女子掩唇輕笑。「好。」

眼看帝后皆下了燈塔，餘下的大臣才回過神來，也顧不得震驚了，只管提起衣襬，火急火燎地追上去，唯恐走慢了一步，會錯過什麼不得了的大場面。

等昭和帝攜皇后及一眾大臣抵達碼頭時，靠岸的兩艘破浪號已放下船板，船長和舵手先下了船，另有一眾船工，則要搬運這一年的收穫下來。

陸尚不及跟詹順安等人打招呼，便看見從側面走來的昭和帝。

他雖不曾見過皇后，但只看皇帝與其姿態，便也猜出了幾分，又見他們一行人打扮皆是樸素，明智地沒有揭露，只微微欠身行了個禮。

姜婉寧更是頭一回見到帝后，片刻愣怔後，便跟著陸尚見了禮，隨後稍稍後退半步，將半個身子都藏在陸尚身後。

然而不等她鬆一口氣，卻見皇后鬆開了昭和帝的手，徑自向她走來。

等姜婉寧再回神，皇后已然站在她跟前。

皇后笑吟吟地道：「這位便是陸夫人吧？不知陸夫人可方便陪陪我？此等巨物，實在叫我看傻了眼。」

姜婉寧已經徹底反應過來，聞言稍有侷促，但也並不妨礙她與皇后說話。「臣……我也是第一次見這兩艘巨船，只從前常聽夫君提及，您若是感興趣，我倒可講給您聽一聽。」

「那敢情好。」皇后欣然答應。

陸尚見到姜婉寧離開，少不得多關注兩眼，可再一看，早有禁軍湊了過去，不動聲色地將其與皇后保護在中間，他這才收回視線。

而此時，昭和帝已忍不住向他帶來的迂腐老臣們炫耀他的巨船了。

陸尚只管跟在昭和帝身邊，偶爾補充兩句，然不管他跟昭和帝說什麼，只會引來對方的驚呼，再便是諸多的不可思議。

就在他們一行人說話的工夫，船上的船工已將貨物搬下許多。

詹順安早得了陸尚眼色，命人將貨物搬下後，直接打開箱蓋，將那無數閃瞎人眼的寶石暴露在人前。

昭和帝不經意往旁邊一瞥，直接就說不出話來了。

只見上百箱的金銀寶石，或是已經做好的首飾，或是尚未打磨的玉石，甚至還有一人高的精緻擺件，一整個都是用金銀玉石做的。

饒是昭和帝見多了珍奇異寶，還是被這些東西震得啞然。

珠寶之後，便是許多綾羅綢緞、書籍字畫、蔬菜水果、糧食食物，應有盡有。

哪怕碼頭上已經放不下了，也才只是把船上的東西搬下十不足一。

搬到後面，有一物是由詹順安親自送至人前的，他將不大的匣子打開，露出裡面泛著銀光的東西。

就在旁人尚且疑惑之時，陸尚已然驚喜道：「難不成這是蒸汽機?!」

詹順安點頭。「正是。此乃蒸汽機，據傳可催動機器自動。」

昭和帝等人尚沒有明白這話的意思，陸尚卻已稀罕地把蒸汽機接了過來。

陸尚細細摩挲了許久，這才兩眼放光地道：「陛下，有了此物，我大昭怕是要邁向真正的富強了！」

蒸汽機的妙用，那都不需要陸尚來說。

只聽破浪號上的船工你一言、我一語，很快便描繪出一個與大昭截然不同的新世界，一個由機械代替人力、象徵著更高效的世界。

不知不覺間，眾人已經聽呆了。

便是詹順安等人的聲音落下許久，左右也不見有人出聲。

直至又是許久過去，當朝一品公卿才顫聲問道：「你們說……在那遙遠的海外，有不用馬拉也能走的車？」

在他之後，其餘人也相繼轉醒，頭一次忘記了被他們時時刻刻掛在嘴上的祖宗規矩，一齊越過皇帝，直將破浪號上的船工全圍了起來。

「你們剛剛還說，海外的國家有火槍、火炮，比咱們刀劍的威力更大？」

「你剛剛說的蒸汽火車是什麼？著火的車嗎……」

他們所問到的，全是詹順安等人已經講過一遍的，只不知他們是沒聽清楚，還是一時忘記，又或者單純接受不了，想要再確認一遍。

詹順安不厭其煩地回答了他們的所有問題，有些實在無法用言語描繪出來的，就用從海外帶回來的畫作代替，只見數尺長的畫軸上，一列恢宏的鐵皮火車行駛在鐵軌上，車頭冒著白色濃煙，兩邊全是等待坐車的百姓。

這畫也不同於大家認知中的水墨、彩墨畫，而是一種更鮮豔的顏色，據詹順安說，這叫油畫。

有那工於筆墨的大家已湊上前觀摩，越看越覺稀奇，不禁將買了這畫的船工找來，拽著對方仔細問個清楚。

至於旁人，且看他們狂熱的態度，明顯是一時半刻問不完的。

直至昭和帝重重地咳了兩聲，眾人回頭一看，才發現皇帝面色不豫。

昭和帝淡淡地問了一句。「愛卿們不是說，朕投到海商上的錢全是浪費嗎？如今怎比朕還在意？」

一群人只做左顧右看，又或者抬頭望天，總歸是不回皇帝的話了。

好在昭和帝也是興高之時，冷哼一聲，並未過多追究。

他揚聲喚來跟隨在後面的禁軍統領，繼而吩咐道：「且將破浪號帶回的東西盡數運往皇宮，船上所有船工全請至皇家別院，待朕過幾日親自接見。」

有些船工的家就在京城，可如今也不許往家裡回，一定要先去皇家別院住，等受了皇帝召見、獎賞，方可再說後話。

陸尚知道，這是昭和帝聽了許多海外奇談後，一時生了警戒，便想先把所有知情的人控制住，等後面把能外傳的和不能外傳的清點出來後，才好放他們回去。

他將詹順安叫至一旁，悉聲解釋了幾句，又叫他注意安撫船工們的情緒。

詹順安問：「我們可能平安回家？」

陸尚啞然失笑。「自然是可以的，不光能平安回家，還能榮歸故里呢！陛下只是怕有人瞎傳話，想要親自提點幾句，你們又沒犯錯，還能治你們一個莫須有的罪過不成？且安心去吧，若我猜得不錯，等過個三、五天，陛下把這些海上帶回來的東西都處理好了，也就會過去見你們了。屆時定然少不了金銀賞賜，若是運氣好的，說不準還能得個官做做呢！」

詹順安也跟著笑起來。「我是不敢想那麼多的，我們也不過是領工錢做事，能叫老闆和上面的人滿意也就夠了。」

陸尚拍了拍他的肩膀，道一句辛苦，又問一聲。「此行可順利？你們出海一年可有遇上什麼意外？船上的人可有傷亡？」

「一切順利。」詹順安說。「破浪號前半段走的航線都是咱們之前走過好多趟的，自沒有任何問題。便是後半路程，除了遇見過兩批海盜外，其餘全都好，也沒有碰上風雨天，船工們也都很安全。」

陸尚被他說的海盜嚇了一跳，不禁追問了兩句。

詹順安又說：「那海盜都是他國的，金髮碧眼，跟咱們長得都不一樣，不過也沒什麼好怕的，咱們船上的船工都是能以一擋十的好手，便是對上他們也不落下風。」說起這個，他難掩面上興奮。「而且老闆您肯定想不到，咱們的破浪號在海上有多麼威風，凡是我們遇見的商船，就沒有一艘能大過我們的！還有那些海盜們的船，便是到了跟前也不敢跟咱們硬碰硬，很容易就被咱們給擊退了！」

陸尚鬆了一口氣，又道：「那你們在海上可有遇見什麼大船……」說到一半，他忽然注意到詹順安面上的疲色，一怔後猛然收了話。「算了，你們且先去休息吧，等過幾日從皇家別院出來了，我再過去接你。」

詹順安沒有拒絕，痛快地點了頭。

隨著兩艘破浪號的船工被帶去皇家別院，另有大批禁軍趕著板車過來，將摞在碼頭上的貨箱一箱箱抬走，最上面的一層則全部打開，毫不避諱地展示給周圍百姓看。

昭和帝還安排了押送的人，中途負責給百姓介紹——

「對對，這就是陛下的船隊，這些東西都是陛下的！」

「咱們陛下素有遠見，早早看出了海商的遠大前途，故而準備了……你問那兩艘巨船？自然也是陛下主持監製的！」

這些人四下宣揚時，陸尚與昭和帝的馬車正好從旁經過。

車廂內，帝后同坐一側，陸尚和姜婉寧則坐在另一側，衛兵的大聲喧譁傳入馬車中，叫眾人皆是一愣。

皇后轉頭看了皇帝一眼，果然就見昭和帝面色訕訕的，想來也是沒料到，底下人竟會這般誇讚，又將所有功勞都歸到他身上，更碰巧的是，還被真正出力的功臣給聽到了！

不等昭和帝想出轉移說法，就聽陸尚平靜道——

「陛下的確有遠見，若無陛下支持，臣只怕還在一小小郡城中撲稜，如何能造出巨船，又如何能叫我大昭子民遠走海外，帶回現今的蒸汽技術？大昭能有陛下，實乃我大昭之幸啊！」

昭和帝被他誇得一陣飄飄然，待再回神，早就忘了先前的尷尬之況。

待馬車駛進京城，陸尚和姜婉寧便先下了車。

臨別前，皇后又邀請了姜婉寧去參加皇宮月底的賞花宴，還特意交代她把家裡的孩子帶上。

皇后笑得溫柔。「我最是喜歡小姑娘，奈何這麼多年也只有一個太子，陸夫人若是不介意，不妨把孩子也帶來，到時我給她準備甜糕吃。」

皇后相邀，斷沒有拒絕的道理，姜婉寧悄然應下，又道一聲。「臣婦定會帶上小女。」

這般，帝后方心滿意足地離開。

伴隨著馬車遠去，留在城門口的陸尚和姜婉寧也準備回家。

陸尚勾著姜婉寧的小指，細細給她說著蒸汽機的偉大。

當時詹順安獻蒸汽機時，閒雜人等皆被屏退，姜婉寧陪皇后站在遠處，自然也沒能見到那等奇物。

而陸尚雖沒有親至海外，但他對蒸汽機的了解，可比船上的任何一個人都要多。

早在剛興海商時，他就有過猜測，這個時代會不會已經開始了工業革命？而那些象徵著新時代的蒸汽機會不會早已問世？

如今他的猜測成真，再想到詹順安等人帶回來的消息，他只覺整個人都是興奮的。

問及原因？自是因為蒸汽機問世不久，海外各國尚在摸索前進之中，而他們大昭也在歷史滾輪轉動之初就上了車，只要能緊跟時代步伐，便再也不怕落後於人，便是遙遙領先，也未有不可。

「阿寧肯定猜不到，那蒸汽機帶動的車輛能有多快？就拿松溪郡到京城來說，便是快馬也要一個月時間，可若是換作蒸汽火車，僅僅需要十來天的時間，這還是最慢的情況呢！若是將其應用到一些器械上，那就可以完全替代人力，大大提高做工效率！還有詹大哥他們說的火槍、火炮，只要能帶回來一個，大昭能人巧匠繁多，定能鑽研透其原理，屆時外敵來犯，只一火炮就能擊退所有人！」

姜婉寧或無法想像這些東西是什麼樣子的，但光是陸尚列舉的諸多例子，就聽得她熱血澎湃。

她定了定神，問：「也就是說，詹大哥他們不光帶回了許多珍奇異寶，還有更為重要的蒸汽機？」

「正是！」陸尚撫掌，嘴角的笑容越來越大。「等明天我就遞摺子進宮，無論如何，我一定要說服陛下重視這臺機器，大昭日後發展的快慢，就在這臺蒸汽機上了。」

姜婉寧問：「我能幫你什麼嗎？」

陸尚重重抱了她一下。「不用、不用！不用我們做什麼，只有陛下重視了，方有未來可談。」

回家後，陸尚直接將自己關進了書房，入朝這麼長時間，他卻是頭一次寫了摺子，更是幾番修改措辭，寫了整整十幾頁，直至月上中天，方才從書房出去。

來日早朝，陸尚與姜父一同到了金鑾殿。

陸尚原是打算等下朝後再面見皇帝的，哪承想昭和帝到來後的第一件事，便是向百官宣告他的海上商行。

短短半日，朝中臣子皆知，昨天京郊碼頭回了兩艘巨船，每艘鐵皮船都能裝載近千人，兩艘船帶回珍寶無數，更有海外特產，應有盡有，另有一名為蒸汽機之物，堪稱神跡。

但朝臣如何也沒想到，那兩艘巨船，竟會是皇帝的所有物。

昭和帝揚眉吐氣道：「朕早前便說，當提高商人地位，廣開商路，爾等卻屢以祖宗之法約束於朕，幾次三番阻止朕推行新政，萬般無奈之下，朕只得另尋他法。

「好在朕麾下自有能人，短短三年，便叫朕開了眼界，也叫爾等看看，就是諸公看不起的商戶，將巨輪行至萬里之外，為我大昭帶回當世之最！陸卿可在？」

最開始時，陸尚並沒自覺這是在叫他，直至他不經意抬頭時，正好與昭和帝的視線撞在一起，他忍不住再微抬了頭，卻見昭和帝衝他微微頷首。

陸尚了然，這才倉皇出列。「臣在！」

「今日，你便在這金鑾殿上，告知諸臣，你是如何開闢了海外商路？又如何組織了第一支國有制商行？再告訴他們，蒸汽機又為何物！」

最後一句話落下，陸尚渾身一震，他眨了眨眼，心頭豁然開朗。

他拱手一拜，復朗聲敘述起這三年來他的所作所為。

眾人這才知道，原來恩科之後就銷聲匿跡的狀元並非是遭了帝王厭棄，反是備受重用，早在他們不知道的地方，成了真正的股肱之臣！

這日的早朝直至午後才結束。

每一個從宮裡出來的人皆是神色恍惚，被人問及原因，又不約而同地擺著手，直到被人問急了，才會頹然道一句。「是我狹隘了啊……」

幸好皇帝沒有因為他們的勸阻就放棄，不然若因他們的阻撓，反礙了海商發展，那他們可就成了大昭的罪人啊！

兩日後，朝廷發布新政——

即日起，解除商戶限制，凡按律繳納商稅者，皆與農戶同等待遇，並大力鼓勵海商，之後五年，商船靠岸，商稅一律減半。

昭和帝親做表率，將其投資的海商捐與朝廷，作為國有制商行的第一標竿。

而陸尚因推動國有制商行有功，擢升為內閣閣老，同商朝政。

自此，他也成為大昭開國以來最年輕的一位閣老。

隨著朝堂上的一連串變革結束，又是小半個月過去了。

昭和帝終於得出空來，親至皇家別院，接見從海上歸來的船長、舵手及船工。

當日陸尚要去接從松溪郡來的故人，便沒有跟隨。

在昭和帝接見詹順安等人時，陸尚也接到了千里迢迢趕來的大寶。

數月前他曾給陸啟去信，言明京城急需人手，若有可能，希望他、大寶或林中旺，能有人來京助力。

雖不知他們是如何商量的，但只在一個月後，松溪郡就傳回了信，信上說大寶將會來京，待交接完手上工作後，就會立刻趕赴京城。

而過來京城的人裡，除了大寶，還有十來個經驗豐富的帳房先生，皆是前來幫忙的。

陸尚在城門口接上他們後，直接駕車回返姜府。

回家途中，他少不得詢問大寶近況，隨後問道：「怎是你來了京城？」

大寶在陸氏物流做了幾年，身子骨越發健壯，他長得又高，站在陸尚旁邊，幾乎能壓他一個頭去，偏偏就是這樣一個怎麼看怎麼憨厚的人，卻是物流隊如今不可或缺的大管事。

大寶撓了撓頭，嘿嘿笑道：「原本我爹是不同意我來的，可我想著，自己年歲也不小了，再不出來闖蕩闖蕩，只怕以後沒了機會，便去求了我娘，沒承想我娘一聽就同意了，還幫忙說服了我爹，我這才得以脫身，過來京城給您幹活了！」

陸尚被他逗笑，忍不住在他肩上捶了兩下，復道一聲。「好小子！」

不一會兒工夫，馬車就到了姜家門口，姜婉寧等人早早得了消息，姜婉寧更是給學堂放了假，特意等在家中。

不過半年多不見，她瞧著大寶卻是格外想念。

當初陸尚他們在松溪郡府城時，眾人就常有來往，也都是熟人，如今再見，也無須客氣寒暄。

便是姜父、姜母都與大寶多有相處，見到他後很是親切地把他喊到跟前，溫聲問了幾句。

得知大寶至今未曾說親，姜母更是熱情地道：「大寶喜歡什麼樣的姑娘？我替你多留意著！」

這話可是把大寶鬧了個大紅臉。

正午時分，一群人轉至堂廳，一同用過午膳後，從松溪郡過來的眾人辭別姜婉寧等等，又跟著陸尚出去，要盡快去京郊轉運站熟悉環境。

過去的路上，陸尚將京中情況簡略給他們介紹了一遍，格外點了點大寶。

「我叫你來，除了轉運站需要多多在意外，再便是海商了。詹大哥尚在京城，只這幾日不便出來見人，等過幾天我請他過來，你要做什麼，便與他商議。我的想法是，將海上運輸也作為我們陸氏物流的一大特色，具體如何運作，還需你們多多完善。」

其實若是叫陸尚安排，他也能給安排了。

只是他才入內閣，光是朝堂上的事都忙不完了，這等小事只能放手叫旁人去做。

再說，無論是大寶還是詹順安，又或者哪怕是跟過來的十幾個帳房，全是能叫他放一百個心的，他只管說出想要的，這些人自會給他一個滿意的答卷。

陸尚帶著他們在京郊轉運站轉了一圈，又將兩方人互相介紹了一遍。

趕在天黑前，他又把大寶等人帶回去，就近尋了個客棧，且給他們安排了住處。

由於轉運站的宿舍已住滿了人，若是他們以後也打算住在那邊，便要擴建一番，又或者是他們在京城租個小院子，早晚多跑兩趟便是了。

陸尚將兩個選擇全告知他們，最後的抉擇如何，只等過兩日再來問。

又過兩日，皇家別院的眾人終於被放了出來。

陸尚又把所有人召集過來，將昭和帝在意的事重新敲打了一遍，而後每人發了二十兩賞銀，又給了他們整整三個月的假，這三個月各自回家，也與家人團聚一番。

一切安排妥當，破浪號的船工也算徹底散去。

詹順安雖急著回家見妻子，卻也分得清輕重，多留了半日，與陸尚和大寶一同商議了之後要做的事。

聽說陸尚要發展海上運輸，詹順安第一反應就是把事攬過來。

陸尚卻是笑道：「詹大哥就別操心這些了，你只管回家好生休息幾個月，剩下的這些事儘管交給大寶去做，你便養精蓄銳，等破浪號下次起航，還要你坐鎮呢！」

詹順安愣了愣，醒悟過來，又很快應下。

三人一直聊到傍晚才結束，大寶回客棧，詹順安則回他在京城的小家，兩人要去的方向正好一致，便一起搭了車。

陸尚與他們路程相反，目送他們遠去後，也攔了馬車回家。

一切正如陸尚所料，轉過天來，朝廷便頒出對破浪號船工的嘉獎，只要是這趟出海的，無論職位高低，皆賞發大量金銀、綾羅，而作為船長的詹順安更是得封六品海官，從此列身士族。

再有兩艘船的十幾位舵手，也領了八品小官，起步雖低了點，但往後有得是晉升的機會。

這些舵手原先都是陸氏物流的長工，也是第一批去海上學經驗的，跟著出了幾次海，最後成了破浪號的舵手。

眾人授官那日，他們相約來到姜家，手上提著重禮，是為感謝陸尚當年的提攜之恩。

陸尚沒有拒絕，只是等他們離開後，又派小廝給他們各家送去了封官賀禮。

轉眼便到了月底，皇后遣人送來請帖，邀姜婉寧攜陸念安入宮參加賞花宴。

這是早先就說好的，到了日子，姜婉寧便帶著安安和陸尚一同出發。

待抵達宮門，她與安安被內侍引往內宮門走，而陸尚則去上朝。

就在朝堂眾人為接下來的海商爭論不休時，後宮的賞花宴卻端得一派和諧之景。

昭和帝後宮妃嬪不多，在位多年，也只開過兩次選秀，又因與皇后感情甚篤，近十年來後宮只添了七、八個人，尤其是到了最近幾年，隨著昭和帝對朝堂的掌控越深，那些上奏請他再開選秀的摺子，全被他一把火燒了，就說最近三年，宮裡再沒進過新人。

而因皇帝對皇后呵護敬重，有他做表率，其餘妃嬪更是不敢輕慢，像這等皇后舉辦的私宴，更是早早過來捧場，宴上也始終圍在皇后身邊，唯其馬首是瞻。

姜婉寧帶著陸念安過來時，御花園中已有不少命婦、貴女。

她回來京城也有好一陣子了，卻還不曾參加過什麼宴會，自然也與眾人少有交集。

許多人尚不認得她，見她過來，也只是好奇地看著，小聲打聽著這又是哪家的夫人？直至皇后發現姜婉寧後，直接將她叫到跟前，先是問了她這幾日安好，又把陸念安喚到膝邊，當場叫人拿了長命鎖來。

皇后握著安安的小手，問了幾句話，發現小姑娘古靈精怪，實在招人喜歡，便忍不住哄她在宮裡住幾日。

姜婉寧坐在一旁，聞言卻不好回話。

好在安安扶著皇后的手，一板一眼地道：「安安答應外祖母和曾祖母，天黑之前就回去啦！外祖母和曾祖母可喜歡安安了，一天看不到安安就難過，她們對安安可好可好了，安安不能叫她們難過。皇后娘娘對不起，安安不能陪您了。」

「哎喲喲，小寶貝可真是個孝順的孩子啊……」皇后頓感遺憾，後面卻也沒再提留她。

又過一會兒，宮裡幾個年紀小的孩子跑了過來，先是給母后和母妃問了安，又三三兩兩湊過來，明顯是對這個長得很漂亮的小女孩甚感興趣。

姜婉寧本是擔心這些皇子、皇女把握不好輕重，不小心碰傷了安安。

沒想到皇后比她還上心，始終把小安安護在身邊，到後面甚至直接將安安抱起來，其餘孩子過來說話可以，若想牽牽手、碰一碰，那就不成了。

見狀，姜婉寧的一顆心算是徹底落下了。

而在姜婉寧與皇后說話的這一會兒，底下人也探明了她的底細。

在聽說這位便是姜大學士的女兒後，眾人反應平平，雖有幾分意外，但還算尋常。

可再一聽說她的相公便是如今朝上備受皇帝器重的陸尚陸大人後，眾人的反應可就大了，四下裡打聽，欲與其博幾分交情，好在下次海商出海時捎上自家一程。

自破浪號歸來後，昭和帝又連下新策，海商已然成為整個大昭最受矚目的行當。

就這麼問著問著，有人卻是問到了謝夫人頭上。

謝夫人今日是帶著女兒來的，對著交情一般的，也只說與陸夫人並無交集，恐怕不比她們多知道多少。

可等她尋到手帕交，便忙把人拽到一旁，避開眾人的耳目，興奮道：「原來陸夫人在皇后娘娘面前也說得上話呢！淺淺，我跟妳講，這位陸夫人可是個不得了的人兒呢！」

被換做淺淺的楊夫人面露好奇，追問道：「此話怎講？」

只聽謝夫人又是壓低了聲音，就差湊到她耳邊低語了。

「妳可記得，前幾個月我曾為我娘家那不成器的姪兒好一陣費心，四下尋夫子那事？」

楊夫人想起來了，下意識往姜婉寧那邊瞧了一眼。「妳之前打聽到的女夫子，不會就是這位陸夫人吧？」

謝夫人完全抑制不住嘴角的笑意，細細與她說道。

「妳家裡沒有要操心的子姪，可能也沒太關注過，我最初要找的夫子，其實就是陸夫人。後面陰差陽錯的，陸夫人雖在京城重開了學堂，卻只招平民子弟。我叫我那弟妹扮作農家婦人，勉強算是把我那不成器的姪兒送進去了，至今也不過月餘，妳猜怎麼著了？」

楊夫人看她的表情，便知效果肯定不差。

果然，謝夫人道：「三日前國子監季考，我那姪兒總算是合格了一回！不光如此啊，他還考到了中等名次，可是叫夫子們驚掉了下巴！這才一個月，他可是才跟著陸夫人學了一個月啊！不愧是能教出好些舉人、進士的，當初我去找陸夫人果然沒錯！」

楊夫人聽得嘖嘖稱奇。

「當真有這麼厲害？」

「那可不？」謝夫人讚許道：「妳且等我那姪兒再跟著陸夫人學幾個月，有沒有效果，妳一瞧便知！再有啊……我這話也就跟妳說說，妳可別外傳。咱就說朝上那位陸大人，區區農戶出身，後面又轉投了商行，如何能成為陛下欽點的狀元？」

「妳是說……」

謝夫人笑了笑。「陸夫人既然能教導旁家子弟，於自家人肯定更是上心，陸大人那狀元之位，不說全是陸夫人的功勞，可也必定少不了她的影子！總之，不管是為了走陸大人的門路，還是與姜家有幾分交情，陸夫人是一定要結交的，不說交情有多少，好歹碰上事能說幾句話啊！」

楊夫人深以為然，跟著謝夫人身邊，好不容易找著機會，與姜婉寧搭了幾句話。

而謝夫人的姪子入學那事，姜婉寧早有猜到，但只要對方不表露自家身分，在學堂裡安安分分的，那她也可以睜一隻眼、閉一隻眼，權當賣謝夫人一個人情了。

姜婉寧一邊跟周圍的夫人們說著話，一邊注意著安安那邊的動向。

不知誰提了一句。「我聽說陸夫人開了一家學堂？」

姜婉寧一怔，旋即含笑，三言兩語便應付了過去。

就在她琢磨著什麼時候能回家時，卻察覺到有兩道緊緊落在她身上的視線，待她循著視線找過去，就見兩個有些面熟的婦人，正隔著人群與她對視。

埋藏在記憶深處的畫面一點點浮現，姜婉寧恍然想起那兩人是誰了。

當初剛搬來京城時，姜婉寧曾帶著陸尚去過幾處當年她常去的地方，更是不覺憶起她幼時玩得好的小姊妹，只那些朋友，隨姜家流放，與她再沒了交集。

便是回來了京城，姜婉寧也未曾想過去尋她們，不承想竟在這種場合碰著了故人。

其實她已經記不清那兩人的名字了，也不曉得她們都是哪家的小姐，更不知她們這些年的情況，又嫁到了哪戶人家。

但可以肯定的是，她還清清楚楚地記得與她們賞花遊景的過去。

姜婉寧腳步微抬，有心想過去敘舊，可不等她邁出這個步子，又止住了動作。

畢竟這麼多年過去了，經久未見，大家早就相顧無言。

她即便是過去了，真的還有舊事可敘嗎？

到最後，姜婉寧也沒有過去與她們敘舊，而那兩人也不曾主動過來，雙方只遙遙點了點頭，算是打過了招呼。

傍晚時分，賞花宴結束，各家夫人、貴女自中宮宮門走出，在宮人的帶領下，陸陸續續走到正宮宮門，那裡早有各家的車馬候著。

姜婉寧來時已吩咐了家裡的車夫等在外面，如今一手牽著安安，一面尋找姜家的車馬。就在她轉頭時，她的肩膀忽然被人碰了一下，回頭一看，正對上了陸尚那張笑臉。

姜婉寧眼中閃過驚喜。「夫君怎來了？」

陸尚彎腰把陸念安抱起來，笑說道：「我剛從陛下那邊出來，聽說賞花宴也快結束了，索性在宮門口等了等，果然趕上了。」

大庭廣眾之下，兩人沒有問皇帝、皇后兩邊的事，只道了兩句家常，遂在眾人的注目下，一同上了馬車，很快消失在眾人的視線中。

第四十章

賞花宴後，不出意外，姜婉寧在各家後宅裡被大大議論了一段時間。

說她出身名流，又是滿腹經綸，若不是受了流放之苦，定然會說與家世相當的世家。

又說她自有主意，不受世俗偏見的影響，接連開了好幾家學堂，還全做出一番成就來。

便是她那夫君瞧著也是個正派的，受皇帝器重不說，對妻女也是很寵愛，就說那日賞花宴上，竟是在宮門口等了約莫一個時辰，就為了接妻女一同回家。

事業有成，夫妻恩愛，眾人所豔羨的，也不過如是了。

當然，也不排除有那等看不得旁人好的，酸溜溜來一句——

「依我看，那姜家的女兒全是靠著陸大人才重拾了富貴，不然尚說不準什麼下場呢！」

其餘人轉頭一看，見是京裡有名的長舌婦，很快便轉回頭去，並未將那話放在心上。

外人如何議論，姜婉寧和陸尚自是不得而知。

兩人自賞花宴結束後，又陷入了新一輪的忙碌中。

陸尚的忙已成了常態，總歸自破浪號歸來後，無論是帶回來的貨物安置，還是下一回海商出海，凡是涉及到國有制商行的，一準要找他拿主意。

此外他還兼顧著內閣的俗物，雖有昭和帝下令減少他的工作，可他也不好意思真的什麼都不做，因此將公務帶回家中也是常有的事。

姜婉寧一開始還心疼陸尚勞心，但不知從哪日開始，她那學堂忽然來了一大批人，說是京郊的村裡來的，但看言談舉止，少不了混入些富貴人家。

後面又摻了許多商籍子弟進來，亂糟糟的一團，讓她很是頭大了一陣子。

她這學堂最開始時沒有檢查家庭情況一說，現在也不好再添，便只好將過來的學生先登記下，淺淺上幾節課，再說到底留不留。

而學生數目的增加，無疑也叫學堂裡的幾位夫子手忙腳亂了許久。

原本兩位男夫子還想著搬去新宅，這麼一忙下來，到底還是在姜家學堂更方便，索性也就歇了搬家的心思，只管在姜家學堂繼續住著，等來年清閒了再說。

一切有條不紊地進行著，轉眼便到了年關。

今年姜家早早準備了新年會用到的裝飾、吃食等，姜母更是一有空就去街上採買年貨。

按理說姜家僕從眾多，怎麼也輪不到主母親自操勞的。

然今年過年與往年格外不同，不光女兒、姑爺在，便是連遠在西北的兒子跟兒媳也要回來了！

姜母已記不得多少年沒有一家團圓過了，自從接到姜知聿要回來的消息後，幾乎隔上個三、五日就要去城門口瞧瞧，要不是實在不方便，她甚至想去官道上迎接。

對於兄長和嫂嫂的歸來，姜婉寧自然也是歡喜的。

礙於學堂學生的增加，她不覺動了繼續招夫子的想法，誰知松溪郡那邊來了信，說是項敏和張佳琪要過來。

張佳琪也是無名私塾的學生，是第一個投資了項敏繡坊的人。

早在姜婉寧搬來京城的時候，項敏的繡坊已開了七、八間分店，遍布松溪郡各大縣城，每家店門口另有便宜實惠的書信攤子，已成了松溪郡本地繡坊中的標誌商鋪之一。

張佳琪最初也沒預想那繡坊能賺多少錢，面對繡坊的發展壯大，除了覺得手裡能多些零用錢外，倒也沒有多想。

然她家中突然生了變故，與她訂有婚事的未婚夫也退了親。

張家人為了家中周轉，有意將她許給一個大她三十多歲的富家老爺做側室，她自是百般不願，幾經對峙，險些被強行送上花轎。

而這回兩人上京，項敏更多還是為了陪張佳琪來的。

依照她們兩人的意思，張佳琪是想在京城定居，若能得姜婉寧援助最好，若是不方便安排她，她還有繡坊的分紅，且用那筆錢，試試能不能把繡坊開到京城周邊來。

姜婉寧合上信後，很容易就把張佳琪與新學堂聯繫起來。

因對方的到來，她便將招募新夫子的事往後推了推，又逢學堂放年假，只管安心陪著姜母置辦年貨，以及迎接兄嫂回家。

姜家現在住的宅子便是當年住的那座，除去主院外，另有給兒女的偏院。

姜婉寧和陸尚住在她幼時的院子裡，屬於姜知聿的小院也一直被精心打理著，隨時能迎接主人回家。

如今姜家一雙兒女都成了親，總要顧及姑爺和兒媳的想法。

陸尚沒那麼多挑剔，隨便怎樣都好。

但姜知聿的妻子只尚回來家裡住過兩日，而後便與他匆匆趕回了西北。

這次兩人難得回來，姜母便想著提前把他們的院子給修繕修繕，尤其是要貼合兒媳的喜好，總不能叫人家覺得被怠慢了。

她自己拿不定主意，就叫姜婉寧一起想。

兩人四處轉了好幾天，除了院裡的花草選好了，裡面的一應擺設卻仍遲遲拿不定主意。

姜婉寧覺得她那嫂嫂是個俐落爽朗的，肯定更喜歡簡約大方的擺設，便總去挑一些沈穩內斂的。

偏姜母卻覺得，她那兒媳再怎麼幹練，到底是個女兒家，又有哪個女人不喜富麗？尋些奢華貴氣的總不會出錯。

姜婉寧反駁道：「我便不喜那等亮閃閃的首飾。」

姜母瞪她。「那妳別叫陸尚總給妳帶些西洋的小玩意兒啊！」

姜婉寧語塞，頓時沒了反駁的底氣。

但這麼爭論一番後，兩人也沒定下到底該怎麼重裝屋裡的擺設，她們注定是意見難以一致了，便只好再尋第三人來參考。

飯桌上，眾人聽了她們的為難，皆是哄笑不已。

然姜父和陸尚對視一眼後，卻不約而同道：「妳們別操這個心了，知聿不是說了，這次回來要住兩、三個月嗎？妳們倒不如把錢給了他們，叫他們小倆口自己安排吧！」

「那我不是想著，姝兒難得回來一次，她又沒有家人，我們總該把重視表現出來嘛……」姜母小聲嘀咕著，又看姜父和陸尚皆不贊同她插手，只好不甘不願地放棄了。

飯後，姜婉寧幾人陪安安去花園裡玩，下人們則動作麻利地收拾著桌面。

姜父跟陸尚換了個地方，隨口聊了幾句朝堂上的事。

姜父捧著茶盞，忽然問了一句。「知聿的妻子，你可是見過了？」

陸尚點了點頭。「見過一回。」

姜父又問：「可有什麼想說的？」

若說陸尚之前只是有一、兩分猜測，那如今聽了姜父的問題後，便是基本上確定了。

他壓下心底的波濤，沈聲道：「既是兄長和嫂嫂之間的事，想必他們自有成算，我這作為妹夫的，總不好多加置喙。但若有朝一日他們用得上我，我也定是義不容辭。」

聽了他這一番話，姜父難掩面上的訝然。

可轉念一想，自己這女婿都不介意妻子出去開學堂，又是做女夫子、又是招女學生的，便是他自己，都設了一個聞所未聞的女工崗，那突然知道有一個女將軍的嫂嫂，想必也不覺奇怪了吧？

姜父笑道：「你說得對，既是知聿他們夫妻間的事，我們還是少摻和為好。」

趕在大年二十九這日，姜知聿與白姝回到了姜家。

臨近年關，姜母遲遲等不到他們回來，一度以為他們莫不是路上出了事，心裡格外擔憂，幾次催促姜父派人迎上去看看。

好在等到最後，兒子跟兒媳可算是回來了。

姜知聿這回沒有坐輪椅，而是換了一雙帶支撐的枴杖，又有白姝在旁攙扶著，行走起來並不見太多不便。

他與白姝是駕馬回來的，枴杖就搭在馬後，剛下馬時他沒有拿木枴，跟爹、娘、妹妹、妹夫打了招呼，一轉頭，白姝就將木枴遞了過來。

姜知聿失笑，試探道：「我不用枴杖也能走，不如今天就不——」

「不行！」不等他說完，白姝已經冷聲打斷他的話。

說著，她轉頭衝姜父、姜母笑了笑，回頭又強硬地把枴杖放到姜知聿手中。

姜父、姜母愣了一下，回神後竟直接站在白姝這一邊，相繼勸道：「姝兒也是為了你好，知聿便聽話用著吧！」

「要不然我叫人快些去打一架輪椅來，知聿你坐一坐輪椅？」

全家人都知道，姜知聿早就可以不借外力行走了。

但既然與他朝夕共處的白姝都這般在意，不輕易允許他直立行走，那旁人更不會反駁什麼，只管順著她的話一同勸阻，直叫姜知聿歇了丟掉枴杖的心思。

姜知聿告饒地擺了擺手。「罷了罷了，我用枴杖便是。小白妳別生氣，我聽妳的就是。」

白姝聞言，眉目一舒。「我沒生氣。」

一家人已在門口站了許久，眼看夫妻兩人說開了，姜母便說：「大家快快進來，你們這一路定是辛苦了，我早叫下人備好熱水，地龍也早早燒起來了，你們可要先回房暖暖身子？」

姜知聿問了白姝的意見後，決定先回房梳洗，換一身衣裳。

眾人又把他們送到院門口，這才返回前廳等待。

等待中，他們少不得聊起姜知聿和白姝二人。

姜母笑得眼尾都出了褶皺，提起白姝，越說越是滿意，連聲感慨道：「姝兒可是個好姑娘啊，既不嫌知聿腿腳不便，也不嫌西北艱苦，竟是陪著知聿在西北待了這麼多年。我之前總害怕知聿會孤獨終老，還為難著該給他找個什麼樣的妻子好，哪承想他自己尋到了心上人，更是願意陪著他吃苦。姝兒瞧著性子冷硬了些，可就是這樣才好，有姝兒管著知聿，便是知聿不在我身邊，我也就放心了。若是換做那等嬌弱的，北地那種地方，他們可怎麼過呀……」

不知說到哪兒，姜婉寧忽然問了一句。「嫂嫂是打算一直跟兄長留在西北嗎？還是說，兄長有調回來的打算，屆時也好帶嫂嫂回京城來？」

此話一出，其餘人皆是一愣。

片刻後，姜母遲疑道：「我好像沒聽知聿說過要回來，妳這麼一提，好像也是……知聿他不嫌北地艱苦，總不好叫姝兒一直留在那兒吧？那等會兒他們出來了，我再問一問。」

姜母和姜婉寧說著，轉頭想問問姜父的意思。

可她們回頭卻發現，不知何時，姜父已跟陸尚去了門口，兩人湊在一起，也不知在談些什麼，屋裡只留下陸奶奶抱著陸念安說笑。

一個時辰後，府上的下人將晚膳送上來。

沒過多久，姜知聿和白姝也過來了，兩人並肩而行，給爹娘問了好後，一左一右坐在姜母兩側。

姜母心滿意足地道：「好好好，既然大家都到了，那咱們也開飯吧！」

姜知聿和白姝難得回來，飯桌上所有的話題自是圍繞著他們兩人來說。

姜母想起剛剛提到的事，忍不住詢問一聲。「知聿，你可有調回京城的打算？我的意思是，北地畢竟寒苦，或許和姝兒在京中且多留一段時日吧？」

不出姜父和陸尚預料，姜知聿甚至沒有細想，直接拒絕了姜母的提議。

他拒絕後才發覺許是太直接了些，又找補道：「娘您不用擔心，我們在北地也有自己的宅院，平日軍務清閒時，多是會回自己的院子休息的。再說小白本就在北地長大，貿然叫她回來，反不如留在她熟悉的地方。當然，您說的事我們也會考慮，只是這幾年確實沒打算回來，且再等等吧，等過個七、八年，興許我們就回來了。」

姜知聿沒有把話說得太死，一邊說著，一邊給白姝倒了半盞黃酒。

姜母雖有在聽他講話，但也時刻注意著白姝那邊的動向，見她面前添了烈酒，剛想提醒一句，可不等自己開口，白姝已端起酒盞，不過須臾，便將酒水喝盡。再看她喝完烈酒後，面上並無一點異狀。

若非那黃酒是姜母親自拿來的，她甚至都要懷疑，裡面莫不是裝了清水？

姜母眼中閃過一抹愕然，不覺回想起姜知聿剛剛說過的話。

他說，白姝自小長在北地，早習慣了北地的遼遠廣闊，北地或許淒寒，但於白姝而言，也未嘗不是她的故鄉，北地在其心中的地位，完全不是京城可比的。

姜母也曾在北地生活過的，曉得那邊的女子與京中貴女完全不一樣。

並不是說不好，只是那邊的姑娘皆是縱馬快意之輩，彎弓搭箭，毫不遜於男兒，自有一派俠義風範在身上。

姜母忍不住順著姜知聿的話想，叫白姝來京城住，當真是對她好嗎？後面再吃飯時，姜母總是會多關注白姝幾分，果然見她舉止甚為爽利，並無尋常大家閨秀的端莊秀氣。

但姜母看了半天，不僅沒生出不喜，反而越發滿意起來。

直到吃完飯，姜母未再提起讓姜知聿夫妻二人回京一事。

因姜知聿和白姝奔波多日，眾人也沒多留他們，才用過晚膳就緊著催促他們去休息，最多也就是姜母提了一嘴，若他們想把院子翻修一下，她可以幫忙出錢、找人。

姜知聿和白姝皆是謝過，看他們的表情，似乎並沒有這個打算。

在他們二人離開後，其餘人也各自回了房。

陸念安今天跟著陸尚出去玩瘋了，早已睏得睜不開眼睛，難得想起要跟娘親睡。

哪承想陸尚嚐到了二人世界的甜頭，安安剛一提出來，他便大驚失色，忙捂住她的嘴，湊到她跟前又是恐嚇、又會誘惑的。「安安已經是大孩子了，大孩子要做的第一件事就是不要總纏著娘親，難道安安不想做大孩子了嗎？安安妳乖乖的，若妳今晚表現得好，明天爹爹還帶妳出去玩。還記得之前在松溪郡的大馬嗎？如今京郊也有了，爹爹帶妳去騎大馬可好？」

「那、那安安要做大孩子……爹爹真的要帶我去騎大馬嗎？」

「那可不？爹爹什麼時候騙過妳？」

安安被哄得一愣一愣的，等再回神時，已然被陸尚送回她自己的房間，再一恍神，連陸尚都從屋裡出去了，只有奶娘拿著燈臺往這邊走。

奶娘輕聲哄道：「小姐該休息了。」

陸念安總覺得好像有哪裡不對，但以她的年紀，又完全想不出問題是出在哪裡。

另一邊，陸尚如願以償，才一進房間就抱住了姜婉寧的腰肢，親暱地在她背後蹭著。

姜婉寧都不用問，就猜到了他剛剛做了什麼，又是好笑、又是無奈。「你且總是騙安安吧，等她回過神來，小心不再理你了。」

陸尚輕聲哼哼。「那就等她回過神再說……阿寧，我都好久沒有抱妳了……」

此抱顯然非彼抱，姜婉寧面上一熱，嗔笑一聲，將環在腰上的手拍開。

「阿寧──」陸尚見她要走，忙追到她後面，前後不差半步，就差貼在她身上了。

姜婉寧不為所動，先去合上窗子，又拆下頭上的髮簪，褪下外袍，方去洗漱。

她雖沒說話，但這一連串動作只叫陸尚眼前一亮，殷勤地替她打了熱水，又是遞帕子、又是梳頭髮的，只待姜婉寧一往床邊走，他也忙跟著熄了燈。

一夜廝纏後，姜婉寧沈沈睡下。

陸尚雖是意猶未盡，卻也捨不得把她喊醒，只好緊緊貼著她的後頸，在上面落下細密的親吻，直至滿心皆是暖意，方挨著她躺下。

轉日大早，姜家眾人皆是早早起來。

姜婉寧記著今天是大年夜，便是滿身疲憊，還是很早就睜了眼。

本以為她醒得足夠早了，誰知一睜眼，陸尚已幫著家裡貼好了春聯，又從廚房拿了剛炸的肉丸，不等她起床，直接湊來餵她吃了些。

姜婉寧這才知道，家裡人全都醒了，姜知聿和白姝已經在院裡打完了一套拳，陸念安也在陸奶奶的陪同下出去放了好久的煙花。

就是姜父及姜母都到門口轉了好幾圈，跟附近的同僚夫人們炫耀了好一會兒，說膝下兒女皆在，又有小外孫女，難得有個團圓年。

仔細算起來，倒只有她未起。

姜婉寧面上一窘。「那、那爹娘他們可有問我？」

陸尚說：「我說妳昨晚整理書冊整理到很晚，這才晚起了一會兒。無妨的，爹娘又不在意這些，妳且再躺一會兒，等晌午再起也不遲。」

話雖如此，姜婉寧卻不好意思缺席這麼久。

她稍微吃了點東西後，很快起了床，又支使陸尚去取了新衣來，她則在梳妝檯前梳妝打扮。

說來也巧，等他們二人出去時，其餘人也正好抵達前廳。

姜知聿和白姝正逗著安安玩，幾位長輩滿目慈祥地望著他們，見姜婉寧二人過來，也是招呼他們趕緊進來，又吩咐下人添了一個暖爐，團團圍坐在旁邊。

這場面實在溫馨，眾人已記不清多久沒有過如此齊全的時候了，誰也不忍打破。

就這樣，一家人一起吃了團圓飯。

大年間，姜知聿代替姜父到幾個相熟的人家拜了年，只不知為何，白姝並沒有跟隨，就是有客到訪時，她也是能避則避。

對於她的這番舉動，姜母和姜婉寧是不在意，姜父和陸尚就是心照不宣了。

轉眼過了年，姜父和陸尚都要重回朝堂，倒是姜知聿此番回來只為述職，又跟皇帝討了恩典，無須上朝。

姜婉寧在學堂裡偶然聽說，西北大營的主將也回了京城，又因戍邊有功，大受嘉獎，得了諸多賞賜。

姜婉寧心念一動，回去後跟家裡人提了一句。

「我是想著，當初兄長正是受了西北將軍的提拔，方在軍中站穩腳，以前是不曾遇見過那位將軍，如今他既然在京，我們是不是也該上門拜訪一下？」

話音剛落，卻見對面幾人面色複雜。

「怎、怎麼了？」姜婉寧不解。

陸尚張了張口，話到嘴邊，又不知該說些什麼，只好將回答交給姜知聿自己去應付。

半晌，姜知聿才笑說：「好，多謝婉婉記著了，我這兩日就去拜訪將軍。」說著，他捏了捏白姝的手，抬頭衝她笑了笑。

姜婉寧只管提醒一句，後面如何就沒再關心了。

倒是兄嫂對她的新學堂頗感興趣，喚著姜父和陸尚一起，接連過去待了七、八日。

姜父和陸尚對科考都算有心得的，他們授課格外受學生的歡迎，就連兩位男夫子都受益匪淺。

姜知聿和白姝擅武，對兵書多有了解，只當是給學生們長見識，但兩人講了幾日下來，反激起眾人對習武的興趣。

尤其是好些人見一女子都能將拳腳舞得虎虎生威，更是不甘落後。

還有幾個女學生整日圍在白姝身邊，想跟她一樣威風，追著問道：「我們若是好好練武，日後能做將軍嗎？也不是說要當大將軍，就是管管百十來人那種就好。」

白姝垂眸望著她們，過了好久才說：「便是要做大將軍，也無不可。」

這話可是叫她們備受鼓舞，後面的書桌上多了好些兵書，上課時也更加認真了。

轉眼又是兩個月過去，也到了姜知聿和白姝離開的時間。

在他們離開前的半個月，姜母就在給他們收拾行裝，也不管用不用得到，凡是她覺得好的，全部都被裝上了馬車，更別說還有許多銀票，也是裝了整整一匣子。

姜婉寧陪著母親收拾，只覺姜家大半的存款，都給兄長裝了進去。

兩個月相處下來，姜婉寧和姜母都知道，白姝素日不喜戴首飾，最多只是用支素釵，身上更是沒有一點環飾，主打一個樸素。

但姜母還是給白姝裝了好幾盒首飾，多是金器，也是想著若有缺錢的時候了，將這些首飾變賣掉，也能臨時周轉一二。

對於姜母的這片心意，姜知聿和白姝皆是拒絕不掉，最後只好接受了。

就這麼收拾了半個月，兩人來時只有一匹馬，到回去了，卻是帶了整整三架馬車，這還是姜知聿多有阻止的結果，不然依著姜母的意思，連一些被褥都要裝上。

三月初，二人啟程離京，姜家眾人直將他們送到城外，這才止住腳步。

望著逐漸遠去的車馬，姜婉寧心頭空落落的，轉頭一看，姜母果然已落了淚，雙目通紅，強忍著才沒有哭出聲。

就連陸念安這兩個月跟舅舅、舅母相處多了，也會小聲喊著「不要走」，如今也是可憐巴巴地依偎在陸尚懷裡，抬頭問一句。「舅舅跟舅母什麼時候回來呀……」

陸尚摸了摸她的腦袋，卻無法給出一個準確的答案。

姜知聿和白姝的離開，讓姜家眾人低落了好一陣子。

直到三月底，項敏和張佳琪抵達京城，姜婉寧這才打起精神，將兩人接來家中，又是詢問項敏的近況，又是安排張佳琪的事。

項敏的繡坊生意極好，哪怕一直有繡娘和帳房在，她也不好長時間離開，這回只在京城待了半個月，就不得不趕回去照看生意了。

而張佳琪在與姜婉寧商量後，決定到新學堂做女夫子。

學堂裡雖有夫子們住的地方，但姜婉寧總不放心她一個姑娘獨自留在那邊，姜家又有好幾間空置的客房，索性也叫她搬來一起住，而自己和張佳琪同在學堂授課，早晚也算有個伴了。

同年五月，外地官員入京述職。

龐亮與馮賀在外任期期滿，又因功績斐然，得到昭和帝親自召見。

兩人雖是去了富庶的靜安郡，然等他們真到了任地才發現，兩人所管理的縣城，都是當地有名的貧困縣，便是連塘鎮都比不上。

馮賀發現了他們那裡有黃花木，碰巧他家最近也有接觸木材生意，秉持著肥水不流外人田的道理，他便把家裡的貨源定成了他所管理的地方。

他既是當地父母官，總不能為了一己之私，反壓榨了百姓，以至於馮家從那邊進貨，價格都要高於市場價，而當地百姓投桃報李，給馮家提供的木料也全是最好的。

馮賀又聯繫了林中旺，特地開闢出一條從松溪郡到他那邊的商路，又請來陸氏物流押送貨物，幾年下來，他管理的縣城反成了靜安郡十幾個縣鎮中最富裕的一個。

過往商賈也聽說了那邊黃花木的名聲，客源一增加，又帶動了當地的經濟發展。

馮賀在任的這幾年，當地百姓全部脫貧，縣城的平均生活水準直逼靜安郡府城，且府城尚有貧苦乞討的百姓，到了馮賀的任地，街上百姓是全無貧色的。

就連那失了兒女的孤寡老人，也被妥善安置到贍養所中，一應花銷全由縣衙負責。

而與馮賀相隔不遠的龐亮那邊，雖比不得他行事方便，但幾年下來，也算沒有虛度光陰。

龐亮跟著姜婉寧的時間最長，雜七雜八的東西均有涉獵。

他管理的關山縣沒有什麼特殊的地方，那就從最基本的農業開始發展，他親自下到地裡，連續一年都住在村子中，同農戶一起鑽研，終於尋出適合鹽鹼地的種植之法。

等把莊稼種植解決了，他又仿效陸尚的山間農場，大力發展養殖業，因飼餵精心，各種動物的口感都比外地要好。

在龐亮的建議下，關山縣的牛、羊、雞、鴨定價都與外地持平，聽起來似乎沒什麼優勢，可在同等的價格下，肉質更好的明顯更受歡迎。

同樣地，他也借助陸氏物流的貨運服務，確保每一單生意都能保質、保量，準時送達。幾年下來，關山縣的稅收雖還是不比其他地方，可好歹不須朝廷支援了，再過幾年，興許也能有富餘，反向朝廷繳稅。

昭和帝在看了他們兩人任期中的作為後，直接將兩人當成典範案例，又選取了關山縣為題，作為當年秋闈的時政論題。

自然，這等叫皇帝關注的政績，足以令他們留任京中。

龐亮被安排到工部，馮賀則去了外事司。

前些年的外事司還是個不受重視的小部門，但自從海商興起後，外事司已成了人人想去的地方，偏外事司由昭和帝一手把控，其中官員更是其心腹，外人想要安排人手，根本找不著門路，只能眼巴巴地瞅著，再想想哪年自家也能有個到外事司任職的。

兩人得授新官後，陸尚也沒有掩飾與他們的關係，直接將他們請來姜家。

朝廷官員這才知道，原來這馮大人和龐大人，也是與陸閣老同出一地，甚至還是同窗，曾在同一家私塾求學呢！

姜婉寧在松溪郡的無名私塾並不是什麼秘密，有心人一探就知。

隨著陸尚三人在京中大展拳腳，松溪郡的無名私塾也進入京官的視線，眾人再一打聽，才發現這幾年還有不少被授官外放的學子，也是從無名私塾出來的。

甚至最近兩年有好幾個被調回京的外地官員，全是陸尚的同窗。

這下子，眾人譁然。

最後連昭和帝都聽到了風聲，下朝後特地找陸尚問了個清楚。

毫無意外，姜婉寧作為無名私塾的夫子和創始人，一躍成為京中討論最多的人物。

當年的姜大學士便是桃李滿天下，可讓人沒想到的是，他那女兒竟是青出於藍，身在一不起眼的外地，所培養出的學子卻是一點也不少於京城的國子監。

昭和帝念其學識和功績，封她一品誥命。

這年頭，各家的夫人都是要靠夫家來封誥命的，如姜婉寧這般自己掙封號的，還是大昭建國以來的頭一個，這可是讓她又出了好一陣子風頭。

好不容易等這陣子的風頭過去了，姜婉寧的學堂又迎來了新一波的學生潮。

許多勛貴聽說學堂裡只招平民子弟，就學著謝夫人的子姪，叫家裡孩子裝作普通人家。

姜婉寧最初沒有管這事，全是因為這種情況不常見，但像現在這般，勛貴子弟的人數遠遠超出平民，就與她的初衷有所違背了。

尤其又過幾日後，不知從哪裡傳出第一道聲音，對其安排男女學生同處一堂求學甚為不滿，流言越演越烈，甚至出現了許多對這些女學生不好的言論，姜婉寧徹底動了怒。

她沒有去追查源頭，只因她知道，便是查到了源頭，也無法控制所有人的說法。

與其奢求旁人心中正派，還不如直接從源頭上解決問題。

最初傳出那話的人，只是不滿他的兒子跟一群姑娘一起上學，又怕他那兒子早早動了情念，被那群丫頭耽擱了學業，就想藉著大眾之口，把那些女學生逼出去。最好往後學堂裡再沒有女子才好！

哪承想，到最後卻是他的兒子被退了學。

不光他的兒子，凡學堂內的男子，盡被姜婉寧勸退了。

姜婉寧命人摘下學堂外的牌匾，重新換上新的木牌，上書兩個大字——女學。

她親自寫了告示，張貼於學堂外，過往路人皆可見。

觀其告示，原是她往後不再招書生，從此只辦女學，也只招女學生。

便是學堂裡的兩位男夫子也被她辭退，又補償了他們一筆銀子，好聚好散。

此舉一出，轟動了大半個京城。

要知道，這位姜夫子之前能培養出那麼多舉子，往後自然也能。

而她以後只招女子，但女子又不能科考，更不能入朝為官，豈不是白白浪費了好資源？

許多勛貴人家找上門來，欲請她改變決定。

可姜婉寧主意已定，不說這些找她的人家失望而去，便是那些求到陸尚和姜父頭上的，也沒有一個得償所願的。

陸尚更是冷嘲熱諷道：「只招女學生又怎麼了？難道不是因為你們嫌男女同席不合適？這不，往後都不會了，這下子大家盡可放心了！」

眼看女學一事發展得越發混亂，這又是臣子家中妻眷的私事，昭和帝不好親自詢問，便請皇后喬裝出宮。

然皇后到學堂坐了半日後，回宮第一件事便是下了懿旨，直呼女學一舉乃利國良策，不光不該勸說，反要大力支持才是。

為做表率，皇后直接將其母家的親姪女送了過去，震懾眾人。

有皇后撐腰，世家貴族再是不滿，也不敢多說什麼了，只能眼睜睜地瞧著越來越多的女子拜入姜婉寧門下，而被他們寄予厚望的男兒，只得繼續在家中沈淪著。

而最初那動了歪心思的人家偷雞不成蝕把米，還不等後悔，就被旁人查到。

眾人拿姜婉寧和女學沒辦法，就把怨氣全撒到他家頭上。

沒過兩日，這戶人家就被同僚檢舉，因收受賄賂被除官，驅逐出京，三代之內不得科考、不得為官。

姜婉寧沒有再關心其他人的反應，她只是將所有心思都投入女學上面。

女學中的學生增加，可夫子尚只有姜婉寧和張佳琪兩人，饒是她時不時請陸尚和姜父來幫忙，可這也不是長久之計。

姜婉寧實在沒辦法，只好給松溪郡那邊去了信，學陸尚的法子，且看松溪郡那兒有沒有想來京城發展的人，像之前在無名私塾的那些女學生，都能過來做夫子。

另外，她又給許多年前玩得好的密友們去了帖子，邀她們到女學中一敘。

半日商談後，最終有四位夫人答應過來講學，每月至少過來二十次。

而剩下許多不願來此拋頭露面的，姜婉寧也沒有強求，只說她們若改變主意，隨時可以過來，女學永遠歡迎她們。

既是女學，學生們沒有科考的壓力，那課堂所授，也就不拘泥於《四書五經》了。

姜婉寧與陸尚討論後，將女夫子們所擅長的課程列出來，除去幾門必選的課程外，剩下的則由學生們自行挑選。

像那等商戶出身的，日後又要打理商鋪的，那就跟著張佳琪學算術。

還有喜詩詞歌賦的，就選昌平侯府的少夫人和大理寺卿家的少夫人，也就是如今的季夫子和寧夫子，同她們習學詩詞與樂理。

更有其他課程，五花八門，直叫人挑得眼花撩亂。

兩個月後，女學中又添了七、八位女夫子，這些人全是松溪郡過來的，或是獨身一人，或是拖家帶口。姜婉寧信守承諾，一力解決了她們的住處和生活問題。

同年九月，陸念安也進入女學，正式跟著娘親唸書、識字。

小半年過去，外面的眾人瞧著女學越辦越好，也曉得這事成了定局，只好頹然散去，一面惋惜自家兒郎沒了求學的好去處，一面把自家女兒送了過去。

以前的學堂說是只招平民子弟，如今改成女學，就沒那麼多限制了。

又或者說，唯一的限制便是性別。

叫一眾處處為先的男子頭一回感受到被排除、被拒之於門外的滋味。

又一年春日，破浪號再次下海。

這回除詹順安外，另有馮賀同行，帶著滿朝文武的期望，再出西洋。

此番商船出海，卻是沒有規定歸期，或是一年、兩年，或是三年、五年，誰也摸不準他們何時回來，又或者能否平安歸來。

但商船出海，並沒有叫陸尚清閒多少。

只因他對蒸汽機的認知遠遠超出當世之人，那些詹順安他們未曾了解到的，他都知曉，如此也能指導工部官員深入研究，從最簡單的紡織機開始，一步步往下鑽研。

歷時一年，當第一架紡織機問世時，整個朝堂都轟動了。

這還是他們第一次見到無須人力就能自行運轉的紡織機，且無論是從做工還是速度，皆遠超繡娘，完全看不出機器的痕跡。

昭和帝大喜，凡參與製造紡織機的官員皆升兩級，工匠則賞賜千金。

其中更是少不了對陸尚的賞賜，昭和帝本想直接提拔他做首輔，不等聖旨發出，先被陸尚給拒絕了。

陸尚的理由正當且充足。「臣資歷尚淺，恐無法擔任首輔一職，且臣仍需與工匠商議蒸汽機之秘，只怕無法將精力全部放到朝事上。臣叩謝陛下器重，可臣不敢受任。」

昭和帝無法，只好暫且壓下封他做首輔的想法。

但在朝事上，陸尚已然成為當朝第一人，只差一個名頭罷了。

又過一年，工部鑽研出蒸汽機的製造之法。

同年年底，製造出了第一臺大昭產的蒸汽機，並將其安裝到紡車上，成效與一年前的紡織機並無兩樣。

昭和帝毫不吝嗇他的賞賜，各種金銀好物如流水一般流入官員及匠人家中。

陸尚和姜婉寧已搬去了新宅，只兩人有時繁忙，會回到姜家吃飯，留宿姜家過夜也是常有的，以至昭和帝給陸尚的賞賜直接準備了兩份，一份送去姜府，一份送去陸府。

無論陸尚在哪邊，總能第一時間看見。

破浪號西航第三年，兩艘巨輪終是返航。

京郊的碼頭已重新做了修繕，分為皇室和民用兩部分。

民用的便是凡大昭船隻皆可靠岸，一些海外商人的船隻經報備審查後也可停靠。

而皇家碼頭則是專門為破浪號所建，碼頭周圍築起高牆，一方面是為了防止歹人闖入偷盜，另一方面也是怕商船帶回什麼重要物件，不好直接公布給百姓看。

兩艘商船滿載而歸，除了帶回西洋的各種特產外，這次還帶回了四個西洋人。

據詹順安和馮賀說，這四人裡有兩個傳教士，另外兩個則是西洋的醫生，也就是大昭的大夫，而他們已熟練掌握了麻醉術和外科手術，這正是大昭所沒有的。

陸尚聞言又是一喜，趕緊請昭和帝叫了御醫來。

隨即他又給眾人解釋。「那麻醉術應該是與麻沸散一般的用處，外科手術則是通過切割人體，達到一定的治療效果。總之我懂得也不多，還是要靠御醫們多多鑽研了！」

西洋醫生受了禮遇，另兩位傳教士就沒那麼好的待遇了。

依陸尚之見，大昭自有他們的道德信仰體系，還用不著學外國的宗教信仰。

這兩個傳教士且隨便找個地方安置下來，再尋幾個人好生看守著，省得他們亂跑。

至於說他們的用處？陸尚想了想，建議道：「陛下若是對西洋好奇，不妨把他們尋來講講故事，就當聽個樂子了。」

昭和帝如今對陸尚可謂是信任至極，對他的建議更是深信不疑。

於是等後面傳教士入宮傳道時，昭和帝全然當作是在聽樂子，聽完也就過去了，絲毫沒有深入探究的意思。

此番破浪號帶回來的東西，除了各類種子外，還有西洋最先進的技術，足夠大昭研究個十年、八年了。

昭和帝見好就收，也怕給朝臣太多壓力，等後面破浪號再出海時，就取近航行，只管做些商業貿易而已。

值得一提的是，這幾個西洋人所說的西洋話與陸尚所熟知的英文一模一樣。

他可謂是一雪前恥，拉著姜婉寧炫耀個不停，兩人角色對調，總算換成他來做這個老師了，甚至假公濟私道：「阿寧，妳快說拉烏油！」

「拉、拉烏？」姜婉寧滿頭霧水。

陸尚高高興興地親了她一口。「我也拉烏阿寧！」

姜婉寧仍然不懂這是什麼意思，可看陸尚高興，她也跟著傻笑不已。

破浪號不往大昭帶先進技術了，卻是連連斂財。

短短三年，就將國庫填充得富足異常，便是當初小小投入了一點資金的陸尚，也跟著賺了個盆滿缽盈。

而就在去年年中，工部研製出了第一列蒸汽火車，雖然只能完成從京城門口到京郊的行駛，但這無疑開創了蒸汽時代的先河。

陸尚作為主導人，一躍成為當朝首輔。

姜婉寧作為首輔夫人，其創辦的女學也成為京中貴女必去的學堂。

而這幾年間從女學畢業的學生們，也投入到各行各業中，京城慢慢出現女子主持諸事的現象。

更有許多有志之人，不顧家人反對，獨自去了外地，在外地開辦女學，欲將自己所學傳承下去，亦為外地女子提供一條新的出路。

同年，大昭又發生了一件大事。

原是西北大營有人舉報，說是偶然發現，營中大將軍乃是女扮男裝！

滿朝震驚，昭和帝更直接下旨，召西北大營白將軍回京。

姜婉寧最初沒有多想，直到聽說兄長也要一起回來，她才後知後覺地意識到——

「夫君，你可聽說了，西北大營的那位將軍……也姓白？」

陸尚扶額苦笑，擺了擺手，實在不好回答。

姜婉寧頓時震驚不已。「嫂、嫂嫂她不會就是……」

女子為將，這可比她開女學刺激多了！

不知怎的，姜婉寧忽然想起，數年前兄嫂回來時，曾在學堂對女學生們說，若是有心為之，女子亦可入伍，也可成為一方大將。

難怪，難怪嫂嫂能說出那樣的話來。

過往種種異樣都有了解釋，但震驚之後，姜婉寧反生出一種「果然如此」的釋然。

她轉而笑道：「如此說來，當初救了兄長的正是嫂嫂了？難怪兄長如此聽嫂嫂的話，原來那不只是夫人，更是頂頭上司呢！」

陸尚見她適應良好，也跟著輕笑。

姜婉寧本以為嫂嫂女扮男裝便是全部了，卻不想未等白姝回來，今春殿試又出了事。與西北大營女將一事相仿，這回的新科探花竟然也是女子之身。

問及那位女探花的名姓——

「張佳琪？」姜婉寧整個人都呆住了。「不、不會是我想的那個人吧？」

外人無法提供回答，陸尚卻對此事了解透徹。

他沒說的是，張佳琪之所以能躲過科考前的重重檢查，還有他的兩分助力。

在得了他的肯定答覆後，姜婉寧不得不相信，這位震驚朝野的女探花，就是在女學裡做了好幾年夫子的張佳琪，也就是從松溪郡來的，她教授數年的學生。

一個女將軍，一個女探花，好巧不巧，全與姜家有著難以切割的關係。

姜婉寧頗受震撼，全然不知說什麼是好。

而朝堂也是接連受到刺激，眾人木然入朝。

昭和帝只覺棘手，若說那女探花可以隨意處置了，但西北大營的白將軍卻不好處理。

且說白姝戍邊二十幾年，在她的帶領下，西北從未失守，白將軍更是戰功赫赫，實為當朝一品大將。

正在眾人不知如何是好之際，只見陸尚站了出來。

陸尚只問了一句話。「敢問陛下，無論是白將軍，還是張探花，其是男是女，可有影響她們帶兵打仗、科考入朝？不知諸位到底是看不起其本領、學識，還是不願承認，自己竟不如一女子？」

或許是這些年瞧見了太多新鮮事物，朝臣的心臟也被鍛鍊得很強大了。

加之如今的朝上有不少受過姜婉寧教誨的人，或是欽佩陸尚之為人，因此這種時候，自然不會與陸尚唱反調。

一時間，滿朝竟無一人反駁。

過了許久，昭和帝擺了擺手，頹然道：「你且容朕再想一想。」

皇帝這一想，就直接想到了白姝歸來。

姜知聿與她同時入宮，又以隱瞞不報自攬過錯，直言皇帝若要罰，便罰他們夫妻一起。

昭和帝神色不明，到最後什麼也沒說。

只是在第二天，皇帝下旨，命白將軍重返西北，繼續戍守邊陲。而張佳琪也得授翰林官職，以女子之身，進入朝堂。

一個月後，皇帝再下旨意，准女子科考入朝，亦可憑本領入伍為將。

此詔一出，天下譁然。

各地女學外人滿為患，或是自己所想，或是為家人所迫，諸多女子進入學堂。

姜婉寧並沒有參加科考的想法，她只是樂呵呵地擴大了京城女學，又專門增設了科考科目，請來張佳琪等人幫忙授課。

三年後，又是一年的殿試。

只是今年殿試的考場上，多了四、五名身著羅裙的女子，她們皆目若朗星，神色堅毅，望著試卷上的最後一題，寫下對科舉二次改制的新看法。

然所有人的試卷上，皆出現了一個相同的名字——姜婉寧姜夫子。

其之女學，為天下女子，創登天大路。

——全書完

娘子安寧，閨房太平／途圖

沖喜是門大絕活 4 完

國家圖書館出版品預行編目資料

沖喜是門大絕活 / 茶榆著. --
初版. -- 臺北市 : 狗屋出版社有限公司, 2024.04
冊 ; 公分. --（文創風 ; 1246-1249）
ISBN 978-986-509-512-3（第4冊 : 平裝）. --

857.7　　113002391

著作者　茶榆
編輯　黃淑珍
校對　吳帛奕
發行所　狗屋出版社有限公司
地址　台北市104中山區龍江路71巷15號1樓
電話　02-2776-5889～0
發行字號　局版台業字845號
法律顧問　蕭雄淋律師
總經銷　知遠文化事業有限公司
電話　02-2664-8800
初版　2024年4月
國際書碼　ISBN-13　978-986-509-512-3

本著作物由北京晉江原創網絡科技有限公司授權出版

定價290元
狗屋劃撥帳號：19001626
網址：love.doghouse.com.tw　E-mail：love@doghouse.com.tw